新华经典散文文库

只记花开不记年

杨朔经典散文

杨朔 著

陕西师范大学出版总社

图书代号：WX19N1480

图书在版编目（CIP）数据

只记花开不记年：杨朔经典散文 / 杨朔著. — 西安：陕西师范大学出版总社有限公司，2019.10
（新华经典散文文库 / 王笑东主编）
ISBN 978-7-5695-0723-2

Ⅰ. ①只… Ⅱ. ①杨… Ⅲ. ①散文集—中国—当代 Ⅳ. ① I267

中国版本图书馆 CIP 数据核字（2019）第 079505 号

只记花开不记年：杨朔经典散文

ZHI JI HUA KAI BU JI NIAN : YANGSHUO JINGDIAN SANWEN

杨朔　著

出 版 人　刘东风
责任编辑　张　佩　高　歌
策划编辑　刘　钊　李　娜
封面设计　吴黛君
出版发行　陕西师范大学出版总社
（西安市长安南路 199 号　邮编 710062）
网　　址　http://www.snupg.com
印　　刷　三河市嘉科万达彩色印刷有限公司
开　　本　620mm×889mm　1/16
印　　张　17
字　　数　130 千
版　　次　2019 年 10 月第 1 版
印　　次　2019 年 10 月第 1 次印刷
书　　号　ISBN 978-7-5695-0723-2
定　　价　59.00 元

蜜蜂是在酿蜜，又是在酿造生活；
不是为自己，而是在为人类酿造最甜的生活。

《荔枝蜜》

要能画一幅画儿，画出祖国的面貌特色，时刻挂在眼前，有多好。

《茶花赋》

日子过得好快，比飞还快，多少事摆在眼前，
好像昨天刚发生似的，一看自己，头发却白了。

《海罗杉》

只有今天，古人追求不到的圆满东西，我们可以追求到了。
也只有今天，昆明才真正出现了长年不谢的春天。

《滇池边上的报春花》

这不是一般的红叶，这是一片曾在人生中经过风吹雨打的红叶，
越到老秋，越红得可爱。

《香山红叶》

我多么愿意变做一铲泥，加到我们人民正在建设的祖国大厦上。

《西北旅途散记》

生活像大海，理想是不应该有止境的。

《十月的北京城》

在人面前，大自然的力量显得多么渺小啊。

《永定河纪行》

这不是平常的春天。这是我们人民正在动手创造的灿烂的好光景。

《戈壁滩上的春天》

好一个新奇的去处：到处是诗意，是哲理，是神话，最能引起人的美妙的幻想。

《印度情思》

在起义战士们的内心深处，也积存着一湾生命的泉水，永远不会枯的。

《生命泉》

历史应当重写，道路正在草创。

历史应当重写，道路正在草创。

《赤道雪》

我的心是活泼而轻快的，虽然我是那样吃力地踯躅在风暴里。

《征尘》

就在人民大军前进的脚步下，几千年来的封建囚牢被踏破了，
一百年来的帝国主义枷锁被碾断了。

《前进，钢铁的大军》

目　录
Contents

第一辑／酿造生活的蜜

第二辑／黄河之水天上来

第三辑／域外撷影

第四辑／万古青春

第一辑

酿造生活的蜜

荔枝蜜

花鸟草虫，凡是上得画的，那原物往往也叫人喜爱。蜜蜂是画家的爱物，我却总不大喜欢。说起来可笑。孩子时候，有一回上树掐海棠花，不想叫蜜蜂蜇了一下，痛得我差点儿跌下来。大人告诉我说：蜜蜂轻易不蜇人，准是误以为你要伤害它，才蜇。一蜇，它自己耗尽生命，也活不久了。我听了，觉得那蜜蜂可怜，原谅它了。可是从此以后，每逢看见蜜蜂，感情上疙疙瘩瘩的，总不怎么舒服。

今年四月，我到广东从化温泉小住了几天。四围是山，怀里抱着一潭春水，那又浓又翠的景色，简直是一幅青绿山水画。刚去的当晚，是个阴天，偶尔倚着楼窗一望，奇怪啊，怎么楼前凭空涌起那么多黑黝黝的小山，一重一重的，起伏不断？记得楼前是一片比较平坦的园林，不是山。这到底是什么幻景呢？赶到天明一看，忍不住笑了。原来是满野的荔枝树，一棵连一棵，每棵的叶子都密得不透缝，黑夜看去，可不就像小山似的！

荔枝也许是世上最鲜最美的水果。苏东坡写过这样的诗句：“日啖荔枝三百颗，不辞长作岭南人”，可见荔枝的妙处。偏偏我来得不是时候，满树刚开着浅黄色的小花，并不出众。新发的嫩叶，颜色淡红，比花倒还中看些。从开花到果子成熟，大约得三个月，看来我是等不及吃鲜荔枝了。

吃鲜荔枝蜜，倒是时候。有人也许没听说这稀罕物儿吧？从化的荔枝树多得像汪洋大海，开花时节，那蜜蜂满野嘤嘤嗡嗡，忙得忘记早晚，有时还趁着月色采花酿蜜。荔枝蜜的特点是成色纯，养分多。住在温泉的人多半喜欢吃这种蜜，滋养精神。热心肠的同志为我也弄到两瓶。一开瓶子塞儿，就是那么一股甜香；调上半杯一喝，甜香里带着股清气，很有点鲜荔枝味儿。喝着这样的好蜜，你会觉得生活都是甜的呢。

我不觉动了情，想去看看自己一向不大喜欢的蜜蜂。

荔枝林深处，隐隐露出一角白屋，那是温泉公社的养蜂场，却起了个有趣的名儿，叫“养蜂大厦”。正当十分春色，花开得正闹。一走近“大厦”，只见成群结队的蜜蜂出出进进，飞去飞来，那沸沸扬扬的情景，会使你想：说不定蜜蜂也在赶着建设什么新生活呢。

养蜂员老梁领我走进“大厦”。叫他老梁，其实是个青年人，举动很精细。大概是老梁想叫我深入一下蜜蜂的生活，小小心心揭开一个木头蜂箱，箱里隔着一排板，每块板上满是蜜蜂，蠕蠕地爬着。蜂王是黑褐色的，身量特别细长，每只蜜蜂都愿意用采来的花精供养它。

老梁叹息似的轻轻说：“你瞧这群小东西，多听话。”

我就问道：“像这样一窝蜂，一年能割多少蜜？”

老梁说：“能割几十斤。蜜蜂这物件，最爱劳动。广东天气好，花又多，蜜蜂一年四季都不闲着。酿的蜜多，自己吃的可有限。每回割蜜，给它们留一点点糖，够它们吃的就行了。它们从来不争，也不计较什么，还是继续劳动、继续酿蜜，整日整月不辞辛苦……”

我又问道：“这样好蜜，不怕什么东西来糟害么？”

老梁说：“怎么不怕？你得提防虫子爬进来，还得提防大黄蜂。大黄蜂这贼最恶，常常落在蜜蜂窝洞口。专干坏事。”

我不觉笑道：“噢！自然界也有侵略者。该怎么对付大黄蜂呢？”

老梁说：“赶！赶不走就打死它。要让它待在那儿，会咬死蜜蜂的。”

我想起一个问题，就问：“可是呢，一只蜜蜂能活多久？”

老梁回答说：“蜂王可以活三年，一只工蜂最多能活六个月。”

我说：“原来寿命这样短。你不是总得往蜂房外边打扫死蜜蜂么？”

老梁摇一摇头说：“从来不用。蜜蜂是很懂事的，活到限数，自己就悄悄死在外边，再也不回来了。”

我的心不禁一颤：多可爱的小生灵啊！对人无所求，给人的却是极好的东西。蜜蜂是在酿蜜，又是在酿造生活；不是为自己，而是在为人类酿造最甜的生活。蜜蜂是渺小的；蜜蜂却又多么高尚啊！

透过荔枝树林，我沉吟地望着远远的田野，那儿正有农民立在水田里，辛辛勤勤地分秧插秧。他们正用劳力建设自己的生活，实际也是在酿蜜——为自己，为别人，也为后世子孙酿造着生活的蜜。

这黑夜，我做了个奇怪的梦，梦见自己变成一只小蜜蜂。

一九六〇年

茶花赋

久在异国他乡，有时难免要怀念祖国的。怀念极了，我也曾想：要能画一幅画儿，画出祖国的面貌特色，时刻挂在眼前，有多好。我把这心思去跟一位擅长丹青的同志商量，求她画。她说："这可是个难题，画什么呢？画点零山碎水，一人一物，都不行。再说，颜色也难调。你就是调尽五颜六色，又怎么画得出祖国的面貌？"我想了想，也是，就搁下这桩心思。

今年二月，我从海外回来，一脚踏进昆明，心都醉了。我是北方人，论季节，北方也许正是搅天风雪，水瘦山寒，云南的春天却脚步儿勤，来得快，到处早像催生婆似的正在催动花事。

花事最盛的去处数着西山华亭寺。不到寺门，远远就闻见一股细细的清香，直渗进人的心肺。这是梅花，有红梅、白梅、绿梅，还有朱砂梅，一树一树的，每一树梅花都是一首诗。白玉兰花略微有点儿残，娇黄的迎春却正当时，那一片春色啊，比起滇池的水来不知还要深多少倍。

究其实这还不是最深的春色。且请看那一树，齐着华亭寺的廊檐一般高，油光碧绿的树叶中间托出千百朵重瓣的大花，那样红艳，每朵花都像一团烧得正旺的火焰。这就是有名的茶花。不见茶花，你是不容易懂得“春深似海”这句诗的妙处的。

想看茶花，正是好时候。我游过华亭寺，又冒着星星点点细雨游了一次黑龙潭。这都是看茶花的名胜地方。原以为茶花一定很少见，不想在游历当中，时时望见竹篱茅屋旁边会闪出一枝猩红的花来。听朋友说：“这不算稀奇。要是在大理，差不多家家户户都养茶花，花期一到，各样品种的花儿争奇斗艳，那才美呢。”

我不觉对着茶花沉吟起来。茶花是美啊。凡是生活中美的事物都是劳动创造的。是谁白天黑夜，积年累月，拿自己的汗水浇着花，像抚育自己儿女一样抚育着花秧，终于培养出这样绝色的好花？应该感谢那为我们美化生活的人。

普之仁就是这样一位能工巧匠，我在翠湖边上会到他。翠湖的茶花多，开得也好，红通通的一大片，简直就是那一段彩云落到湖岸上。普之仁领我穿着茶花走，指点着告诉我这叫大玛瑙，那叫雪狮子；这是蝶翅，那是大紫袍……名目花色多得很。后来他攀着一棵茶树的小干枝说：“这叫童子面，花期迟，刚打骨朵，开起来颜色深红，倒是最好看的。”

我就问：“古语说：看花容易栽花难——栽培茶花一定也很难吧？”

普之仁答道：“不很难，也不容易。茶花这东西有点特性，水壤气候，事事都得细心。又怕风，又怕晒，最喜欢半阴半阳。顶讨厌的是虫子。有一种钻心虫，钻进一条去，花就死了。一年四季，不知得操多少心呢。”

我又问道："一棵茶花活不长吧？"

普之仁说："活得可长啦。华亭寺有棵松子鳞，是明朝的，五百多年了，一开花，能开一千多朵。"

我不觉噢了一声：想不到华亭寺见的那棵茶花来历这样大。

普之仁误会我的意思，赶紧说："你不信么？大理地面还有一棵更老的呢，听老人讲，上千年了，开起花来，满树数不清数，都叫万朵茶。树干子那样粗，几个人都搂不过来。"说着他伸出两臂，做个搂抱的姿势。

我热切地望着他的手，那双手满是茧子，沾着新鲜的泥土。我又望着他的脸，他的眼角刻着很深的皱纹，不必多问他的身世，猜得出他是个曾经忧患的中年人。如果他离开你，走进人丛里去，立刻便消逝了，再也不容易寻到他——他就是这样一个极其普通的劳动者。然而正是这样的人，整月整年，劳心劳力，拿出全部精力培植着花木，美化我们的生活。美就是这样创造出来的。

正在这时，恰巧有一群小孩也来看茶花，一个个仰着鲜红的小脸，甜蜜蜜地笑着，叽叽喳喳叫个不休。

我说："童子面茶花开了。"

普之仁愣了愣，立时省悟过来，笑着说："真的呢，再没有比这种童子面更好看的茶花了。"

一个念头忽然跳进我的脑子，我得到一幅画的构思。如果用最浓最艳的朱红，画一大朵含露乍开的童子面茶花，岂不正可以象征着祖国的面貌？我把这个简单的构思记下来，寄给远在国外的那位丹青能手，也许她肯再斟酌一番，为我画一幅画儿吧。

一九六一年

海罗杉

——井冈山写怀之一

大井深藏在井冈山的腹心地带，四面紧围着层层叠叠的高山，朝上望去，那一片明净的天，确有些儿像井口。一九二七年十月，寒霜打红了枫叶，毛泽东同志率领着湖南秋收起义的健儿，上了井冈山，建立起孕育着中国革命的摇篮——井冈山根据地，当时毛泽东同志就落脚在大井，这里变成开展武装斗争的神经中枢。事隔三十多年了，我有幸能踏着红军的脚印，登上井冈山，来到大井，依旧感觉得到一股沉郁磅礴的气息，冲洗着我的心灵。

时当初夏，山地的节气晚，稻田水冷，刚插上秧，细得像钢针一样。桐花正在盛开，飘着雪，点染在苍松翠柏中间，煞是惹眼。毛泽东同志的旧居靠着山根，一片青瓦房，白粉墙，是江西的格局。看管房子的是位六十多岁的老人，叫邹文楷，身材矮小，模样儿寻常。他领我们满室看，指指点点讲着些旧事，还带我们绕到后墙根，指着两棵树说："好好看一看吧，可是两棵稀奇物儿。"

一棵是海罗杉，另一棵是凿树，并排长着，树皮结着老疤，挂满苍苔，论年龄，都在百年以上，枝叶却极茂盛。特别是那棵海罗杉，针叶铺展着，像是凤尾，疏疏落落的，别有一种潇洒的风情。但我看不出究竟有什么稀奇之处。

邹文楷似乎识透我的意思，说："嗐，这叫常青树，经历的世情变故，比人都多。可惜树不会说话，要会说话，也该讲一讲这几十年来它们心头上酸甜苦辣的滋味……"

树不会说话，人会说。且听听邹文楷老人家是怎样说的吧：

唉，日子过得好快，比飞还快，多少事摆在眼前，好像昨天刚发生似的，一看自己，头发却白了。想当年毛泽东同志乍上井冈山，山也发出欢呼。你想想，无数年来，劳苦人民被踩在别人脚下，跟路边的野草一样，是死是活，人家眼皮儿眨都不眨，谁管你呢。忽然有一天，这个人来了，红旗一招，人民齐崭崭地挺起腰板，成立暴动队、赤卫队，建立起自己的政权，跟红军一道，干着轰轰烈烈的革命。天开始打转，地也打旋，蒋介石觉出他脚下的地面有点摇晃，睡不稳了，就接二连三派出大军攻打井冈山。

井冈山属于罗霄山脉，当着江西、湖南两省的要冲，山势险恶，四周有五大哨口：黄洋界、双马石、桐木岭、八面山、朱砂冲。朱砂冲更是险绝。当地农民自古编成歌唱道："一天养一个，也不要从朱砂冲过。"要过，一失脚，会从悬崖峭壁上滚下去的。红军凭着天险，仰仗着人民的支持，接二连三把进攻的敌人收拾个干净。最著名的是永新七溪岭战斗。进犯的敌人两个师，师长都姓杨，一战而在龙源口大桥被消灭净尽。井冈山军民作歌道："不费红军两分力，消灭江西两只羊。”仗一结束，战士一色换上精良的武器，原来用的梭镖插满山头。现在三元人民币票面上的花纹正是龙源口大桥，特意纪念这次历史性的战斗。

革命的声势一天天翻腾汹涌，山周围多少县的农民纷纷暴动起来，打土豪，分田地，好一番炽烈气象。红军也不断壮大，上山时不足一千人，一年多中间超过了七千。一九二九年一月，毛泽东同志亲率主力向赣南进军，终于在瑞金建立起第一个红色首都。这是后话，回头再说井冈山。

敌人见红军主力转移，山里空虚，便调集江西、湖南、广东三省反革命武装，从四面八方再一度围攻井冈山。单说八面山前，敌人连营六十里，兵力不算不厚，我们却只有一个团把守五个哨口。结果呢，整整打了七天七夜，敌人寸步难前。山里的妇女都忙着做“米果”，送到阵地上去。红军守着哨口，吃着“米果”，朝山下喊：“赶快过来吧，给米果吃。”一面又笑。

一天拂晓前，八面山哨口上的红军听见山半腰草响，看又看不清。山里是有老虎、山牛、猴子一类野兽，兵火正急，决不肯闯进是非之地来的。准是敌人摸上来了。且等一等瞧，自有巧计安排。这当儿，山坡上忽然发出一片哀叫，乱哄哄的。果然是敌人偷袭。红军这才开了枪。偷袭的一连敌人更加慌乱，扭头就跑。风急月黑，山下边的敌人又误以为红军冲下山，也开了火，两面夹击，那一连敌人自相践踏，活着回去的剩不几个。你猜是怎么回事？原来红军先在山腰险地的乱草堆里布满竹钉，尖尖刺刺，好像刀山。敌人踩着竹钉，痛得叫，才有这一场好杀。

不幸打到第八天，黄洋界哨口失守。是出了叛徒。这是最可恨的。那条狗本来是侦察员，被敌人捉住。敌人在他面前摆着雪花花的二百元光洋[1]，问道："你要钱还是要死，由你自己挑。"叛徒最怕死，能保住自己的命，还管什么革命不革命呢。那癞狗原不是什么务正的农民，曾经沿着黄洋界山后一条小河沟捉田鸡，知道这条小河直通到山顶。那天，满山漫着白茫茫的大雾，几步以外看不见人。叛徒领着敌人，顺着小河沟偷上山，绕到黄洋界哨口背后。哨口的工事一失灵，黄洋界便失守，其他的哨口也只得跟着撤退。当时红军立忙采取紧急措施，掩护着人民撤往深山密林里去。

敌人一进井冈山，见一个杀一个，见一村烧一村。茨坪住着一百多伤病员，来不及转移，都遭到屠杀。今天在茨坪，不是有一座革命先烈纪念塔么？就为他们修的。那一年也怪，井冈山大雪纷飞，连下四十天，山岭树木，一片白色，都为死难的革命人民挂孝。

敌人还叫嚷什么："山石要过刀，茅草要过火，人要换种！"妄想扑灭革命的火种。扑得灭么？是井冈山点起的火种，蔓延成燎原大火，烧到瑞金，烧到延安，烧到北平，最终烧红了整个中国。

大井的毛泽东同志旧居，原也烧了，仅仅剩下一段焦煳的断墙。井冈山的人民朝夕怀念他，怀念得心痛，拿树皮盖住墙头，不让风吹霜打，雨淋日晒，总算保存下来。解放后，房子按原样重修起来，断墙也原封不动修在原处。你瞧，就是这儿，人们每逢一抚摸那墙，觉得像抚摸自己身上的伤疤似的，就要想起许许多多往日的旧事，想起今天……

这段史实，邹文楷老人家说得那么清晰，那么动心，听了，使人沉吟回味，久久不能忘怀。但我还是不懂，两棵常青树究竟奇在哪儿。

---

[1] 即银圆。

邹文楷咧开略微发瘪的嘴，笑着说："听我讲下去啊。两棵树当年都烧得半枯，像是死了，其实没死。这几十年来，每年树枝上总挂着零零落落几片叶儿，活得有点憔悴，可总硬挺着活下去，不肯低头。赶一解放，井冈山的人民重见天日，两棵树一下子抖擞起精神，抽枝发芽，一天比一天长得茂盛起来，到今天，你看，简直变成两条年轻轻的壮汉，肩膀抱着肩膀，好不威风。"

听到这儿，我不觉凝视着邹文楷问道："当年你老人家干什么呢？"

邹文楷答道："我是大井乡苏维埃的暴动队长，管修路、送粮、闹土地革命，还亲自参加过八面山战斗，那一仗打得真激烈呀。"

"经过那场大烧杀以后，井冈山变成什么样儿啦？"

"人民还不是照样坚持斗争。"

"你哪儿去啦？"

邹文楷摸摸下巴说："我啊，敌人搜捕得紧，就翻山到了湖南，在外头活动将近二十年，临解放才回来。我儿子的胡子也长得多长，家里人都不认识我了，只当我死了。我活得蛮好呢，敌人能把我怎的？"说着老人家笑起来，两只手交插在袖口里，挺着腰板站在海罗杉树下。我亲切地望着他。他的脸上刻着又粗又深的皱纹，跟海罗杉的老树皮相仿佛；他的眼睛闪着锐光，使我想象得出当年英武的暴动队长。

山风飒飒吹来，那棵海罗杉迎着风，嘁嘁喳喳响起来。我觉得，树是会说话的。它不正像树下的老人一样，絮絮叨叨在谈着自己的身世，谈着井冈山的今昔。

一九六三年

西江月

——井冈山写怀之二

山下旌旗在望，
山头鼓角相闻。
敌军围困万千重，
我自岿然不动。

早已森严壁垒，
更加众志成城。
黄洋界上炮声隆，
报道敌军宵遁。

毛泽东同志这首词，横写在一座朱红色的木碑上，竖在井冈山的黄洋界哨口高头，常年云雾漫漫，风雷纵横。一九六三年初夏，当我爬上黄洋界，拂开云雾，念着这首词，我觉得，这不是写在碑上，而是写在天上。从那雄伟豪放的诗情里，我又觉得，词人的胸襟是可以把五百里井冈山都装进去的。

黄洋界坐落在井冈山的西北角上，经常漫着浓雾，白茫茫的，像海一样，所以又叫汪洋界。那形势，真是气象万千。透过漠漠的烟雾，朝前望去，一片缭乱的云山，厮缠在一起：浓云重得像山，远山又淡得像云，是云是山，分辨不清。有时风吹云散，满山满岭的松杉、毛竹和千百种杂树便起伏摇摆，卷起一阵滚滚滔滔的黑浪，拍击着黄洋界前的断崖绝壁。

一根细线从断崖绝壁挂下去，风一急，好像会吹断的。其实不是线，是一条羊肠小道。当年谁要想越过黄洋界，这是独一无二的绝路。谁知道曾经有多少红军战士，下山上山，来来往往，踏着这条小路，脚底的汗水差不多把石磴都渍透了。

红军从黄洋界下山，多次是到宁冈去挑米，替根据地储备粮食。天不亮下山，回来时，每人挑着两谷箩米，一百多斤重，颤颤悠悠挑上山，已经是暮色苍然了。上山以后，每次总有人要在哨口附近一棵大槲树下卸了担子，歇歇脚儿。当中常有一个中年人，看来是位忠厚长者。如果你认不出他是谁，不妨去看看他的扁担，扁担当腰写着“朱德的”三个墨笔字。红军战士作歌唱道：

朱德挑粮上坳，
粮食绝对可靠，
大家齐心合力，
粉碎敌人“围剿”。

到今天，那槲树依旧无恙地挺立在山顶上，枝干显得有点苍老，生机却是茁壮得很。

毛泽东同志那首西江月词，描写的正是井冈山军民齐心合力，打垮敌人进攻，保卫根据地的一场恶战。可是，要不是我在当日战场上听人谈起当年的战绩，讲解着那首词，真猜想不到里头还那样富有喜剧色彩呢。

我们正站在黄洋界哨口最前沿的悬崖上，风云撩拨着衣襟和鬓发。井冈山管理局的一位老金同志指点着山上山下残存着的壕堑说：

“现在让我领你们回到一九二八年间去，那时候，毛主席带着主力到湖南打茶陵去了。只留下一个连守山。敌人得到这个信儿，以为有机可乘，自然不肯放松，就连夜调来两个团，把黄洋界围得里三层，外三层，水泄不通。敌人的前哨部队就扎在半山腰那一带红树林里，看得清清楚楚，气焰可高啦。山上呢，一个连还得分兵把守几个哨口，实在空虚，真有点唱空城计呢。不要紧，得想个法儿。兵少，老百姓不有的是？于是乎许多老百姓都上了山，分散在各个山头上，这个山头敲锣，那个山头打鼓，另一个山头又吹号。只见满山都是红旗，搅得敌人也摸不清虚实。这不能不让人想到西江月的起首两句：‘山下旌旗在望，山头鼓角相闻。’

“老百姓还给红军送茶送饭，帮着修工事，运子弹。年纪大的，不能上战场，就削竹钉，好让年轻人趁着黑夜布置到工事外头，敌人踏上去，脚心都给它扎烂。军民那种劲头，真是众志成城。

“像这样壁垒森严，敌人要攻黄洋界，是得拿出点本钱来的。红军凭着天险，个个斗志昂扬，以一当十，以十当百，接连打退敌人好多次进攻。半山坡摆满敌人的尸体，横躺竖卧，下决心赖着不走了。

“整整打了一天一夜，黄洋界还是黄洋界，岿然不动。敌人攻吧，攻不上来；退吧，又不甘心。正在进退两难的当儿，我们帮他下了决心。

“山上只有一门迫击炮，何不试试炮的本领呢？就把那门炮拉到阵地上，对准敌人集中的红树林那一带，轰隆一声……这下子不要紧，敌人当晚上就偃旗息鼓，逃得无影无踪。事后才弄清楚，敌人挨了那一炮，伤亡很大，以为红军主力回山，一刻也不敢多停了。”

老金同志说完这段有趣的故事，我忍不住笑着念道：“黄洋界上炮声隆，报道敌军宵遁。”

老金说：“你也是诗人，也想写一首么？”

面对着这样壮丽的山川，沉浸在这样激昂的历史斗争里，我怎敢下笔？诗的幻想却在我心里奔腾着。我一时觉得，黄洋界前那条小路不只通往山脚，而是通往瑞金，通往延安，通往北京。井冈山的主峰海拔只有一千八百米，我却又觉得，这是中国历史上的高峰，不愧称作“天下第一山”。站在这高峰上，我清清楚楚望得见中国红军沿着黄洋界前的小路，迈着大步，走向更远更宽的道路，一直走进北京。走在这个行列里的无数英雄是在进军，在战斗，也在写诗。他们是用自己整个的生命在创造一部空前壮丽的史诗。这部史诗有开篇，西江月便是伟大的序曲之一，但却永远不会有尾声。人民永久不停地在斗争，在创造，也就永久不停地在写着这部空前雄伟的诗篇……

一九六三年

雪浪花

凉秋八月，天气分外清爽。我有时爱坐在海边礁石上，望着潮涨潮落，云起云飞。月亮圆的时候，正涨大潮。瞧那茫茫无边的大海上，滚滚滔滔，一浪高似一浪，撞到礁石上，唰地卷起几丈高的雪浪花，猛力冲激着海边的礁石。那礁石满身都是深沟浅窝，坑坑坎坎的，倒像是块柔软的面团，不知叫谁捏弄成这种怪模怪样。

几个年轻的姑娘赤着脚，提着裙子，嘻嘻哈哈追着浪花玩。想必是初次认识海，一只海鸥、两片贝壳，她们也感到新奇有趣。奇形怪状的礁石自然逃不出她们好奇的眼睛，你听她们议论起来了：礁石硬得跟铁差不多，怎么会变成这样子？是天生的，还是錾子凿的，还是怎的？

“是叫浪花咬的。”一个欢乐的声音从背后插进来。说话的人是个上年纪的渔民，从刚扰岸的渔船跨下来，脱下黄油布衣裤，从从容容晾到礁石上。

有个姑娘听了笑起来：“浪花也没有牙，还会咬？怎么溅到我身上，痛都不痛？咬我一口多有趣。”

老渔民慢条斯理说：“咬你一口就该哭了。别看浪花小，无数浪花集到一起，心齐，又有耐性，就是这样咬啊咬的，咬上几百年，几千年，几万年，哪怕是铁打的江山，也能叫它变个样儿。姑娘们，你们信不信？”

说得妙，里面又含着多么深的人情世故。我不禁对那老渔民望了几眼。老渔民长得高大结实，留着一把花白胡子。瞧他那眉目神气，就像秋天的高空一样，又清朗，又深沉。老渔民说完话，不等姑娘们搭言，早回到船上，大声说笑着，动手收拾着满船银也似的新鲜鱼儿。

我向就近一个渔民打听老人是谁，那渔民笑着说：“你问他呀，那是我们的老泰山。老人家就有这个脾性，一辈子没养女儿，偏爱拿人当女婿看待。不信你叫他一声老泰山，他不但不生气，反倒摸着胡子乐呢。不过我们叫他老泰山，还有别的缘故。人家从小走南闯北，经得多，见得广，生产队里大事小事，一有难处，都得找他指点，日久天长，老人家就变成大伙依靠的泰山了。”

此后一连几日，变了天，飘飘洒洒落着凉雨，不能出门。这一天天晴了，后半晌，我披着一片火红的霞光，从海边散步回来，瞟见休养所院里的苹果树前停着辆独轮小车，小车旁边有个人俯在磨刀石上磨剪刀。那背影有点儿眼熟。走到跟前一看，可不正是老泰山。

我招呼说：“老人家，没出海打鱼么？”

老泰山望了望我笑着说：“嗐，同志，天不好，队里不让咱出海，叫咱歇着。”

我说：“像你这样年纪，多歇歇也是应该的。”

老泰山听了说：“人家都不歇，为什么我就应该多歇着？我一不瘫，二不瞎，叫我坐着吃闲饭，等于骂我。好吧，不让咱出海，咱服从；留在家里，这双手可得服从我。我就织渔网，磨鱼钩，照顾照顾生产队里的果木树；再不就推着小车出来走走，帮人磨磨刀，钻钻磨眼儿，反正能做多少活就做多少活，总得尽我的一份力气。”

“看样子你有六十了吧？”

“哈哈！六十？这辈子别再想那个好时候了——这个年纪啦。”说着老泰山捏起右手的三根指头。

我不禁惊疑说：“你有七十了么？看不出。身板骨还是挺硬朗。”

老泰山说：“嗐，硬朗什么？头四年，秋收扬场，我一连气还能扬它一两千斤谷子。如今不行了，胳膊害过风湿痛病，抬不起来，磨刀磨剪子，胳膊往下使力气，这类活儿还能做。不是胳膊拖累我，前年咱准要求到北京去油漆人民大会堂。”

“你会的手艺可真不少呢。”

“苦人哪，自小东奔西跑的，什么不得干。干的营生多，经历的也古怪，不瞒同志说，三十年前，我还赶过脚呢。”说到这儿，老泰山把剪刀往水罐里蘸了蘸，继续磨着，一面不紧不慢地说：“那时候，北戴河跟今天可不一样。一到三伏天，来歇伏的差不多净是蓝眼珠的外国人。有一回，一个外国人看上我的驴。提起我那驴，可是百里挑一：浑身乌黑乌黑，没一根杂毛，四只蹄子可是白的。这有个讲究，叫四蹄踏雪，跑起来，极好的马也追不上。那外国人想雇我的驴去逛东山。我要五块钱，他嫌贵。你嫌贵，我还嫌你胖呢。胖得像条大白熊，别压坏我的驴。讲来讲去，大白熊答应我的价钱，骑着驴逛了半天，欢欢喜喜照数付了脚钱。谁料想隔不几天，警察局来传我，说是有人把我告下了，告我是红胡子，硬抢人家五块钱。”

老泰山说得有点气促，喘吁吁的，就缓了口气，又磨着剪子说：

“我一听气炸了肺。我的驴，你的屁股，爱骑不骑，怎么能诬赖人家是红胡子？赶到警察局一看，大白熊倒轻松，望着我乐得闭不拢嘴。你猜他说什么？你说：你的驴快，我要再雇一趟去秦皇岛，到处找不着你。我就告你。一告，这不是，就把红胡子抓来了。”

我忍不住说：“瞧他多聪明！”

老泰山说：“聪明的还在后头呢，你听着啊。这回倒省事，也不用争，一张口他就给我十五块钱。骑上驴，他拿着根荆条，抽着驴紧跑。我叫他慢着点，他直夸奖我的驴有几步好走，答应回头再加点脚钱。到秦皇岛一个来回，整整一天，累得我那驴浑身湿淋淋的，顺着毛往下滴汗珠——你说叫人心疼不心疼？”

我插问道：“脚钱加了没有？”

老泰山直起腰，狠狠吐了口唾沫说：“见他的鬼！他连一个铜子儿也不给，说是上回你讹诈我五块钱，都包括在内啦，再闹，送你到警察局去。红胡子！红胡子！直骂我是红胡子。”

我气得问：“这个流氓，他是哪国人？”

老泰山说：“不讲你也猜得着。前几天听广播，美国飞机又偷着闯进咱们家里。三十年前，我亲身吃过他们的亏，这笔账还没算清。要是倒退五十年，我身强力壮，今天我呀——”

休养所的窗口有个妇女探出脸问：“剪子磨好没有？”

老泰山应声说：“好了。”就用大拇指试试剪子刃，大声对我笑着说：“瞧我磨的剪子，多快。你想天的云霞，做一床天大的被，也剪得动。”

西天上正铺着一片金光灿烂的晚霞，把老泰山的脸映得红通通的。老人收起磨刀石，放到独轮车上，跟我道了别，推起小车走了几步，又停下，弯腰从路边掐了枝野菊花，插到车上，才又推着车慢慢走了，一直走进火红的霞光里去。他走了，他在海边对几个姑娘讲的话却回到我的心上。我觉得，老泰山恰似一点浪花，跟无数浪花集到一起，形成这个时代的大浪潮，激扬飞溅，早已把旧日的江山变了个样儿，正在勤勤恳恳塑造着人民的江山。

老泰山姓任。问他叫什么名字，他笑笑说："山野之人，值不得留名字。"竟不肯告诉我。

一九六一年

龙马赞

我们正生活在毛泽东时代。什么是这个时代的精神特色呢？值得反复深思。

我刚刚到张家口一带做了一次短短的旅行，足迹到处，只觉得生活好似漫山漫野蒸发着的春雾，腾腾上升，充满青春的生命力。当然，我看见的，只不过是我们时代的一些小小的投影，但从这些投影里，或许也能反映出这个时代的精神面貌吧。

且让生活本身出来说话。

我到了蔚县。这个不大的古城坐落在河北西部太行山脉的山口上。当年解放战争时期，人民受着国民党反动派的压榨，不知有多少白天和黑夜，苦痛地望着那片莽莽苍苍的大南山，盼望解放军有一天能从南山翻过来，把他们从苦难中拯救出来。一九四八年初春，我就是随着解放军翻过南山，踏到这片千疮百孔的土地上来的。现在相隔十二年，又是初春，旧地重来，我觉得每个人、每座山、每棵树，都十分熟悉。可又一点都不熟悉。早先是一片荒凉的山谷，今天不管是平川或是坡地，田亩都经过细心的翻耕，那么精致，那么匀称，远远一看，好像一匹一匹展开的灯芯绒一样。而在这偏僻的川原上，人民还开起煤矿，建起水泥厂、造纸厂、纤维板厂……尤其有意思的是挖掘南山的地下水。南山历来缺水，打井也打不出水，山脚下的农民得赶着小毛驴跑到几里外去驮水，才能有吃的，否则就得喝烂泥坑里存的又黄又臭的雨水，当地农民叫作“麻潢水”。水缺，庄稼自然种不好。蔚县川最有名的白麻，南山脚也无法种。其实南山的水并不缺，只是都渗到地下，流不出。“大跃进”以来，公社的农民开始挖掘地下水，沿着南山的重要孔道，像北口、九宫口、松枝口，到处一齐动手。我特意跑到北口看了看。地下水早已挖出，碧粼粼的一片，好似一湾小湖。还得把水引出山，农民就开山凿洞，打成一条一千多米长的隧道。过不了几天，那地下水就可以穿过山洞，滚滚滔滔涌进渠道，一直流到蔚县城。

开山的农民正在歇息，有些人挤到风机房里，围着一炉子煤火取暖。施工所的支部书记老何，将近四十岁，当年担任过区小队的指导员，围着南山打游击。我极想知道挖掘地下水的详细经过，请老何说说。他蹲在煤火跟前，潦潦草草谈不几句，话头一转，兴高采烈地说：“你等着瞧吧，这水一出山，蔚县川就会是另一个样儿。万世千秋，再也不愁水了。”

我想把话头稍微往后拉一拉，问道：“挖地下水该遇到些困难吧！”

老何说：“有是有，一克服，又没有了。你看没看见，我们正在下头修发电站，一放水，有了电，村村户户亮堂堂的，万世千秋，再也不愁黑夜了。哎，哎，你想想，那时候该是个什么样儿呢？”说着，他笑了，旁边听的农民也笑了。

我注意到，“万世千秋”是老何爱用的口头语。他最关心的也确实是万世千秋的事业。昨天已经过去，今天就要变成昨天，明天才是无限远大的。当我觉察到我们的人民竟是生活在理想的明天里，我的心都震动得有点儿发颤。

难道不是这样么？不信请再会一会龙烟铁矿烟筒山的电工梁荣。没到烟筒山之前，先就听说工人们创造出种种奇迹。一到，亲眼看见的竟比耳闻的还要新奇。我看见一台绞车，机器闸和控制器都拆了。机房的门挂上锁，根本无人管，只在路旁电线杆子上装着个小木头盒儿，上头有几个电钮。谁要用绞车，一按电钮，绞车的钢绳便会自动上下，搬运矿石。我又看见一台抽风机和一台压风机，两座机房都紧锁着，窗上严严实实地钉着油毡，显得怪荒凉的，机器却在日夜转动，原来在另一间压风机房里装着个控制盘，可以用电钮同时控制这三间机房的机器。本来每天要三十人轮流管理三个机房，现在只需三个人便绰绰有余了。又省人，又省事，效率提高不知多少倍，岂不是奇迹。创造这些奇迹的便是普普通通的电工梁荣。

梁荣才三十一岁，生得瘦嶙嶙的，举动挺安静。他告诉我他在钻研使这些机器自动化时，怎样焦思苦虑，夜晚睡不着觉，披着衣裳站在机器旁边苦琢磨。我问他为什么要这样，他淡淡一笑说：“为什么？为的是一个理想呗。”

正是这种光辉灿烂的理想鼓舞着我们的人民，大家才一齐放开大步，想尽方法用最高的速度，向着理想飞奔。你看吧，从农村到城市，从工厂到矿山，到处蓬蓬勃勃，真是万马奔腾，气象万千。在张家口一带，一个人只要稍微细心点，准会时常发现工人或者农民的左胸上钉着一小块红布，上写着“赛跑运动员”的字样。谁要以为这真是体育场上的运动员，那才笑话呢。这其实是生产战线上举行的一次别出心裁的赛跑运动会，参加的人都订出自己的生产指标，凡是能按期完成的，都算夺得冠军。在这场轰轰烈烈的竞赛当中，每个人都想争第一，夺冠军，争先恐后，表现出极强烈的荣誉感。他们要荣誉，要的不是那种个人的荣誉，而是集体的荣誉。这从龙烟铁矿庞家堡的矿工张振旺的行动中就充分地显现了出来。

张振旺还很年轻，生得眉眼细致，十分精干。人聪明，又肯钻，最擅长打眼放炮的诀窍，采矿的进度比一般人高出许多，因此大家都叫他神炮手。领导上见他有能耐，叫他去帮助别人。他丝毫不隐藏自己在技术上的心得，实心实意地推动落后的矿工前进，使别人的纪录也在不断上升。当他听说有个红旗快速掘进队，采矿的成绩远远赶到他前头去，他乐得闭不上嘴。当然，他心里也在使劲，定要不断前进，紧追上去。想懂得张振旺的心情，并不难。他爱的不是自私的个人荣誉。有人能超过他，创造出更大的成绩，为无产阶级争得更大的荣誉，作为无产阶级的一员，他也感到光荣。张振旺是这样，许许多多先进的人物又何尝不是这样。

这就是我们的人民。他们具有高贵的品质，都愿意为着明天的理想献出自己最大的力量，做出最出色的贡献。我看，这也就是毛泽东时代最突出的精神特色。亲爱的同志们，你说是不是呢？

从张家口去蔚县的路上，路过一座堡子，堡子大门的墙上画着幅彩画：一匹宝马驮着极珍贵的财富，四蹄腾空，飞奔向前。题的字是“龙马驮宝”。我感到画意新鲜，因而写成这篇《龙马赞》，赞颂我们像龙马一般飞奔的人民。

一九六〇年

百花山

一

京西万山丛中有座最高的山，叫百花山。年年春、夏、秋三季，山头开满各色各样的野花，远远就闻到一股清香。往年在战争的年月里，我们军队从河北平原北出长城，或是从口外回师平原，时常要经过百花山。战士们走在山脚下，指点着山头，免不了要谈谈讲讲。我曾经听见有的战士这样说：“哎，百花山！百花山！我们的鞋底把这条山沟都快磨平啦，可就看不见山上的花。”又有人说：“看不见有什么要紧？能把山沟磨平，让后来的人顺着这条道爬上百花山，也是好事。”一直到今天，这些话还在我耳边响。今天，可以说我们的历史正在往百花山的最高头爬，回想起来，拿鞋底，甚而拿生命，为我们磨平道路的人，何止千千万万？

梁振江就是千千万万当中的一个。我头一次见到梁振江是在一九四七年初夏，当时井陉煤矿解放不多久，处置一批被俘的矿警时，愿意回家还是参加解放军，本来可以随意，梁振江却头一个参军。应该说是有觉悟吧，可又不然。在班里他跟谁都不合群，常常独自个闪在一边，斜着眼偷偷望人，好像在窥探什么。平时少开口，开班务会也默不作声，不得已才讲上几句，讲的总是嘴面上的好听话。

那个连队的指导员带点玩笑口气对我说："你们做灵魂工作的人，去摸摸他的心吧，谁知道他的心包着多少层纸，我算看不透。"

我约会梁振江在棵大柳树阴凉里见了面。一眼就看出这是个精明人，手脚麻利，走路又轻又快，机灵得像只猫儿。只有嘴钝。你问一句，他答一句；不问，便耷拉着厚眼皮，阴阴沉沉地坐着。有两三次，我无意中一抬眼，发觉他的厚眼皮下射出股冷森森的光芒，刺得我浑身都不自在。他的脸上还有种奇怪的表情。左边腮上有块飞鸟似的伤疤，有时一皱眉，印堂当中显出四条竖纹，那块疤也像鸟儿似的鼓着翅膀。从他嘴里，我不能比从指导员嘴里知道更多的东西。只能知道他是河北内丘大梁村人，祖父叫日本兵杀了，父亲做木匠活，也死了，家里只剩下母亲和妻子。他自己投亲靠友，十八岁便在井陉煤矿补上矿警的名字，直混到解放。别的嘛，他会说："我糊糊涂涂白吃了二十几年饭，懂得什么呢？"轻轻挑开你的问话，又闭住嘴。事后我对指导员说："他的心不是包着纸，明明是有什么见不得人的心病，不好猜。"

此后有一阵，我的眼前动不动便闪出梁振江的影子，心里就想：这究竟是个什么人呢？他的性格显然有两面，既机警，又透着狡猾，可以往好处想，也可以往坏处想。偶然间碰见他那个团的同志，打听起他的消息，人家多半不知道。一来二去，他的影子渐渐也就淡了。

二

一九四七年十一月间，河北平原落霜了。一个飞霜的夜晚，我们部队拿下石家庄，这是第三次国内革命战争期间，首先攻克的大城市。好大一座石家庄，说起来叫人难信，竟像纸糊的似的，一戳便破碎了。外围早在前几天突破，那晚间，市内展开巷战。当时我跟着一个指挥部活动，先在市沟沿上，一会儿往里移，一会儿又往里移，进展得那样快，电话都来不及架，到天亮，已经移到紧贴着敌人“核心工事”的火车站。敌人剩下的也就那么一小股，好像包在皮里的一丁点饺子馅，不够一口吃的了。事实上，石家庄不是纸糊的，倒是铁打的，里里外外，明碉暗堡，数不清有多少。只怪解放军来势猛，打得又巧，铁的也变成纸的了。

一位作战参谋整熬了一夜，眼都熬得发红，迎着我便说：“听见没有？昨儿晚间打来打去，打出件蹊跷事儿来。”

旁边另一个参谋蜷在一张桌子上，蒙着日本大衣想睡觉，不耐烦地说：“你嚼什么舌头？还不抓紧机会睡一会儿。”

先前那参谋说：“是真的呀。有个班长带着人钻到敌人肚子里去，一宿光景，汗毛没丢一根，只费一颗手榴弹，俘虏五百多人，还缴获枪、炮、坦克一大堆，你说是不是个奇迹？”

我一听，急忙问道：“班长叫什么名字？”

那参谋用食指揉着鬓角说：“你看我这个记性！等我替你打听打听。”

在当时，我很难料到这个创造奇迹的人是谁，读者看到这儿，却很容易猜到是什么人。正是梁振江。顺便补一笔，自从他参军以后，不久便在保定以北立下战功，因而提拔成班长。当天，我马不停蹄地赶去看他。部队经过一夜战斗，已经撤到城外，正在休息。我去的当儿，梁振江一个人坐在太阳地里，手里拿着件新棉衣，想必是夜来战斗里撕碎了，正在穿针引线，怪灵巧地缝着。我招呼一声，梁振江见是熟人，点点头站起来，回头朝屋里望了一眼，小声说："同志们都在睡觉，咱们外头说话吧。"便把棉衣披到身上，引我出了大门，坐到门口一个碾盘上。

我留心端量着他。看样子他刚睡醒，厚眼皮有点浮肿，不大精神。前次见面时脸上透出的那股阴气，不见了。

我来，自然是想知道夜来的奇迹。梁振江笑笑说："也没什么奇迹的。"垂着眼皮想了一会儿，开口说起来。说得像长江大河，滔滔不绝。先还以为他的嘴钝呢，谁知两片嘴唇皮比刀子都锋利。当天深夜，我坐在农家的小炕桌前，就着菜油灯亮写出他的故事，不多几天便登在《晋察冀日报》上，后来这家报纸和另一家报纸合并，就是《人民日报》。现在让我把那个粗略的故事附在这里：

石家庄的战斗发展到市内时，蒋匪军做着绝望的挣扎，一再往市中心败退。巷战一开始，梁振江把他那个班分成三个组：一组自己带着，另外两个组的组长是张贵清和孟长生。这支小部队一路往前钻，时而迂回，时而包围，就像挖落花生似的，一嘟噜一串，把敌人从潜伏的角落里掏出来，这些都不必细说。单说天黑以后，又有云彩，黑乎乎的，不辨东西。梁振江私下寻思：这么大一座城市，人地生疏，又不明白敌情，要能有个向导多好！想到这儿，心一动，暗暗骂自己道："真蠢！向导明摆着在手边，怎么会没想到？"当下叫来一个刚捉到的俘虏，细细一盘问，才知道隔壁就是敌人的师部。梁振江叫人把墙壁轻轻凿开，都爬过去，又把全班分作两路，蹑手蹑脚四处搜索。

正搜索着，梁振江忽然听见张贵清拍了三下枪把子，急忙奔过去一看，眼前是一道横墙，墙根掏了个大窟窿，隔着墙翘起黑乎乎的大炮，还有什么玩意儿轰隆轰隆响，再一细听，是坦克。靠墙还有个防空洞，里边冒出打雷一样的鼾睡声，猜想是敌人的炮手正在好睡。可真自在！解放军都钻到你们心脏里了，还做大梦呢。

梁振江这个人素来胆大心细，咬着嘴唇略一思谋，便做手势吩咐二组从墙窟窿钻过去，埋伏在炮后边，三组守住防空洞，他自己带着人从一个旁门绕到坦克正面，大模大样走上前去。

坦克上有人喝道："什么人？"

梁振江低声喝呼说："敌人都过来了，你咋呼什么！"

对方慌忙问道："敌人在哪儿？"

梁振江说："快下来！我告诉你。"

坦克上接连跳下三个人来，不等脚步站稳，梁振江喝一声："这不在这儿！"早用刺刀逼住。另外两组听见喊，也动了手，当场连人带炮都俘获了。

不远处三岔路口有座地堡，听见声，打起枪来。梁振江弯着腰绕上去，大声说："别打枪！净自己人，发生误会了。"趁地堡里枪声一停，冷不防扔过去一颗手榴弹，消灭了这个火力点。

又继续往前搜索。走不远，有个战士跑过来，指着一个大院悄悄说："里边有人讲话。"梁振江觑着眼望望那院子，吩咐战士卧倒，自己带着支新缴获的手枪，轻手轻脚摸上去，想先看看动静。

可巧院里晃出个人影来，拿着把闪闪发亮的大砍刀，嘴里骂骂咧咧说："他妈的！什么地方乱打枪？"一面朝前走。

梁振江伏到地上，等他走到跟前，一跃而起，拿手枪堵住那人的胸口，逼他直退到墙根底下，一边掏出烟说："抽烟吧，不用害怕。"

那人吓得刀也掉了，哆哆嗦嗦问："我还有命么？"

梁振江笑着说："你只管放心，解放军从来都宽待俘虏，我本人就是今年二月间才从井陉煤矿解放出来的，怕什么？"又说："实告诉你吧，我是营长，我们十几个团早把你们师部包围住了，你们师长也抓到了。"

那人一听，垂头丧气说："事到如今，我也实说了吧。这是个营，外头有排哨，我是出来看看情况的。"

梁振江问道："你愿不愿意戴罪立功？将来还能得点好处。"

那人见大势已去，就说："怎么会不愿意？你看我该怎么办？"

梁振江替他出了个主意，那人便对着远远的排哨喊："排长！排长！参谋长叫你。"

敌人排长听见喊，赶紧跑过来，对着梁振江恭恭敬敬打了个立正说："参谋长来了么？"

梁振江说："来了。"一伸手摘下他的枪，又虚张声势朝后喊道："通讯员！叫一连向左，二连向右，三连跟我来，把机枪支好点！"

后面几个战士一齐大声应道："支好了。"说着跑上来。这一来，弄得敌人排长胆战心惊。只得乖乖地叫他的排哨都缴了枪。

院里上房听见动静，一口吹灭灯，打起手榴弹来。梁振江拿枪口使劲一戳敌人排长的肋条，那排长急得叫："别打！别打！我是放哨的。"梁振江趁势蹿进院，几个箭步闪到上房门边，高声叫道："缴枪不杀！"先前那个拿砍刀的俘虏也跟着喊："人家来了十几个团，师长都活捉了，还打什么？”于是里边无可奈何地都放下武器。

这时天色已经傍明，再向前发展就是敌人最后的核心工事，敌人的残兵败将早被各路解放大军团团围住，剩下的无非是收场的一步死棋了……

这一仗，梁振江表现得那样出色，因而记了特功，又入了党。记得萧克将军在一次干部会上，曾经着重谈到梁振江用小部队所创造的巧妙战术，认为这是夺取大城市的带有典范性的巷战。无怪当时有不少人赞美梁振江说：“这是石家庄打出的一朵花！”我当时记下他的故事，可是谁要问我他究竟是怎样个人，我还是不清楚。头一次见到他，他是那么躲躲闪闪的，天知道藏着什么心计，忽然间又变成浑身闪光的英雄，这是容易懂的么？还记得我跟他谈这次战斗时，有几次，他说得正眉飞色舞，冷丁沉默一忽儿，露出一点类似忧愁的神情。再粗心，我也感觉得出。他的心头上到底笼着点什么阴影？直到第三次见面，他才对我掏出心来。

三

我们第三次见面正是在百花山下。那时是一九四八年春天，石家庄解放之后，部队经过一番休整，沿着恒山山脉北出长城，向原察哈尔一带进军。那天后半晌来到百花山脚，山村里许多房屋都被敌人烧毁，只好露营。我在一棵杏花树下安顿好睡处，顺着山沟往下走，看见许多战士坐在河边上洗脚，说说笑笑的，有人还大声念：

“铺着地，盖着天，河里洗脚枕着山！”好不热闹。

忽然有个战士蹬上鞋跳起来，叫了我一声，我一看正是梁振江。他的动作灵敏，精神也透着特别轻快，比先前大不相同，冲着我说：“我老巴望着能跟你谈谈，怎么不到我们连队来？”

我也是想见他，便约他一起稍坐坐。梁振江回头对别的战士打个招呼，引我走出十来步远，指着一块石头让我坐，开口先说：“我看见你的文章了，你把我写得太好了。”

我说：“本来好嘛。”

梁振江一摆头说：“不是那么回事。我有一段见不得人的历史，在家里杀过人，一直对党隐瞒着。不是经过这几个月的学习，现在思想还不通。”

我不免一惊。梁振江飞快地瞟我一眼，又垂下眼皮说：“我们家乡一带，土匪多，大半是吸白面的。我父亲活着的时候，挣了十几亩地，日子过得还富余。不想一年当中，三月、腊月，挨了两次抢，抢得精光。我那年十八岁，性子暴，不服气，明察暗访，知道土匪跟邻村一个大财主勾着，抢了，也没人敢讲。我告到官府去，官府又跟财主勾着，睁着一个眼闭着一个眼，看见也装看不见。我气极了，几夜不能合眼，恨不能放把火，把这个世界烧个精光。后来一想：你会动抢，我就不会动武的？心一横，卖了两亩地，买了支三八盒子枪，联络上村里一帮青年，专打吸白面的黑枪。有一回，邻村那财主骑着马进城去，也没跟人。我们藏在高粱地里，一打枪，马惊了，财主掉下来，叫我们绑住，系到一眼枯井里，由我下去看着。那家伙认识我，倒骂我是土匪，还威胁我说，要不放他，有朝一日非要了我的命不可。我又急又恨，一时遏不住火，把他打死，连夜逃到煤矿去。这件事我瞒得严密，从来没人晓得，心里可结个疙瘩，特别是在石家庄战役以后，党那么器重我，我对党却不忠诚，更是苦恼得很，终于我都告诉党了。”

我听了笑道：“逼上梁山，这正是中国人民光明磊落的历史，有什么见不得人的？”

梁振江也一笑，又说：“我的思想更不对头。你记得头一次见面，我对你的态度么？我疑心你是来套我的。我就是多疑，刚解放过来，心里又有病，处处不相信革命。问我参军还是回家，我家里撇下母亲、妻子，好几年没有音信，不是不想回去，可是当地有人命案子，回去不行。再说，自个儿是炮灰里清出来的，不参军，肯依我么？干脆抢个先，报了名吧。我又疑心打仗时候，会拿我挡炮眼。临到打保（定）北，一看老兵都在前边，班长倒叫我挖个坑，好好隐蔽。后来一乱，我和本连失掉联络，随着另一个连冲锋，只见连长擎着枪，跑在最前头，这下子鼓起我的决心，猛往上冲，结果立了战功。在革命队伍里受的教育越久，认识越高，赶解放石家庄，就更清楚革命力量有多强大了。”

我笑着说：“恐怕还不完全清楚吧？将来我们还要解放北京，解放全国……前途远得很呢。”

梁振江说：“你想得倒真远。”

我问道：“人都该有理想，你没有么？”

梁振江笑笑说：“我也有，想得更玄。我父亲是做木匠活的，喜欢拿树根刻玩意儿，一刻就是神仙驾着云头，缥缥缈缈的。我问他怎么专刻神仙，他说人要能成仙，上了天，什么都不愁，再快活没有了。有时我也会望着云彩痴想：几时能上天就好了。”

我笑道：“人不能上天，可能把想象的天上的生活移到地面上，甚至于更圆满。你懂得我的意思么？”

梁振江说："懂得。"

前面一片柿子树林里吹起开饭号，一个战士喊："梁班长！吃饭。"又用筷子敲着搪瓷碗，像唱歌似的念，"吃得饱，睡得足，明天一早好开路。"

我便握着梁振江的手笑道："去吃饭吧。吃了饭，好好休息，明天再向我们的理想进军。"

进军的速度是惊人的。从我们这回分手后，部队沿着长城线，出出进进，走过无数路，打过许多漂亮仗。一九四八年冬天，在新保安又打了个出色的歼灭战，歼灭敌人一个军部和两个师。我本来知道梁振江那个部队也参加这次战斗，想随他们一起行动，不想临时有别的任务，不得不到别的部队去。这以后，革命部队真是一日千里，到一九四九年年初，便进入北京了。北京这个富丽堂皇的古都，谁不想瞻仰瞻仰，于是各部队的干部轮流参观。有一天，在游故宫三殿时，我遇见梁振江那个部队的一位政治工作人员，彼此在胜利中会面，自然格外兴奋，握着手谈起来：谈到一些旧事，也谈到一些熟人。

我问起梁振江，那位同志睁大眼说："你还不知道么？他已经在新保安牺牲了！"

我的心好像一下子叫人挖掉，空落落的，说不出是什么滋味。对于同志的死，我经历的不止一次，可是在这样万人欢腾的日子里，忽然听见一位同志在胜利的前夕倒下去了，我不能不难过。我极想知道他死前的情形，更想知道他死的经过，无奈一时探听不出，只听说他临牺牲前，躺在指导员怀里，眼望着天说："可惜我看不见胜利了！"

我们却能在胜利中，处处看见他。现在是一九五七年"八一"

前夕，到处都在庆祝解放军建军三十周年。我写完这篇文章，已经是深夜，窗外的夹竹桃花得到风露，透出一股淡淡的清香。隔着纱窗往外一望，高空是满天星斗。我不觉想起梁振江那种缥缥缈缈的理想。今天在地面上，我们不是已经开始建立起比天上还美妙的生活？这种生活里处处都闪着梁振江的影子，也闪着千千万万人的影子。我们叫不上那千千万万人的名字，他们（包括梁振江）却有一个永世不灭的共同的名字——这就是“人民”。

一九五七年

滇池边上的报春花

自古以来，人们常有个梦想，但愿世间花不谢，叶不落，一年到头永远是春天。这样的境界自然寻不到，只好望着缥缥缈缈的半天空，把梦想寄到云彩里。

究其实，天上也找不到这种好地方。现时我就在云里。飞机正越过一带大山，飞得极高，腾到云彩上头去。往下一看，云头铺得又厚又严，一朵紧挤着一朵，好像滚滚的浪头，使你恍惚觉得正飞在一片白浪滔天的大海上。云彩上头又是碧蓝碧蓝的天，比洗的还干净，别的什么都不见。

可是，赶飞机冲开云雾，稳稳当当落到地面上，我发觉自己真正来到个奇妙的地方，花啊，草啊，叫都叫不上名，终年不断，恰恰是我们梦想的四季长春的世界。不用我点破，谁都猜得着这是昆明了。

人家告诉我说，到昆明来，最好是夏天或是冬天。六七月间，到处热得像蒸笼，昆明的天气却像三四月，不冷不热。要是冬天，你从北地来，满身带着霜雪，一到昆明，准会叫起来："哎呀！怎么还开花呢？"正开的是茶花。白的、红的，各种各样，色彩那么鲜亮，你见了，心都会乐得发颤。

说起昆明的花木，真正别致。最有名的三种花是茶花、杜鹃花，还有报春花。昆明的四季并不明显，年年按节气春天一露头，山脚下、田边上，就开了各种花，有宝蓝色，有玫瑰红，密密丛丛，满眼都是。花好，开的时候也好，难怪人人都爱这种报春花。还有别的奇花异木：昙花本来是稀罕物件，这儿的昙花却长成大树；象鼻莲（仙人掌一类植物）多半是盆栽，这儿的象鼻莲能长到一丈多高，还开大花；茶花高得可以拴马；有一种豌豆也结在大树上。

其实昆明也并非什么神奇的地方，说穿了，丝毫不怪。这儿属于亚热带，但又坐落在云贵高原上，正当着喜马拉雅山的横断山脉，海拔相当高，北面的高山又挡住了从北方吹来的寒风，几方面条件一调节，自然就冷热均匀，长年都像春天了。

可惜我是秋天来的。茶花刚开，滇池水面上疏疏落落浮着雪白的海菜花，很像睡莲。我喜欢昆明，最喜欢的还是滇池，也叫昆明湖。那天，我上了昆明城外的西山，顺着石磴一直爬到"龙门"高头，倚着石栏杆一望：好啊！这方圆二百里的高原上的大湖，浩浩荡荡，莽莽苍苍，湖心飘着几片渔帆，实在好看。

我偏着身子想坐到石栏杆上，一位同伴急忙伸手一拦说："别！别！"原来石栏杆外就是直上直下的峭壁，足有几十丈高，紧临着滇池。

另一位同志笑着接嘴说："你掉下去，就变成传说里的人物了。"跟着指给我看"龙门"附近一个石刻的魁星，又问道："你看有什么缺陷没有？"

我看不出，经他一指，才发觉那魁星原本是整块石头刻的，只有手里拿的笔是用木头另装上的。于是那位同伴说了个故事。传说古时候有个好人，爱上个姑娘，没能达到心愿，一发狠，就到西山去刻“龙门”。刻了个石魁星，什么都完完全全的，刻到最后，单单没有石头来刻笔。那人追求生活不能圆满，又去追求艺术，谁知又不圆满，伤心到极点，就从“龙门”跳下去，跌死了。可见昆明这地方虽美，先前人的生活可并不完美。曾经充满了痛苦，充满了眼泪。痛苦对少数民族的兄弟姐妹来说更深。云南的民族向来多。那云岭，那怒山，那高黎贡山，哪座山上的杜鹃花不染着我们兄弟民族的血泪？

我见到一个独龙族的姑娘，叫媛娜，是第三的意思。她只有十八岁，梳着双辫，穿着白色长袍，斜披着一条花格子布披肩，脖子上挂着好些串大大小小的玻璃珠子。见了生人也不怯，老是嘻嘻，嘻嘻，无缘无故就发笑。旁人说话，她从旁边望着你的嘴，哧地笑了。人家对她说：“你穿得真好看啊！”她用手捂着嘴，缩着肩膀，拼命憋住不笑。人家再问她：“你怎么这样爱笑？”她把脸藏到女伴背后，咯咯地笑出声来。我让她吃糖，她才不会假客气呢，拿起块樱桃糖，用大拇指和食指捏着，送到嘴边上咂一会儿，抽出来看看，又咂一会儿，又抽出来看看，忙个不停，一面还要说话，还要笑。她说她的生活。她的性格那么欢乐，你几乎不能相信她会有什么痛苦。

媛娜用又急又快的调子说：“我家里有母亲，还有兄妹，都住在大山上。早些年平地叫汉人的地主霸占光了，哪有我们站脚的地方？说句不好听的话，我们在大山上，跟野兽也差不多，就在树林子里盖间草房，屋子当中笼起堆火，一家人围着火睡在地上。全家只有一把刀，砍了树，放火烧烧山，种上苞谷，才能有吃的。国民党兵一来，还要给你抢光。没办法，只得挖药材，打野兽。用弓弩打。打到麝香、鹿、熊、野猪、飞鼠一类东西，拿到山下，碰上国民党，也给你抢走。那时候谁见过鞋子？谁穿过正经衣裳？”

说到这里，媛娜咧开嘴笑了。她把糖完全含到嘴里，腾出手来掩着自己的胸口，歪着头笑道：“你看我现时穿得好不好？”

她说话的口气很怪，总是笑，倒像是谈着跟自己漠不相关的事。实际也不怪，再听下去，你就懂得她的心情了。

媛娜继续说：“一解放，人民政府每家给了三把锄头，几年光景，我们家开了一百多亩水田，早有稻子吃了。这是几百年几千年也没有的事，好像死了又活了。”

过去的事已经埋葬，这位年轻的独龙姑娘从头到脚都浸到新的欢情里，怎么能怪她老是爱笑？

但是过去的事并不能连根铲掉，痛苦给她刻下了永久不灭的记号。媛娜的脸上刺满绿色的花点，刺的是朵莲花。我很想问问她文面的原因，又怕碰了她的痛处，不大好问。媛娜自动告诉我说：“不刺脸，国民党兵见你年轻，就给拉走。刺上花，脸丑了，就不要了。那工夫，谁不害怕当兵的啊！怕死人了。看穿黄衣服的大家都往山上跑。”

我故意问她道：“现在你还怕穿黄衣服的么？”

媛娜指着自己的前胸反问道：“你说我么？”便用手背一掩嘴，笑出声说：“我还要相赶着找穿黄衣服的呢。”

媛娜找的自然是解放军。在云南边疆上，我们解放军的战士跟少数民族烧一座山上的柴，喝一条河里的水，多少年来在各民族间造成的隔阂和冤仇逐渐消失，互相建立起手足般的感情。这种感情是从生死斗争里发展起来的。

我想告诉大家一件事情。有一班战士驻扎在边境上一个景颇族的寨子里，隔一条河便是缅甸，那边深山密林里藏着些亡命的蒋军，有时偷过境来打劫人民。这一班战士就为保护人民来的。有一晚上，三百多个匪徒溜过来，突然把寨子围住，天一破亮，开火了。我们只有十几个战士，当时分散开，顶住了敌人。从拂晓足足打到黄昏，战士都坚持在原地上不动，饿了，便拔眼前的野草吃。

班长亲自掌握机枪，一条腿打断，又一条腿也打断，不能动了。

匪徒们觉得这边支持不住，不停地喊："交枪！交枪！"

班长忍着痛撑起上半身喊："好，你们过来吧，我们交枪。"

匪徒们涌上来。班长叫："慌什么？你接着吧！"一阵机枪扫过去，扫倒敌人一大片。这时，又一颗子弹飞过来，打中班长的腰。班长松了机枪，歪到地上，还用两手钩着两颗手榴弹的弦，对他的战士喊："我们要保卫祖国的社会主义建设！"

最后趁着夜色，党的小组长带着人突出包围圈，占了制高点，打了排手榴弹，朝敌人直冲下去。敌人被冲垮了，乱纷纷逃出国境去。

景颇族的农民围着昏迷不醒的班长说："都是为的我们啊！"

这些兄弟民族对解放军真是爱护得很，有时成群结队敲着象脚鼓，老远来给军队送东西。譬如有一回，庄稼闹虫灾，战士们帮着打虫子，天天雨淋日晒，脊梁曝了层皮，两条腿站在水田里，蚂蟥又咬，膝盖以下咬的满是血泡，糟的不像样子。虫子打完，赶收成时，农民争着尽先把新米送给战士。按景颇族的老规矩，头一把新米应该先供祖宗，给最有德望的老人吃。战士们不肯收，说是不配先吃。农民嚷着说："不先给你们吃给谁呢？"

在昆明，我看过一次十分出色的晚会。有阿细跳月，有景颇族的长刀舞，有彝族的㑇小细鱼舞，有汉族的采茶花灯，还有许多其他民族的歌舞。这些歌舞是那么有色彩，那么有风情，那么欢乐，而又那么热烈，使你永远也不能忘记。晚会演完谢幕时，所有的演员都站到台前，穿着各式各样的服装，鲜明漂亮，好看极了。

当地一位朋友拉拉我的衣袖笑着说："你不是想看看云南有名的报春花么？这不是，就在你眼前。"

眼前这样多不同民族的青年紧靠在一起，五颜六色，神采飞舞，一定很像盛开的报春花。只是报的并非自然界的春天，却是各民族生活里的春天。

只有今天，古人追求不到的圆满东西，我们可以追求到了。

也只有今天，昆明才真正出现了长年不谢的春天。

一九五五年

香山红叶

早听说香山红叶是北京最浓最浓的秋色，能去看看，自然乐意。我去的那日，天也作美，明净高爽，好得不能再好了；人也凑巧，居然找到一位老向导。这位老向导就住在西山脚下，早年做过四十年的向导，胡子都白了，还是腰板挺直，硬朗得很。

我们先邀老向导到一家乡村小饭馆里吃饭。几盘野味，半杯麦酒，老人家的话来了，慢言慢语说："香山这地方也没别的好处，就是高，一进山门，门槛跟玉泉山顶一样平。地势一高，气也清爽，人才爱来。春天人来踏青，夏天来消夏，到秋天——"一位同游的朋友急着问："不知山上的红叶红了没有？"

老向导说："还不是正时候。南面一带向阳，也该先有红的了。"于是用完酒饭，我们请老向导领我们顺着南坡上山。好清静的去处啊。沿着石砌的山路，两旁满是古松古柏，遮天蔽日的，听说三伏天走在树荫里，也不见汗。

老向导交叠着两手搭在肚皮上，不紧不慢走在前面，总是那么慢言慢语说："原先这地方什么也没有，后面是一片荒山，只有一家财主雇了个做活的给他种地、养猪。猪食倒在一个破石槽里，可是倒进去一点食，猪怎么吃也吃不完。那做活的觉得有点怪，放进石槽里几个铜钱，钱也拿不完，就知道这是个聚宝盆了。到算工账的时候，做活的什么也不要，单要这个石槽。一个破石槽能值几个钱？财主乐得送个人情，就给了他。石槽太重，做活的扛到山里，就扛不动了，便挖个坑埋好，怕忘了地点，又拿一棵松树和一棵柏树插在上面做记号，自己回家去找人帮着抬。谁知返回来一看，满山都是松柏树，数也数不清。"谈到这儿，老人又慨叹说："这真是座活山啊。有山就有水，有水就有脉，有脉就有苗，难怪人家说下面埋着聚宝盆。"

这当儿，老向导早带我们走进一座挺幽雅的院子，里边有两眼泉水。石壁上刻着"双清"两个字。老人围着泉水转了转说："我有十年不上山了，怎么有块碑不见了？我记得碑上刻的是'梦赶泉'。"接着又告诉我们一个故事，说是元朝有个皇帝来游山，倦了，睡在这儿，梦见身子坐在船上，脚下翻着波浪，醒来叫人一挖脚下，果然冒出股泉水，这就是"梦赶泉"的来历。

老向导又笑笑说："这都是些乡村野话，我怎么听来的，怎么说，你们也不必信。"

听着这个白胡子老人絮絮叨叨谈些离奇的传说，你会觉得香山更富有迷人的神话色彩。我们不会那么煞风景，偏要说不信。只是一路上山，怎么连一片红叶也看不见？

老人说："你先别急，一上半山亭，什么都看见了。"

我们上了半山亭，朝东一望，真是一片好景。莽莽苍苍的河北大平原就摆在眼前，烟树深处，正藏着我们的北京城。也妙，本来也算有点气魄的昆明湖，看起来只像一盆清水。万寿山、佛香阁，不过是些点缀的盆景。我们都忘了看红叶。红叶就在高头山坡上，满眼都是，半黄半红的，倒还有意思。可惜叶子伤了水，红得又不透。要是红透了，太阳一照，那颜色该有多浓。

我望着红叶，问："这是什么树？怎么不大像枫叶？"

老向导说："本来不是枫叶嘛。这叫红树。"就指着路边的树，说："你看看，就是那种树。"

路边的红树叶子还没红，所以我们都没注意。我走过去摘下一片，叶子是圆的，只有叶脉上微微透出点红意。

我不觉叫："哎呀！还香呢。"把叶子送到鼻子上闻了闻，那叶子发出一股轻微的药香。

另一位同伴也嗅了嗅，叫："哎呀！是香。怪不得叫香山。"

老向导也慢慢说："真是香呢。我怎么做了四十年向导，早先就没闻见过？"

我的老大爷，我不十分清楚你过去的身世，但是从你脸上密密的纹路里，猜得出你是个久经风霜的人。你的心过去是苦的，你怎么能闻到红叶的香味？我也不十分清楚你今天的生活，可是你看，这么大年纪的一个老人，爬起山来不急，也不喘，好像不快，我们可总是落在后边，跟不上。有这样轻松脚步的老年人，心情也该是轻松的，还能不闻见红叶香？

老向导就在满山的红叶香里，领着我们看了"森玉笏"、"西山晴雪"、昭庙，还有别的香山风景。下山的时候，将近黄昏。一仰脸望见东边天上现出半轮上弦的白月亮，一位同伴忽然记起来，说："今天是不是重阳？"一翻身边带的报纸，原来是重阳的第二日。我们这一次秋游，倒应了重九登高的旧俗。

也有人觉得没看见一片好红叶，未免美中不足。我却摘到一片更可贵的红叶，藏到我心里去。这不是一般的红叶，这是一片曾在人生中经过风吹雨打的红叶，越到老秋，越红得可爱。不用说，我指的是那位老向导。

一九五六年

海天苍苍

傍晚，凉风从台湾海峡吹来。路旁的金合欢花散出甜丝丝的清香。厦门的夏夜是迷人的。我的心却有点发紧，不能平静——我正在一步一步走近吴才良的家。

吴才良在一九五三年福建乌丘屿海面的一次海战里显露出他的性格。当时他刚上炮艇，当信号兵，年纪轻、个子又矮，一脸稚气，都把他当小孩看。你哪想到就是这样个孩子，当我们的炮艇在海战当中一靠拢敌船，他拿着支冲锋枪，一纵身跳到敌船上。敌人船上掌舵的被打死了，船还在转。这个手脚灵活的小水兵三步两步蹿到前舱口，正好有个蒋家军官要往上钻，当场叫吴才良一喊，慌慌张张举起手来。紧接着吴才良从舱里又活捉了十几个敌人。懂得一点海战的人都知道："跳帮"（即跳船）不是件容易事。吴才良的胆气就是这样壮。

我现在要去看的不是吴才良，是他母亲。这位母亲为她儿子的命运该经历过多少不眠的夜晚啊！一颗流过血的母亲的心是神圣的，我不忍心去触动。我最怕见的是母亲的善良的眼泪。

吴妈妈并没用眼泪来迎接我。她有四十几岁，神态很温柔，又透着刚强。屋里已经黑洞洞的了。她点起盏煤油灯，窗口的海风一吹，灯苗冒起黑烟，忽闪地灭了，她就再点。还有好几个小儿女围在她的身前，一个个方头大脸的，都像吴才良一样可爱。她用空洞的眼神望着我，一面沉思，一面轻声谈着她心爱的儿子——才良。我觉得她谈的不只是她的儿子，她谈的是我们年轻一代人的思想和灵魂。

才良，我的孩子，已经离开我走到别处去，永远不再回来了。有时我一恍惚，觉得他好像是出门迷了方向，一时找不到回家的路，不定什么时候，门外会传来他的笑声，一转眼他会飞进屋子里来，对着我唱。他总是这样，人没到笑声先来了。他知道我爱听唱歌，一回家就唱。可是才良是不会回来的了。他并没迷失方向，他走的是一条通到很远很远地方的光明大道。他最后给我的一封信里还写着："妈妈，你能原谅我么？我们的走，总是使人感到这样的突然……当我想起将来，想起祖国最美丽的那一天，一种新的力量充沛着我，也使我更加劲地工作。我知道只有工作，才能缩短走向幸福的路程。"

才良就这样走了，奔着一个远大的理想往前走了。

我爱我的孩子，特别爱他这种刚强性格。我们家的生活先前很苦，靠着他爸和我做鞋油和肥皂卖。孩子从小帮着做。记得有一回才良做鞋油多倒了油，他爸打了他一个耳光子，孩子一生气，跑到他叔父家里去，直到一个多月后，才慢慢回心转意，回到家里来。才七岁一个孩子，就有这大气性。

才良顶喜欢他叔父。他叔父叫吴学诚，在国民党《中央日报》

做副刊编辑，常给孩子书看，讲故事给孩子听。才良爱书本爱得要命，八岁上就抱着一大本《三国演义》死啃，啃不动也啃，看着都叫人发笑。我清清楚楚记得是一九四七年初头，正过元宵节，叔父在我们家吃元宵，他的家忽然叫特务搜了。叔父忙着赶回去，就叫国民党的党部“请”去，从此再也没有音信。

当时才良已经十二岁，稍微懂点事，仰着脸问我：“妈妈，国民党为什么要杀叔父呢？”

我忍着泪悄悄告诉他说：“因为你叔父是个共产党。”

孩子又问：“为什么是共产党就要杀呢？”

我悄悄说了点自己懂得的一知半解的革命道理，都是他叔父平时对我讲的。孩子的心是纯洁的，记得也牢。厦门解放那天，解放军一进城，人家孩子就连跑带叫撞进门来：“妈！妈！共产党来了！”

我望着自己的儿子，心里说不出的难过。还能老让孩子天天挑着肥皂上街卖吗？他应该念书，他可想当个解放军。念了两年初中，他到底考进海军去。临走，他只向我要一件东西，这是他叔父活着的时候亲手做的小铁箱。

我说：“要你就拿去吧，可别丢了。”

他拿这个小铁箱装书用。他的书也多，有小说，更多的是诗，每本都包着干干净净的封皮，像新的一样。谁要看就借给谁。可是你要不知道爱惜书，稍微弄脏一点，你看他那个不高兴啊。

才良自己也写诗。他有一本很厚很厚的本子，写满了诗。他抄给我的诗里有这样几句：

我们永远不能忘记

那死去了的战友的姓名
我们永远万分珍惜
那在战场里结下的友谊

这个孩子，感情实在重。在许许多多战友当中，跟他顶密的是谢时恒，也是信号兵，两个人常常走在一起，好像你是我的影子，我是你的影子。时恒的身量高，才良又矮又灵活，刚刚到时恒的胸脯。才良会笑着说："看你多高！"看电影总坐在时恒的上首，位子高些。

两个人不在一个炮艇上做工作，彼此约好了，谁的艇先靠码头，谁就买两张电影票，一起去看。

买好票才良说："你等着，我找你去。"

时恒说："我找你去。"

常常是你找我，我也找你，两个人走到半路就碰见了。如果时间早，才良准把时恒领到家里来。一进门才良就唱，还喊："妈！给我们花菜吃。"

夏天，炮艇一靠码头，两个孩子总爱睡在码头上，有时你替我抱被子，有时我替你抱。两个人并排一躺下，望着满天的星星，听着海上的潮水，就该咕咕哝哝谈起来了。谈到东，谈到西，谈到祖国，也谈到自己——总是谈到很远很远的将来。

要是晚间许多信号兵聚到一起，大家一定逼着才良讲故事。才良肚子里的玩意儿也多，故意讲鬼，还专讲顶怕人的鬼。讲到最后，他会把两条胳臂忽然一张，啊地大叫一声，做出吓人的样子，惹得人家都笑起来。

乌丘屿那次海战，才良立下点功劳，你也许在《解放军画报》

上看过他的照片。有一天，孩子回家来，四下望望问："妈妈，报喜的奖状来了么？"

我说："来了。"

孩子又问："来了为什么不挂起来？"

我说："先不忙吧，这么点芝麻粒大的功劳，算什么？等你立了更大的功，再一齐挂起来吧。"

做母亲的心事，你该懂得。我说这话，是怕孩子骄傲。其实我是冤枉了我的孩子。作为个团员，党更会时时刻刻教导他。又过了好些日子，我发现才良瘦了，回家来也唱，也笑，只是不像从前那么欢。我有点担心，他却笑笑说："一点小病——不碍事。"

还说是小病呢。原来他得了心脏病，起初时常头晕，到后来，有时正在艇上值更，一下子会晕倒，不省人事。中队长几次送他去休养，去了不久又回来，回来就要上艇。有一个晚上，谢时恒的炮艇跟才良的停在一处。时恒值更，才良也值更。到半夜，时恒听见那边艇上喊："吴才良没气了！"

同志们又把他送到医院去。这次还算好，养了两个多月才回来，气色好了，人也壮了。你当他是养好病回来的么？才不是呢。他是偷偷从医院跑出来的，什么东西都丢了。中队长找他谈话，人家孩子还满有理似的说："医院里叫我复员，我不跑还等什么？"

中队长说："你有病就该复员。"

人家孩子就说："等台湾解放了，我再复员吧。"

不复员也不要紧，还不肯留在陆地指挥所里，偏要求回他的原艇。于是有一天，他跟他那些热爱的战友一起，不声不响又走远了。走到哪儿去？我不知道。我知道他是回到海洋上去了。他爱海洋，正像他爱诗一样，爱得要命。风平浪静的日子，他爱海的温柔；白浪滔天，他又爱海的威严。一到大海上，他就高兴。只要我的孩子高兴，我也高兴。

我不能忘记一九五五年十二月二十五号这个日子。那天上午十点多钟，我在居民委员会里忙了一阵工作，有点累，回到家里，看见桌子上摆着封信，笔迹是生疏的，寄信的番号却是我儿子的。我的心跳得厉害，手也止不住发颤，急忙拆开信看。信上写着：

> 亲爱的好妈妈！当我写这封信时，我的眼泪一直不停地流着，我很悲痛我的好战友吴才良同志已经于本月十九日在保卫祖国的社会主义建设中倒下去了！……

看到这儿，我的眼前一阵黑，什么都不知道了。等苏醒过来，看见几个小儿女围着我，哭着叫妈妈，我的心痛得像锥子扎似的，想哭，又没有眼泪。我用两只胳臂搂着我的小儿女，强忍着说："不要哭，孩子！不要哭！哭是没有用的。"

我还不相信才良会真死了。也许这不是真的吧？寄信给我的是才良的大队长，我找到大队部去。事实终归是事实，我的儿子再也活不过来了。我为我的儿子痛苦，也为我的儿子骄傲。他死得好，死得值得。现在我只有一个心愿：我想看看我儿子牺牲的地方，我想看看我儿子的坟墓。

大队的一位同志陪我到了东山岛。我才知道，这些天才良他们那个艇队一直在这一带海面上巡逻，保护海上的运输，运的都是建设祖国的各样器材。冬天，海不是好惹的，一闹天气，浪头会从桅杆上哗地盖过去，哗地又盖过来，炮艇就得打着滚往浪窝里钻。才良是个信号兵，总要站在驾驶台上，站得那么高，瞭望着海面，还得跟别的炮艇拿旗子说着话。炮艇翻来翻去，不牢牢抓住桅杆，准会把他颠到海里去。他呕起来，呕一次又一次，浑身像抽掉筋似的，又酸又软。我的好儿子却从来不肯到舱里去，他要站在他自己应当站的位置上。

我儿子出事那天，艇队已经完成护航的任务，开进东山港里。那些日子，敌人的飞机常从台湾绕来，乱闹腾。这一天，从早晨起，对空的战斗就开始了。有一架敌机受了伤，其余的都逃走了。靠近中午，才良站在驾驶台上，拿着望远镜正瞭望，忽然喊："西南方向发现敌机四架！"

一掉头，发现八架，再一掉头，变成十二架，围着上空直打转。

才良本来有一条清亮的好嗓子，整个艇上都听见他一会儿报告："左舷十五度敌机两架！"一会儿又报告："右舷四十五度敌机四架！"……

艇上的炮火一齐吼起来。炮弹一时切断敌人从不同高度、不同角度冲击的队形，一时又直冲着敌机飞去。炸弹从高空投下来，海面上激起一根水柱，又一根水柱……比桅杆还高。

也不知道我们的炮打出去多少发炮弹，炮筒子发了红，直冒烟，还是打。

你想不到一个孩子会在战斗里有多么沉着。只听见才良对炮手报告："炮弹离敌机相差五度。"紧接着叫起来："打得好！打中了！打中了！"

果然有一架敌机冒了红，尾巴上拖着一条黑烟，一路号叫着摔到大海里去。

不久才良又喊："打中了！又打中了！"

又一架敌机晃了晃，像喝醉酒似的，摇摇摆摆的，拖着翅膀子朝东飞了。正在这个当口，另一架敌机忽然从山后翻过来，朝着炮艇扑上来。才良喊了声，举起冲锋枪，对准敌机就打。一颗炸弹落下来。一转眼间驾驶台旁溅起一片水花，才良的声音从此再也听不见了。

战斗结束以后，同志们把他从海里捞出来，浑身上下不见一点伤。可怜的孩子，他是从炮艇高头震到海里去，要是不震昏，他能凫水，还是不会死的。我去看了看他的坟墓，离他牺牲的地方不远，清清静静的，前面就是大海。活着的时候，才良爱海。现在他可以永远听见海潮的声音，永远监视着祖国的海防。

陪我去的同志想要安慰我，说："才良同志的身体不大好，战斗的头两天，本来决定调他到岸上工作，另派人代替他，他可说什么也不肯离开岗位。"

我说："我的儿子做得对。如果祖国的事业需要有位母亲献出她的儿子，就让才良去吧。我不愿意别的母亲也像我这样痛心。"

才良写过这样几句诗：

如果在一个早晨或者夜晚
解放的呼声像雷震的呼喊
我们将和祖国一起
就像昨天一样英勇作战

准备着，永远准备着
一旦我们战死
就让同志们踏着胜利的步伐
跨过我们——去消灭敌人

我觉得，这就是我儿子留给我的战斗的誓词。

亲爱的吴妈妈，在她低声谈着儿子的时候，只有一次掏出手绢，轻轻擦了擦眼。从她的性格里，我看见了吴才良的性格。

已经是夜里九点钟，吴妈妈还要赶着去听党课。我从她借到吴才良的诗和照片，回到我的住处。我在灯下读完吴才良的诗，又拿起他的照片。这是个十分清俊的青年，两只明亮的大眼睛里藏着无限美丽的感情，美丽的思想，美丽的灵魂。要判断一个人的健康，我们要摸他的脉。吴才良正是我们这个时代的一处脉搏。接触到他，你能够感到这个时代的生活是怎样的沸腾啊。

我的心不能平静下来，走到露台上去。我的住处在厦门的最高点虎头山上，眼前苍苍茫茫的，海天一片。一时间，我觉得吴才良并没有死。他不过是登上舰艇，挂起旗子，跟他的战友一起，向着海天苍苍的深处远航而去。风浪声里，我恍恍惚惚还听得见他的歌声：

迎着火红的太阳
劈开层层的波浪
我们的炮艇离开了海港
驶向水天相连的远方
再见吧！亲爱的同志，陆上的朋友们
不要怀念海上的人
愿你们愉快地尽情歌唱……

一九五六年

海　市

我的故乡蓬莱是个偎山抱海的古城，城不大，风景却别致。特别是城北丹崖山峭壁上那座凌空欲飞的蓬莱阁，更有气势。你倚在阁上，一望那海天茫茫、空明澄碧的景色，真可以把你的五脏六腑都洗得干干净净。这还不足为奇，最奇的是海上偶然间出现的幻景，叫海市。小时候，我也曾见过一回。记得是春季，雾蒙天，我正在蓬莱阁后拾一种被潮水冲得溜光滚圆的玑珠，听见有人喊："出海市了。"只见海天相连处，原先的岛屿一时不知都藏到哪儿去了，海上劈面立起一片从来没见过的山峦，黑苍苍的，像水墨画一样。满山都是古松古柏；松柏稀疏的地方，隐隐露出一带渔村。山峦时时变化着，一会儿山头上幻出一座宝塔，一会儿山洼里又现出一座城市，市上游动着许多黑点，影影绰绰的，极像是来来往往的人马车辆。又过一会儿，山峦城市慢慢消下去，越来越淡，转眼间，天青海碧，什么都不见了，原先的岛屿又在海上重现出来。

这种奇景，古时候的文人墨客看到了，往往忍不住要高声咏叹。

且看蓬莱阁上那许多前人刻石的诗词，多半都是题的海市蜃楼，认为那就是古神话里流传的海上仙山。最著名的莫过于苏东坡的海市诗，开首几句写着："东方云海空复空，群仙出没空明中，摇荡浮世生万象，岂有贝阙藏珠宫……"可见海市是怎样的迷人了。

只可惜这种幻景轻易看不见。我在故乡长到十几岁，也只见过那么一回。故乡一别，雨雪风霜，转眼就是二十多年。今年夏天重新踏上那块滚烫烫的热土，爬到蓬莱阁上，真盼望海上能再出现那种缥缥缈缈的奇景。偏我来得不是时候。一般得春景天，雨后，刮东风，才有海市。于今正当盛夏，岂不是空想。可是啊，海市不出来，难道我们不能到海市经常出现的地方去寻寻看么？也许能寻得见呢。

于是我便坐上船，一直往海天深处开去。好一片镜儿海。海水碧蓝碧蓝的，蓝得人心醉，我真想变成条鱼，钻进波浪里去。鱼也确实惬意。瞧那海面上露出一条大鱼的脊梁，像座小山，那鱼该有十几丈长吧？我正看得出神，眼前哧溜一声，水里飞出另一条鱼，展开翅膀，贴着水皮飞出去老远，又落下去。

我又惊又喜问道："鱼还会飞么？"

船上掌舵的说："燕儿鱼呢，你看像不像燕子？烟雾天，有时会飞到船上来。"那人长得高人健壮，一看就知道是个航海的老手，什么风浪都经历过。他问我道："是到海上去看捕鱼的么？"

我说："不是，是去寻海市。"

那舵手瞟我一眼说："海市还能寻得见么？"

我笑着说："寻得见——你瞧，前面那不就是？"就朝远处一指，那儿透过淡淡的云雾，隐隐约约现出一带岛屿。

那舵手稳稳重重一笑说："可真是海市，你该上去逛逛才是呢。"

赶到船一靠近岛屿，我便跨上岸，走进海市里去。

果然不愧是“海上仙山”。这一带岛屿烟笼雾绕，一个衔着一个，简直是条锁链子，横在渤海湾里。渤海湾素来号称北京的门户，有这条长链子挂在门上，门就锁得又紧又牢。别以为海岛总是冷落荒凉的，这儿山上山下，高坡低洼，满眼葱绿苍翠，遍是柞树、槐树、杨树、松树，还有无数冬青、葡萄以及桃、杏、梨、苹果等多种果木花树。树叶透缝的地方，时常露出一带渔村，青堂瓦舍，就和我小时候在海市里望见的一模一样。先前海市里的景物只能远望，不能接近，现在你却可以走进渔民家去，跟渔民谈谈心。岛子上四通八达，到处是浓荫夹道的大路。顺着路慢慢走，你可以望见海一般碧绿的庄稼地里闪动着鲜艳的衣角。那是喜欢穿红挂绿的渔家妇女正在锄草。有一个青年妇女却不动手，鬓角上插着枝野花，立在槐树凉影里，倚着锄，在做什么呢？哦！原来是在听公社扩音器里播出的全国麦收的消息。

说起野花，也是海岛上的特色。春天有野迎春；夏天太阳一西斜，漫山漫坡是一片黄花，散发着一股清爽的香味。黄花丛里，有时会挺起一枝火焰般的野百合花。凉风一起，蟋蟀叫了，你就该闻见野菊花那股极浓极浓的药香。到冬天，草黄了，花也完了，天上却散下花来，于是满山就铺上一层耀眼的雪花。

立冬小雪，正是渔民拉干贝的季节。渔船都扬起白帆，往来拉网，仿佛是成群结队翩翩飞舞的白蝴蝶。干贝、鲍鱼、海参一类东西，本来是极珍贵的海味。你到渔业生产队去，人家留你吃饭，除了鲐鱼子、燕儿鱼丸子而外，如果端出雪白鲜嫩的新干贝，或者是刚出海的鲍鱼，你一点不用大惊小怪，以为是大摆筵席，其实平常。

捕捞这些海产却是很费力气的。哪儿有悬崖陡壁，海水又深，哪儿才盛产干贝鲍鱼等。我去参观过一次“碰”鲍鱼的。干这行的渔民都是中年人，水性好，经验多，每人带一把小铲、一个葫芦，葫芦下面系着一张小网。趁落潮的时候，水比较浅，渔民戴好水镜，先在水里四处游着，透过水镜望着海底。一发现鲍鱼，便丢下葫芦钻进水底下去。鲍鱼也是个怪玩意儿，只有半面壳，附在礁石上，要是你一铲子铲不下来，砸烂它的壳，再也休想拿得下来。渔民拿到鲍鱼，便浮上水面，把鲍鱼丢进网里，扶着葫芦喘几口气，又钻下去。他们都像年轻小伙子一样嬉笑欢闹，往我们艇子上扔壳里闪着珍珠色的鲍鱼，扔一尺左右长的活海参，扔贝壳像蒲扇一样的干贝，还扔一种叫“刺锅”的怪东西，学名叫海胆，圆圆的，周身满是挺长的黑刺，跟刺猬差不多，还会爬呢。

最旺的渔季自然是春三月。岛子上有一处好景致，叫花沟，遍地桃树，年年桃花开时，就像那千万朵朝霞落到海岛上来。桃花时节，也是万物繁生的时节。雪团也似的海鸥会坐在岩石上自己的窝里，一心一意孵卵，调皮的孩子爬上岩石，伸手去取鸥蛋，那母鸥也只转转眼珠，动都懒得动。黄花鱼起了群，都从海底浮到海面上，大鲨鱼追着吃，追的黄花鱼嗷嗷叫。听见鱼叫，渔民就知道是大鱼群来了，一网最多的能捕二十多万条，倒在舱里，一跳一尺多高。俗话说得好：“过了谷雨，百鱼上岸。”大对虾也像一阵乌云似的涌到近海，密密层层。你挤我撞，挤的在海面上乱蹦乱跳。这叫桃花虾，肚子里满是子儿，最肥。渔民便用一种网上绑着罈子做浮标的“罈子网”拉虾，一网一网往船上倒，一网一网往海滩上运，海滩上的虾便堆成垛，垛成山。渔民不叫它是虾山，却叫作金山银山。这是最旺的渔季，也是最热闹的海市。

现在不妨让我们走进海市的人家里去看看。老宋是个结实精干的壮年人，眉毛漆黑，眼睛好像瞌睡无神，人却是像当地人说的：机灵得像海马一样。半辈子在山风海浪里滚，斗船主、闹革命，现时是一个生产大队的总支书记。他领我去串了几家门子，家家都是石墙瓦房，十分整洁。屋里那个摆设，更考究：炕上铺的是又软又厚的褥子、毯子；地上立的是金漆桌子、大衣柜；迎面墙上挂着穿衣镜；桌子上摆着座钟、盖碗、大花瓶一类陈设。起初我还以为是谁家新婚的洞房，其实家家如此，毫不足奇。

我不禁赞叹着说："你们的生活真像神仙啊，富足得很。"

老宋含着笑，也不回答，指着远处一带山坡问："你看那是什么？"

那是一片坟墓，高高低低，坟头上长满蒿草。

老宋说："那不是真坟，是假坟。坟里埋的是一堆衣服、一块砖，砖上刻着死人的名字。死人呢，早埋到汪洋大海里去了。渔民常说：情愿南山当驴，不愿下海捕鱼——你想这捕鱼的人，一年到头漂在海上，说声变天，大风大浪，有一百个命也得送进去。顶可怕的是龙卷风，打着旋儿转，能把人都卷上天去。一刮大风，妇女孩子都上了山头，烧香磕头，各人都望着自己亲人的船，哭啊叫的，凄惨极啦——别说还有船主那把杀人不见血的刀逼在你的后脖颈子上。"

说到这儿，老宋低着瞌睡眼，显然在回想旧事，一面继续讲："都知道蝎子毒，不知道船主比蝎子更毒。我家里贫，十二岁就给船主做零活。三月，开桃花，小脚冻得赤红，淋着雨给船主从舱里往外舀潮水，舀的一慢，船主就拿铅鱼浮子往你头上磕。赶我长的大一点，抗日战争爆发了，蓬莱一带有共产党领导的游击队，需要往大连买钢，大约是做武器用。当时船主常到大连去装棒子面，来往做生意，我在船上替人家做饭。大连有个姓鲍的，先把钢从日本厂子里偷出来，藏到一家商店里。船主只是为财，想做这趟买卖，叫我去把钢拿回船来。你想日本特务满街转，一抓住你，还用想活命么？仗着我小，又有个小妹妹，当时住在大连我姐姐家里，我们兄妹俩拐进那家商店，妹妹把钢绑到腿上，我用手提着，上头包着点心纸，一路往回走，总觉得背后有狗腿子跟着，吓得提心吊胆。赶装回蓬莱，交给游击队，人家给两船麦子当酬劳。不想船主把麦子都扣下，一粒也不分给我。我家里净吃苦橡子面，等着粮食下锅，父亲气得去找船主，船主倒提着嗓门骂起来：‘麦子是俺花钱买的，你想讹诈不成。你儿子吃饭不干活，还欠我们的呢，不找你算账就算便宜你。’这一口气，我窝着多年没法出，直到日本投降，共产党来了，我当上民兵排长，斗船主，闹减租减息，轰轰烈烈干起来啦。我母亲胆小，劝我说：‘儿啊，人家腿上的肉，割下来好使么？闹不好，怕不连命都赔上。’到后来，果真差一点赔上命去。”

我插嘴问：“恐怕那是解放战争的事吧？”

老宋说：“可不是！解放战争一打响，我转移出去，经常在海上给解放军运粮食、木料和硫黄。我是小组长。船总是黑夜跑。有一天傍亮，我照料一宿船，有点累，进舱才打个盹儿，一位同志对着我的耳朵悄悄喊：‘快起来看看吧，怎么今天的渔船特别多？’我揉着眼跑出舱去，一看，围着我们里里外外全是小渔船。忽然间，小渔船一齐都张起篷来。渔船怎么会这样齐心呢？我觉得不妙，叫船赶紧靠岸。晚了，四面的船早靠上来，打了几枪，一个大麻子脸一步跨上我们的船，两手攥着两支枪，堵住我的胸口。原来这是个国民党大队长。他先把我绑起来，吊到后舱就打，一面打一面审问。吊打了半天，看看问不出什么口供，只得又解开我的绑，用匣子枪点着我的后脑袋，丢进舱里去。舱里还关着别的同志。过了一会儿，只听见上面有条哑嗓子悄悄说：‘记着，可千万别承认是解放军啊。’这分明是来套我们，谁上你的圈套？舱上蒙着帆，压着些杠子，蒙的漆黑，一点不透气。我听见站岗的还是那个哑嗓子的人，仰着脸说：‘你能不能露点缝，让我们透口气？’那个人一听见我的话，就蹑手蹑脚挪挪舱板，露出个大口子。想不到是个朋友。我往外一望，天黑了；辨一辨星星，知道船是往天津开。我不觉起了死的念头。既然被捕，逃是逃不出去的，不如死了好。一死，我是负责人，同志们把责任都推到我身上，什么也别承认，兴许能保住性命。说死容易，当真去死，可实在不容易啊。我想起党，想起战友，想起家里的老人，也想起孤苦伶仃的妻子儿女，眼泪再也忍不住，吧嗒吧嗒直往下滴。我思前想后了一阵，又再三再四嘱咐同志们几句话，然后忍着泪小声说：‘同志们啊，我想出去解个手。’一位同志说：‘你解在舱里吧。’我说：‘不行，我打的满身是火，也想出去凉快凉快。’就从舱缝里探出头去，四下望了望，轻轻爬上来，一头钻进海里去，耳朵边上还听见船上的敌人说：‘大鱼跳呢。’

“那时候已经秋凉，海水冷得刺骨头，我身上又有伤，海水一泡，火辣辣地痛。拼死命挣扎着游了半夜，力气完了，人也昏了，随着涨潮的大流漂流下去。不知漂了多长时候，忽然间醒过来，一睁眼，发觉自己躺在一条大船上，眼前围着一群穿黄军装的人，还有机关枪。以为是又落到敌人网里了！问我话，只说是打鱼翻了船。船上给熬好米汤，一个兵扶着我的后脖颈子，亲自喂我米汤，我这才看清他戴的是八一帽徽，心里一阵酸，就像见到最亲最亲的父母，一时忍不住放声大哭起来。

“我就这样得了救，船上的同志果然把责任都推到我身上，挨了阵打，死不招认，敌人也只得放了他们。这件事直到许久才探听清楚：原来就是那船主怀恨在心，不知怎么摸到了我们活动的航线，向敌人告了密，才把我们半路截住。你看可恶不可恶！”

讲到末尾，老宋才含着笑，回答我最初的话说：“你不是说我们的生活像神仙么？你看这哪点像神仙？要不闹革命，就是真正神仙住的地方，也会变成活地狱。”

我问道：“一闹革命呢？”

老宋说：“一闹革命，就是活地狱也能变成像我们岛子一样的海上仙山。”

我不禁连连点着头笑道：“对，对。只有一点我不明白：我们现在革了船主的命，可不能革大海的命。大海一变脸，岂不是照样兴风作浪，伤害人命么？”

老宋又是微微一笑，笑得十分自信。他说：“明天你顶好亲自到渔船上去看看。现在渔船都组织起来，有指导船，随时随地广播渔情、风情。大船都有收音机，一般的船也有无线报话机，不等风来，消息先来了，船能及时避到渔港里去，大海还能逞什么威风？——不过有时意料不到，也会出事。有一回好险，几乎出大事。那回气象预报没有风，渔民早起看看太阳，通红通红的，云彩丝儿不见，也不像有风的样子，就有几只渔船出了海。不想过午忽然刮起一种阵风，浪头卷起来比小山都高，急得渔民把桅杆横绑在船上，压着风浪。这又有什么用？浪头一个接着一个打到船上来，船帮子都打坏了，眼看着要翻。正在危急的当儿，前边冷丁出现一只军舰。你知道，这里离南朝鲜（韩国）不太远，不巧会碰上敌人的船。渔民发了慌。那条军舰一步一步逼上来，逼到跟前，有些人脱巴脱巴衣裳跳下海，冲着渔船游过来。渔民一看，乐得喊：是来救我们的呀！不一会儿，渔民都救上军舰，渔船也拖回去。渔民都说：‘要不是毛主席派大兵舰来，这回完了。’”

原来这是守卫着这个京都门户的人民海军专门赶来援救的。

看到这里，有人也许会变得不耐烦：你这算什么海市？海市原本是虚幻的，正像清朝一个无名诗人的诗句所说的：“欲从海上觅仙迹，令人可望不可攀。”你怎么倒能走进海市里去？岂不是笑话！原谅我，朋友，我现在记的并不是那渺渺茫茫的海市，而是一种真实的海市。如果你到我的故乡蓬莱去看海市蜃楼，时令不巧，看不见也不必失望，我倒劝你去看看这真实的海市，比起那缥缈的幻景还要新奇，还要有意思得多呢。

这真实的海市并非别处，就是长山列岛。

一九五九年

蓬莱仙境

夜来落过一场小雨，一早晨，我带着凉爽的清气，坐车往一别二十多年的故乡蓬莱去。

许多人往往把蓬莱称作仙境。本来难怪，古书上记载的所谓海上三神山不就是蓬莱、方丈、瀛洲？民间流传极广的八仙过海的神话，据白胡子老人家说，也出在这一带。二十多年来，我有时怀念起故乡，却不是为的什么仙乡，而是为的那儿深埋着我童年的幻梦。这种怀念有时会带点苦味儿。记得那还是朝鲜战争的年月，一个深秋的傍晚，敌机空袭刚过去，我到野地去透透气。四野漫着野菊花的药香味，还有带水气的蓼花味儿。河堤旁边，有两个面黄肌瘦的朝鲜放牛小孩把洋芋埋在沙里，下面掏个洞，正用干树枝烧着吃。看见这种情景，我不觉想起自己的童年。我想起儿时家乡的雪夜，五更天，街头上远远传来的那种怪孤独的更梆子声；也想起深秋破晓，西北风呜呜扑着纸窗，城头上吹起的那种惨烈的军号声音。最难忘记的是我一位叫婀娜的表姐，年岁比我大得多，自小无父无母，常到我家来玩，领着我跳绳、扑蝴蝶，有时也到海沿上去捡贝壳。沙滩上有些小眼，婀娜姐姐会捏一根草棍插进去，顺着草棍扒沙子。扒着扒着，一只小螃蟹露出来，两眼机灵灵地直竖着，跟火柴棍一样，忽然飞也似的横跑起来，惹得我们笑着追赶。后来不知怎的，婀娜姐姐不到我们家来了。我常盼着她，终于有一天盼来，她却羞答答地坐在炕沿上，看见我，只是冷淡淡地一笑。

我心里很纳闷，背后悄悄问母亲道："婀娜姐姐怎么不跟我玩啦？"

母亲说："你婀娜姐姐定了亲事，过不几个月就该出阁啦，得学点规矩，还能老疯疯癫癫的，跟你们一起闹。"

婀娜姐姐出嫁时，我正上学，没能去。听说她嫁的丈夫是个商店的学徒，相貌、性情都不错，就是婆婆厉害，常给她气受。又过几年，有一回我到外祖母家去，看见炕上坐着个青年妇女，穿着一身白，衣服边是毛的，显然正带着热孝。她脸色焦黄，眼睛哭得又红又肿，怀里紧紧搂着一个吃奶的男孩子。我几乎认不出这就是先前爱笑爱闹的婀娜姐姐。外祖母眼圈红红的，告诉我说婀娜姐姐的丈夫给商店记账，整年整月伏在桌子上，累得吐血，不能做事，被老板辞掉。他的病原不轻，这一急，就死了。婀娜姐姐把脸埋在孩子的头发里，呜呜咽咽只是哭。外祖母擦着老泪说："都是命啊！往后可怎么过呢！"

再往后，我离开家乡，一连多少年烽火遍地，又接不到家乡的音信，不知道婀娜姐姐的命运究竟怎样了。

这许多带点苦味的旧事，不知怎的，一看见那两个受着战争折磨的朝鲜小孩，忽然一齐涌到我的脑子里来。我想：故乡早已解放，婀娜姐姐的孩子也早已长大成人，她的生活该过得挺不错吧？可是在朝鲜，在世界别的角落，还有多少人生活在眼泪里啊！赶几时，我们才能消灭战争，我可以回到祖国，回到故乡，怀着完全舒畅的心情，重新看看家乡那像朝鲜一样亲切可爱的山水人物呢？一时间，我是那样地想念家乡，想念得心都有点发痛。

而在一九五九年六月，石榴花开时，我终于回到久别的故乡。车子沿着海山飞奔，一路上，我闻见一股极熟悉的海腥气，听见路两边飞进车来的那种极亲切的乡音，我的心激荡得好像要融化似的，又软又热。路两旁的山海田野，处处都觉得十分熟悉，却又不熟悉。瞧那一片海滩，滩上堆起一道沙城，仿佛是我小时候常去洗澡的地场。可又不像。原先那沙城应该是一道荒岗子，现在上面分明盖满绿葱葱的树木。再瞧那一个去处，仿佛是清朝时候的“校场”，我小时候常去踢足球玩。可又不像。原先的“校场”根本不见，那儿分明立着一座规模蛮大的炼铁厂。车子东拐西拐，拐进一座陌生的城市，里面有开阔平坦的街道，亮堂堂的店铺，人烟十分热闹。我正猜疑这是什么地方，同行的旅伴说：“到了。”

想不到这就是我的故乡。在我的记忆当中，蓬莱是个古老的小城，街道狭窄，市面冷落，现时竟这样繁华，我怎能认识它呢？它也根本不认识我。我走在街上，人来人往，没有一个人认识我是谁。本来嘛，一去二十多年，当年的旧人老了、死了，年轻的一代长起来，哪里会认识我？家里也没什么人了，只剩一个出嫁的老姐姐，应该去看看她。一路走去，人们都用陌生的眼神望着我。我的心情有点发怯：只怕老姐姐不在，又不知道她的命运究竟怎样。

老姐姐竟不在。一个十六七岁的姑娘迎出屋来，紧端量我，又盘问我是谁，最后才噢噢两声说：“原来是二舅啊。俺妈到街上买菜去啦，我去找她。”

等了好一阵，一个五十岁左右的妇女走进屋来，轻轻放下篮子，挺温柔地盯着我说："你是二兄弟么？我才在街上看见你啦，我看了半天，心想'这可是个外来人'，就走过去了——想不到是你。"

刚才我也没能认出她来。她的眼窝塌下去，头发有点花白，一点不像年轻时候的模样。性情却没变，还是那么厚道，说话慢言慢语的。她告诉我自己有三个闺女，两个大的在人民公社里参加农业劳动，刚拔完麦子，正忙着在地里种豆子、栽花生；刚才那个是最小的，在民办中学念书，暑假空闲，就在家里给烟台手工艺合作社绣花。我们谈着些家常话，到末尾，老姐姐知道我住在县委机关里，便叫我第二天到她家吃晚饭。我怕她粮食不富裕，不想来。她说："来嘛！怕什么？"便指一指大笸箩里晾的麦子笑着说："你看，这都是新分的，还不够你吃的？去年的收成，就不错，今年小麦的收成比往年更强，你还能吃穷我？"

我只得答应。原以为是一顿家常便饭，不想第二天一去，这位老姐姐竟拿我当什么贵客，摆出家乡最讲究的四个盘儿：一盘子红烧加级鱼，一盘子炒鸡蛋，一盘子炒土豆丝，一盘子凉拌粉皮。最后吃面，卤子里还有新晒的大虾干。

我不禁说："你们的生活不错啊。"

老姐姐漫不经心一笑说："是不错嘛，你要什么有什么。"

我们一面吃着饭菜，喝着梨酒，一面谈着这些年别后的情况，也谈着旧日的亲戚朋友，谁死了，谁还活着。我忽然想起婀娜姐姐，就问道："可是啊，咱们那个表姐还好吧？"

老姐姐问道："哪个表姐？"

我说："婀娜姐姐呀。年轻轻的就守寡，拉着个孩子，孩子早该长大成人啦。"

老姐姐说："你问的是她呀。你没见她那孩子，后来长得可壮啦，几棒子也打不倒。那孩子也真孝顺，长到十几岁就去当学徒的，挣钱养活他妈妈。都说：'这回婀娜姐姐可熬出来了！'——不曾想她孩子又死了。"

我睁大眼问："怎么又死了？"

老姐姐轻轻叹口气说："嗐！还用问，反正不会是好死。听说是打日本那时候，汉奸队抓兵，追的那孩子没处跑，叫汉奸队开枪打死，尸首扔到大海里去了。"

我急着问道："后来婀娜姐姐怎么样啦？"

老姐姐说："她呀，孩子一死，丢下她一个人，孤苦伶仃，无依无靠，就像痴子似的，一个人坐在大海边上，哭了一天一夜，哭到最后说：'儿啊，你慢走一步，等着你娘！'就拿袄襟一蒙脸，一头碰到大海里了。"

我听了，心里好惨，半天说不出话。

老姐姐又轻轻叹口气说："嗐！她从小命苦，一辈子受折磨，死的实在可怜。"

这时候，我那最小的外甥女瞟我一眼说："妈！你怎么老认命？我才不信呢。要是婀娜表姨能活到今天，你看她会不会落得这样惨？"

说的对，好姑娘。命运并非有什么神灵在冥冥中主宰着，注定难移。命运是可以战胜的。命运要不是捏在各色各样吃人妖精的手心里，拿着人民当泥团搓弄，而是掌握在人民自己的手里，人民便能够创造新的生活、新的历史、新的命运。且看看故乡人民是怎样在催动着千军万马，创造自己金光闪闪的事业吧。

他们能在一片荒沙的海滩上到处开辟出碧绿无边的大果园，种着千万棵葡萄和苹果。葡萄当中有玫瑰香，苹果里边有青香蕉、红香蕉，都是极珍贵的品种。杂果也不少：紫樱桃、水蜜桃、大白海棠等，色色俱全。海上风硬，冬天北风一吹，果树苗会冻死半截，到春天又发芽，再一经冬，又会死半截。人民便绕着果园外边的界线造起防风林，栽上最耐寒的片松、黑松和马尾松，以及生长最泼的刺槐和紫穗槐，差不多一直把树栽到海里去。于是公社的社员便叫先前的荒滩是金沙滩，每棵果木树都叫摇钱树……

他们还能把先前荒山秃岭的穷山沟，变成林木苍翠的花果山。蓬莱城西南莱山脚下的七甲公社便是这样的奇迹之一。原先农民都嫌这里没出息：要山山不好，要地地不好，要道道不好——有什么指望？水又缺，种庄稼也会瘦死。莱山下有个村庄叫郭家村，多年流传着四句歌谣：

有姑娘不给郭家村
抬水抬到莱山根
去时穿着绣花鞋
回来露着脚后跟

可见吃水有多难。不过这都是旧事了。目前你要去看看，漫坡漫岭都是柿子、核桃、山楂、杜梨一类山果木。风一摇，绿云一样的树叶翻起来，叶底下露出娇黄新鲜的大水杏，正在大熟。顺着山势，高高低低修了好多座小水库，储存山水，留着浇地，你一定得去看看郭家村，浇地的水渠正穿过那个村庄，家家门前都是流水。一个五十多岁的老大娘盘着腿坐在蒲垫子上，就着门前流水洗衣裳，身旁边跑着个小孙女，拿着一棵青蒿子捕蜻蜓。说不定为吃水，这位老大娘当年曾经磨破过自己出嫁的绣花鞋。我拿着一朵红石榴花要给那小女孩。老大娘望着小孙女笑着说：“花！花！”自己却伸手接过去，歪着头斜插到后鬓上，还对水影照了照。也许她又照见自己当年那俊俏的面影了吧。

顶振奋人心的要算去年动工修筑的王屋水库，蓄水量比十三陵水库还要大，却由一个县的力量单独负担着。山地历来缺雨，十年九旱，有一年旱得河床子赤身露体，河两岸的青草都干了。人民便选好离县城西南七十多里一个叫王屋的地方，开凿山岚，拦住来自栖霞县境蚕山的黄水河，造成一片茫茫荡荡的大湖。我去参观时，千千万万农民正在挖溢洪道。水库李政委是个热情能干的军人，领我立在高坡上，左手叉腰，右手指点着远山近水，告诉我将来哪儿修发电站，哪儿开稻田；哪儿栽菱角荷花，哪儿喂鸡子养鱼。说到热烈处，他的话好像流水，滔滔不绝。结尾说：“再住几年你回家来，就可以吃到湖边上栽的苹果，湖里养的鱼和水鸭子蛋，还可以在水库发电站发出的电灯光下写写你的故乡呢——不过顶好是在那湖心的小岛子上写，那时候准有疗养所。”

说着，李政委便指着远处一块翠绿色的高地给我看。原是个村儿，于今围在湖水当中。我问起村名，李政委又像喷泉一样说：“叫常伦庄，为的是纪念抗日战争时期一个英雄。那英雄叫任常伦，就出在那个村儿。任常伦对党对人民，真是赤胆忠心，毫无保留。后来在一九四三年，日本鬼子‘扫荡’胶东抗日根据地，任常伦抱着挺机枪，事先埋伏在栖霞一个山头上堵住敌人，打死许多鬼子，末尾跟鬼子拼了刺刀，自己也牺牲了。人民怀念他的忠烈，还在当地替他铸了座铜像呢。”

我听着这些话，远远望着那山围水绕的常伦庄，心里说不出的激荡。这个人，以及前前后后许多像他同样的人，为着掀掉压在人民头上的险恶大山，实现一个远大的理想，曾经付出多么高昂的代价，战斗到死。他们死了，他们的理想却活着。请看，任常伦家乡的人民不是正抱着跟他同样的信念，大胆创造着自己理想的生活？

而今天，在这个温暖的黄昏里，我和老姐姐经过二十多年的乱离阔别，又能欢欢喜喜聚在一起，难道是容易的么？婀娜姐姐死而有知，也会羡慕老姐姐的生活命运的。

那小外甥女吃完饭，借着天黑前的一点暗亮，又去埋着头绣花。我一时觉得，故乡的人民在不同的劳动建设中，仿佛正在抽针引线，共同绣着一幅五色彩画。不对。其实是全中国人民正用祖国的大地当素绢，精心密意，共同绣着一幅伟大的杰作。绣的内容不是别的，正是人民千百年梦想着的“蓬莱仙境”。

一九五九年

渔　笛

起　调

我有一种癖好，见了新奇花草，喜欢掐一枝半朵，夹在书页里，觉得这样可以在自己身边多留住一分春光，两分秋色。来到渤海湾不久，就发觉满野深绿浅翠的树木丛里，远远摇摆着一棵树，满树开着粉红色的花。说是马缨吧，马缨花早已谢了；有点像海棠，更不是开海棠的时候。究竟是什么花儿，得到跟前去看看。

隔一天黄昏，我扑着那棵红树走去，走近一个疏疏落落的渔村。村边上有一户人家，满整洁的砖房，围着道石头短墙，板门虚掩着，门外晾着几张蟹网。那棵红树遮遮掩掩地从小院里探出身来。院里忽然飘出一阵笛子的声音，我不觉站着脚。乍起先，笛子的音调飞扬而清亮，使你眼前幻出一片镜儿海，许多渔船满载着活鲜鲜的鱼儿，扬起白帆，像一群一群白蝴蝶似的飞回岸来。不知怎的，笛音一下子变了，变得哀怨而幽愤，呜呜咽咽的，想是吹笛子的人偶然间想起什么痛心的旧事，心血化成泪水，顺着笛子流出来，笛音里就溅着点点的泪花。这是个什么人，吹得这样一口好笛子？也许是个不知名的乡村老艺人，一生经历过无数忧患，在这秋天的黄昏里，正用笛子吹着他今天的欢乐，也吹出他早日不能忘记的苦痛。我极想见见这位乐师，便去叩那两扇板门。

笛音断了，门打开，站在我眼前的是个二十来岁的女子，手里拿着支古旧的横笛。

笛子吹出的故事

十四年前，这支横笛是一个叫宋福的渔民的心爱物件。别的渔民从大风大浪里一回到岸，不知明儿是死是活，常常是喝酒赌钱，醉心地贪恋着眼前的欢乐。宋福独独不然。宋福最迷的是丝竹弹唱，一支笛子吹得更出色。正月新春，元宵灯节，哪儿有热闹，你叫他走几十里路，赶去扮演上一出戏文，或是吹着笛子替人托腔，他从来没有不肯的。出海打鱼，笛子也不离身。风平浪静的日子，如果海上飘来一阵悠扬的笛音，人们准知道这是宋福扬帆回来了。宋福就是这样一个心境开朗的人。他生得方面大耳，心肠又热，伙伴们谁都喜爱他。

不幸的是正当宋福壮年时候，妻子死了，跟前只剩下个十多岁的小女儿。

女儿叫翠娥，生得很秀气，是个灵巧孩子，长年受到她爹爹的熏染，也爱摆弄笛子。耳韵极强，悟性又好，春天鸟啸，秋天促织唱，或是海潮的声音，翠娥都能吹进笛子里去。正是贪玩的年龄，生活却把孩子磨炼得很懂人事。妈妈一死，做饭，做针线，样样都得翠娥动手。幸亏邻舍家有个夏大嫂，常来帮着她缝缝洗洗，料理家务。这个中年寡妇来得脚步儿勤，宋福一有空也去帮着她推磨压碾子，做些力气活，这就不免要惹起一些风言风语。

有一回翠娥到井边去打水，一个妇女笑着说："小娥呀，你爹是不是要给你寻个后娘呀？"另一个妇女接口说："你瞧着吧，不烧火的冰炕后娘的心，都是冷的。后老婆一进门，翠娥就该遭罪啦。"

第三个妇女就说："依我看，夏家的倒不是那种歪辣货，只怕船主刘敬斋不甘心。你没见，那老色鬼就是那偷腥的猫儿，整天跟在夏家的后头，恨不能扑上去，一下子把人吞到肚子里去。宋福跟夏家的相好，那老东西就掉到醋坛子里，酸溜溜的不是滋味。"

翠娥听在心里，又是高兴，又是担忧。夏家大婶心肠好，人又精明利落，她早盼望着能跟她常住在一起，省得她爹三更半夜出海去，丢下她孤孤零零一个人，听见耗子啃锅盖，也害怕。只是又关刘敬斋什么事？这个船主养着十几条渔船，她爹跟别人合伙租的就是他的船。要是船主一翻脸，可怎么好？

吃午饭的时候，宋福捡了一盘子新蒸的红薯，对翠娥说："给你夏大婶送去吧。昨儿吃了人家煮的花生，也该送人家点东西。"

翠娥端着那盘子红薯刚走到夏大嫂门口，听见院里正吵嘴。从门缝一望，只见夏大嫂站在房檐下，满脸怒气，指着刘敬斋高声说："你给我滚出去！我一不租你的船，二不欠你的债，你凭什么欺负人？"

刘敬斋的几根老鼠胡子都翘起来，恶狠狠地骂："臭娘们，你装什么假正经？让你再泼，刀把握在我手里，也跳不出我的手心。姓宋的那穷鬼敢沾你一沾，我不给你们点颜色看才怪。"

翠娥吓得连忙跑回家去。宋福问是怎么回事，翠娥红着脸讲不出口，吞吞吐吐半天，才把自己听见的都告诉了她爹爹。

宋福听了冷笑一声，沉默了一会说："小孩儿家，少听这类闲话。"也不再说别的，接过那盘子红薯，亲自给夏大嫂送去。

村里传开了流言蜚语，说什么夏家的寡妇不正派，伤风败俗，有人亲眼看见宋福半夜从她家里跳墙出来。夏大嫂性子刚强，气得哭。宋福一想：你姓刘的无非利用我和夏大嫂常来常往，就背后造谣，索性挑明我们两人的感情，看你还有什么花招。于是请人做媒，要娶夏大嫂。

事情并不像宋福想的那样轻而易举。夏大嫂的婆家人不知叫谁挑唆的，非先要四十块现洋的彩礼，不准媳妇改嫁。一个卖力气挣饭吃的渔民，一时哪里掏得出？刘敬斋又三番两次到宋福家来，说是明年开春要把租给宋福的渔船收回去，自己用，不过看在乡里乡亲的面上，事情还可以商量。

宋福气呼呼地对渔船上的伙伴儿说："要收船随他收去，这口怨气我吞不下去。我宋福生平走的直，坐的正，大天白日见得人，怕他什么？"便趁着落雪以前，不管好天坏天，差不多天天出海捕鱼，指望多分几个钱，再借点债，早早成全他和夏大嫂的心愿。

深秋晚景，海上风浪特别大。这一天后半夜，翠娥起来，扒着窗户眼一望，一颗星星都不见，恐怕要变天，怯生生地问道："爹，你还出海不？"

宋福走到门外望望天，迟疑一下，还是穿上老棉袄，带着应用的东西走了。翠娥关上门，吹灭小煤油灯，又躺下，可睡不着。一颗心悬空挂着，摇摇晃晃不能安定。这一阵子，爹的性情好像有点改变，常常一个人坐着发愣，笛子挂在墙上，蒙着层灰尘，也不爱吹了。翠娥是大海喂养起来的孩子，爱海，也懂得大海的脾气最暴躁，翻脸无情，什么悲惨的事都做得出来。这样天气爹还出海，谁料得到会发生什么事呢？

翠娥最忧虑的事情终于来了。天亮不久，刮起狂风来，平地卷起滚滚的黄沙，一直卷到半天空去。大海变了脸，黑沉沉的，波浪像无数山峰似的忽而立起来，忽而又倒下去。全村凡是能动的人都跑到海边上，有的站到山头上，望着大海哭啊，叫啊，烧纸啊，磕头啊……海上出现一只渔船的影子，四面八方都叫起来：叫儿的，叫丈夫的，叫爹的……一片凄凄惨惨的声音——但愿自己的亲人回来吧！翠娥跪在海滩上，也哭着叫，叫得嗓音都哑了。

那条船到底从狂风大浪里逃出来，停到岸上。原来是宋福的渔船。翠娥乐得满脸是泪，喊着爹爹冲上去，又看见了那几个跟爹合伙的叔叔大爷，可是她爹在哪儿呢？

一个渔民拧着湿淋淋的衣裳冲着翠娥就问："你爹是怎么回事？害得我们白等了他大半夜，也不上船。算他走运，少受这一场惊。"

翠娥睁大眼说："我爹四更天就离开家，怎么会没上船来？"那渔民瓮声瓮气说："就是没来嘛。你回家找找吧，说不定在哪儿睡香觉呢。"

翠娥一口气奔回家，又奔到夏大嫂家去，到处不见爹的影儿。有人揣测：也许他进城借债去了。翠娥放下点心来，只得等着。赶过晌，一位大爷走来说："你爹找到啦。"

翠娥喜得问："在哪儿？"

那位大爷低着眼说："跟我来吧。"就把翠娥领到海滩上。

沙滩上躺着宋福的尸体，两手反绑着，嘴里塞满乱棉花，脖子上结着根绳子，脖颈子叫绳子磨得稀烂。显然，他是叫人在脖子上坠了个什么东西，丢到海里淹死的。这一阵大风大浪把那东西冲掉了，尸体便潮上岸来。

翠娥一见，昏过去了……

尾　音

不用说，我遇见的那个吹横笛的女子正是翠娥。事情已经过去十四年，她心上受的伤也已结疤。可是，每当秋风海浪，一吹笛子，又会触痛她旧日的伤口，不知不觉便吹出呜呜咽咽的音调。

这件凶案的内情究竟怎样？翠娥告诉我说，当时大家就看得清清楚楚。不久，刘敬斋家里果然有人泄露出一个秘密：他后院原本有一盘磨，有一晚间，上半扇磨不知怎的忽然不见了。又不久，夏大嫂的婆家人逼着她改嫁给刘敬斋当小老婆，逼得她无路可走，投井死了。

翠娥的故事很悲惨，却也平常。旧时候，这类惨事还不是到处发生？她爹的案情明明像雪一样白，却又跟无数旧日的冤仇一样，凭你喊冤告状，也得不到昭雪。直到一九四八年冬天，翠娥一睁眼，在她生命的海平线上忽然泛起红光，一轮红日腾空跳出生活的海洋，于是上天下地闪射着一片光明。这是翠娥生命史上的一次日出，也是中国人民历史上的一次光辉灿烂的日出。坏人都得到应有的惩罚，好人也踏上幸福的道路。翠娥的生活怎样？有些话我不便多问，但从她屋里那种布置看来，她不再是孤孤零零一个人，而是生活在有别于父亲的男性抚爱中。

至于我探索的那棵红树，是木槿。花色有粉的、红的、紫的、白的，初秋就开，一朵连着一朵，好像永久也开不尽。朝鲜的无穷花，正是它。

一九六一年

第二辑

黄河之水天上来

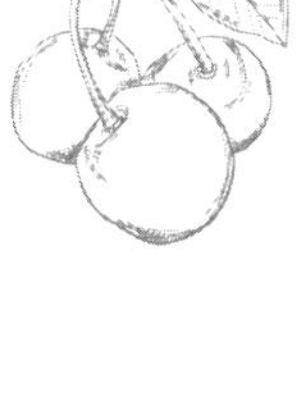

画山绣水

自从唐人写了一句“桂林山水甲天下”的诗，多有把它当作品评山水的论断。殊不知原诗只是着力烘衬桂林山水的妙处，并非要褒贬天下山水。本来天下山水各有各的特殊风致，桂林山水那种清奇峭拔的神态，自然是人间少有的。

尤其是从桂林到阳朔，一百六十里漓江水路，满眼画山绣水，更是大自然的千古杰作。瞧瞧那漓水，碧绿碧绿的，绿得像最醇的青梅名酒，看一眼也叫人心醉。再瞧瞧那沿江攒聚的怪石奇峰，峰峰都是瘦骨嶙峋的，却又那样玲珑剔透，千奇百怪，有的像大象在江边饮水，有的像天马腾空欲飞，随着你的想象，可以变幻成各种各样神奇的物件。这种奇景，古往今来，不知有多少诗人画师，想要用诗句、用彩笔描绘出来，到底谁又能描绘得出那山水的精髓？

凭着我一支钝笔，更无法替山水传神，原谅我不在这方面多费笔墨。有点东西却特别触动我的心灵。我也算游历过不少名山大川，却从来没见过一座山，这样凝结着劳动人民的生活感情；没见过一条水，这样泛滥着劳动人民的智慧的想象。只有桂林山水。

如果你不嫌烦，且请闭上眼，随我从桂林到阳朔去神游一番，看个究竟。最好是坐一只竹篷小船，正是顺水，船稳，舱里又明亮，一路山光水色，紧围着你。假使你的眼福好，赶上天气晴朗，水面平得像玻璃，满江就会画着一片一片淡墨色的山影，晕乎乎的，使人恍惚沉进最恬静的梦境里去。

这种梦境往往要被顽皮的鱼鹰搅破的。江面上不断漂着灵巧的小竹筏子，老渔翁戴着尖顶竹笠，安闲地倚着鱼篓抽烟。竹筏子的梢上停着几只鱼鹰，神气有点迟钝，忽然间会变得异常机灵，抖着翅膀扑进水里去，山影一时被搅碎了。一转眼，鱼鹰又浮出水面，长嘴里咬着条银色细鳞的鲢子鱼，咕嘟地吞下去。这时渔翁站起身伸出竹篙，挑上鱼鹰，一捏它的长脖子，那鱼便吐进竹篓里去。你也许会想：鱼鹰真乖，竟不把鱼吞进肚子里去。不是不吞，是它脖子上套了个环儿，吞不下去。

可是你千万不能一味贪看这类有趣的事儿，怠慢了眼前的船家。他们才是漓江上生活的宝库。那船家或许是位手脚健壮的壮族妇女，或许是位两鬓花白的老人。不管是谁，心胸里都贮藏着无数迷人的故事，好似地下的一股暗水，只要戳个小洞，就要喷溅出来。

你不妨这样问一句："这一带的山真绝啊，都有个名儿没有？"那船家准会说："怎么没有？每个名儿还都有来历呢。"

这以后，横竖是下水船，比较消闲，热心肠的船家必然会指点着江山，一路告诉你那些山的来历：什么象鼻山、斗鸡山、磨米山、螺蛳山……大半是由山的形状得到名字。譬如磨米山头有块岩石，一看就是个勤劳的妇女歪着身子在磨米，十分逼真。有的山不但象形，还流传着色彩极浓的神话故事。

迎面来了另一座怪山，临江是极陡的悬崖，船家说那叫父子岩，悬崖上不见近似人的形象，为什么叫父子岩，就难懂了。你耐心点，且听船家说吧。

船家轻轻摇着橹，会告诉你说：古时候有父子二人，姓龙，手艺巧，最会造船，造的船装得多，走起来跟箭一样快。不料叫圩子上一个万员外看中了，死逼着龙家父子连夜替他赶造一条大船，准备把当地粮米都搜刮起来，到合浦去换珠子，好献给皇帝买官做。粮米运空了，岂不要闹饥荒，饿死人吗？龙家父子不肯干，藏到这儿的岩洞里，又缺吃的，最后饿死了。父子岩就这样得了名，到如今大家还记着他们的义气……前面再走一段水路，下几个险滩，快到寡妇桥了，也有个故事……

究竟从哪年哪代传下来这么多故事，谁也说不清。反正都说早年有这样个善心老婆婆，多年守寡，靠着种地打草鞋，一辈子积攒几个钱。她见来往行人从江边过，山路险，艰难得很，便拿出钱，请人贴着江边修一座桥。修着修着，一发山水，冲垮了，几年也修不成。可巧歌仙刘三姐路过这儿，敬重寡婆婆心地善良，就亲自参加砌桥，一面唱歌，唱得人们忘记疲乏，一鼓气把桥修起来。刘三姐展开歌扇，扇了几扇，那桥一眨眼变成石头的，永久也不坏。

……前边那不就是寡妇桥？你看临江拱起一道石岩，下头排着几个岩洞，乍一看，真像桥呢！岩上长满绿莹莹的桉树、杉树、凤尾竹，清风一吹，萧萧瑟瑟的，想是刘三姐留下的袅袅的歌音吧？

船到这儿，渐渐接近阳朔境界，江上的景色越发奇丽。两岸都是悬崖峭壁，累累垂垂的石乳一直浸到江水里去，像莲花，像海棠叶儿，像一挂一挂的葡萄，也像仙人骑鹤、乐手吹箫……说不定你忘记自己是在漓江上了呢！觉得自己好像走进一座极珍贵的美术馆，到处陈列着精美无比的石头雕刻。可不是嘛，右首山顶那块石头，简直是个妙手雕成的石人，穿着长袍，正在侧着头往北瞭望。下边有个妇人，背着娃娃，叫作望夫石。不待你问，船家又该对你说了：早年闹灾荒，有一对夫妇带着小孩，背着点米，往桂林逃荒。逃到这里，米吃完了，孩子饿得哭，哭得夫妇心里像刀绞似的。丈夫便爬上山顶，想瞭望桂林还有多远，妻子又从下边望着丈夫。刚巧在这一刻，一家人都死了，化成石头。这是个神话，却又是多么痛苦的事实。

江山再美，谁知道曾经洒过多少劳动人民斑斑点点的血泪。假如你听见船家谈起媳妇娘（新娘）岩的事情，就更能懂得我的意思。媳妇娘岩是阳朔境内风景绝妙的一处，杂乱的岩石当中藏着个洞，黑黝黝的，洞里是一潭深水。

船家指点着山岩，往往叹息着说："多可怜的媳妇娘啊！正当好年龄，长得又俊，已经把终身许给自己心爱的情郎了，谁料想一家大财主仗势欺人，强逼着要娶她。那姑娘坐在花轿里，思前想后，等走到岩石跟前，她叫花轿停下，要到岩石当中去拜神。一去，就跳到岩洞里了。"

到这儿，你兴许会说："这都是以往的旧事了，现在生活变了样儿，山也应该改改名儿，别尽说这类阴惨惨的故事才好。"

为什么要改名呢？就让这极美的江山，永久刻下千百年来我们人民艰难苦恨的生活记录吧，这是值得深思的。今后呢，人民在崭新的生活里，一定会随着桂林山水千奇百怪的形态，展开丰富的想象，创造出新的神话，新的故事，你等着听吧。

一九六一年

西北旅途散记

一

正睡着，蒙蒙眬眬的，我听见一阵号声。多清亮呀。一听见号，我的心就觉得热乎乎的，就会想起许多往日的旧事。有人在我耳边说："到潼关了。"我睁眼一看，天亮了，那位同车的客人不知什么时候从铺上爬下来，正在目不转睛地望着远处的黄河，望着黄河对岸那片黑苍苍的大山。觉得我醒了，那客人又说："从这直到宝鸡，就是所谓八百里秦川了。"

那客人的身份名字，我也不清楚。从北京一上车，我们坐在一起，互相问了问姓，我就喊他老李同志。我见他前胸挂着一枚三级国旗勋章，知道是刚从朝鲜回来的。我呢，回来也不久，彼此谈起前线，三言两语，心就通气了。老李这人已经不年轻，眼角皱纹很多，身子又不好，在前线害神经衰弱病，现在到西北休养来了。昨儿一整天，我们对面坐在窗前，有时谈几句，不谈，彼此就默默地望着窗外。老李的话语很少，不容易猜透他的心思。不过我看得出，我想的，一定也是他想的。

昨儿火车飞过河北大平原，我的心飞到窗外，我的眼睛再也离不开那片亲爱的土地了。看看吧，好好看看吧，有多少年不见了啊。一条河、一个村、一片果树园，对我也是亲的。飞尘影里，我远远望见辆骡车，车沿上坐着个年轻的农民，头上络着雪白的羊肚子手巾，鞭梢一扬，我觉得我又听见了那熟悉的乡土音调了。这片地、这儿的人民，我是熟悉的。我们曾经一起走过多么艰苦的道路啊！那时候，夜又长又黑，露水就要变成霜了，我好几回夹在成千成万的农民当间，悄悄溜到铁路边上，一锹、一镐，破坏当时日本人占据的京汉路。岗楼上的敌人打枪，我们有的人流了血，倒下去了。倒下一个，立刻会有几个黑影又站到原处来了。到底把条京汉路破成平地，犁成垄，种上庄稼了。

现在这片国土终于得到自由。可是我知道，这每寸土地、每棵小草、每棵庄稼，都洒着我们人民的血汗，都是我们人民用生命争来的。

我的眼睛离不开这片土地，老李也离不开。昨儿一整天，我们就这样对面坐着、望着从我们眼前飞过来的一山一水、一草一木，直到很晚很晚，窗外黑下来，什么都看不见了，我们又打开窗，把头伸出去，尽情闻了闻田野里的那股带点乡土气味的青气。老李轻轻说一声：“睡吧。”我们才睡了。

睡也睡不稳，你看天一亮，老李又坐到原位子上，望起来了。

这八百里秦川真富庶。这里的天气比北京要早一个月，满地是金黄的菜花，麦子长得齐脚脖子深，两只斑鸠一落进去，藏的就不见影。农民都下了地，挑粪的、赶着牛车送粪的，还常见一帮一伙的农民驾着牲口集体耕地。那驴呀马的摆着耳朵，甩着尾巴；人呢，光见嘴一张一张的，大概是唱着什么山歌。望见华山了，层层叠叠的山峰峭丽得出奇。可是沿着华山脚下，一路百十里，满是一片一片淡淡的白烟，究竟是怎么回事呢？

老李带着惊叹的口气说：“杏花开了！”

真的，那无穷无尽的白烟正是杏花。在红杏绿柳当间，时常露出村庄，围着很高的村子城墙，年代太久了，墙上都蒙着挺厚的青苔。农忙这样紧，有的村子却在赶着拆墙。

老李似乎猜透我心里的疑惑，又说了：“村子城墙没用了。早先年是怕土匪，天不黑就得关起城门，还得挡上碾子。现在拆了墙，正好用土上地，这叫墙粪。”

我听了说：“你对西北熟得很哪。”

老李笑笑，也没答言，半天掉过脸问我道：“你猜我想起什么来？”又紧接下去说，“我想起我的马。”

原来老李是个骑兵出身的老战士，在西北坚持过多年的战争。照他的说法，马就是骑兵的命。打国民党反动派的时候，他调理过一匹铁青大骟马，又光又亮，浑身没有一根杂毛，谁见了谁爱。时常有紧急的战斗任务，几天连续行军，他自己带的馍不肯吃，宁肯饿着，也要先喂喂马。那马也真通人性，你引它遛遛，它会乐得直踢蹶，两只前蹄子一下子搭到你肩上，用嘴啃你的后脖领子。你给它指头，它用嘴唇轻轻衔着，也不咬。可惜这样一匹好马竟丢了。

老李告诉我说，有一天，他骑着马要赶到上级指挥机关去接受任务，半路上和敌人的骑兵遭遇了。敌人有十几个，当时他只有突出去。老李把缰绳一抖，那马撒开腿，四只蹄子不沾地，一阵风似的奔跑起来。敌人追着打，子弹在耳朵边上吱吱直响，那马只管跑，接连翻了几架山，甩掉敌人，才一停下，那马腿一软，卧下去了。老李往回一看，山下远远扬起一片灰尘，敌人从后边又追上来。他想拉起马走，一连几下拉不起来，这才发觉那马中了枪，还不止一枪，马肚子下的草都染得血红。情况这样急，老李身上又有紧急任务，只好舍了马走吧。才走出几步，那马嘁嘁地叫起来。老李回头一看，那马支起两条前腿，想站又站不起来，拼命挣扎着爬了几步，咻咻直喘。老李的心像针刺一样痛。谁能舍了这样一个好战友啊！他又跑回来。又拉那马，那马再也站不起来了，只是用鼻子拱着老李的前胸，眼神显得那么凄凉，好像是说："我不行了！我再不能跟你走了！"

老李讲到这儿，嘲笑自己说："你瞧，我怎么忽然会想起这个，奇不奇怪？"

不奇怪，一点都不奇怪。我知道他想的不只是马，他想的是他过去曾经走过的那条战斗的道路。这些回忆也许带点苦味，可是啊，越是痛苦的事，今天回想起来，越有意思。不懂得痛苦的人，是不能真正体会今天的幸福的。

老李是那么个沉默寡言的人，再也不能控制他的感情了，望着窗外低低喊："你看，你看，每一小块地都翻过来了。"

不错，都是新翻的，土又松又软，又细又匀，像是最精致的纱罗一样。

老李忽然又问我："你猜我又想到什么？"

我说："是不是又想到了马？"

老李摇摇头笑着说：“不是——我真想从窗口跳出去，扑到土里打几个滚，那才舒服啊！”

二

越往西北走，一个人越会从心眼里感到祖国的伟大，感到我们这个民族的伟大的传统。提起兰州，你准会想：哎呀，那有多远哪！好像是在极远极远的天边。你要是翻开地图一看，就知道错了。站在兰州，我才不过是站在祖国的肚脐眼上，恰恰是我们国土的正当中。时常一早晨，我爬上兰州城墙的望河楼，望着黄河。河水浩浩荡荡的，罩着层雾，仿佛是从天上流下来的。不时地会有个羊皮筏子顺着水漂下来。河面掀起风浪，弄羊皮筏子的筏子客划着桨，穿过风浪，镇定极了。我忽然会想起我们民族的历史，想起我们古代的祖先，想起我们祖先所建筑的万里长城，以及他们在敦煌千佛洞和天水麦积山所创造的灿烂的文化艺术。

记得从宝鸡到兰州的路上，我挤到一辆火车里，身前是一大群男孩子，身后又是一大群女孩子，都只有十八九岁，又唱又笑，玩得真欢，乏了，彼此头歪到旁人肩膀上就睡。一醒，男孩子当中一个小胖子叫：“来，开火车呀！”便指定自己是北京，又指定旁人是上海，或者是西安，先拍着手嚷：“我的火车也要开。”好几个人都拍着手齐声问：“哪儿开？”小胖子拍着手说：“上海开。”那个指定是上海的男孩子赶紧接口说：“上海火车也要开。”这样不断玩下去，谁要是说慢了，小胖子立刻给人把帽子翻过来戴上，还逼着人家在地上爬，引得大家笑起来。一时，那帮女孩子也玩起“开火车”来了，于是满车只听见拍的巴掌响，只听见笑。不过女孩子究竟文静，谁说慢了，不用爬，唱个歌就行了。

我回过头问一个女孩子道：“你们到哪去呀？”

那女孩子满自信地说：“我们要去开发新疆。”

我又问那群男孩子：“你们呢？”

小胖子抢着答道：“我们要到西北去钻探石油。”

你瞧，今天我们的人民继承着古代人民的创造，又在发挥更新的力量了。其实去开发大西北的绝不只是些青年男女，还有更多更多叫不上名的劳动人民。现在让我领着亲爱的读者到更远的地方去旅行一次，见见我们人民的创造力吧。

一九五三年四月初，我从兰州过了黄河，往河西去。古时候河西三郡（凉州、甘州、肃州）都是边塞地方，常常有战争。唐朝王之涣的凉州词不是说么：“黄河远上白云间，一片孤城万仞山，羌笛何须怨杨柳，春风不度玉门关。”把河西写得多么荒凉。要单从表面看，显着是有点荒凉。人烟少嘛，地方太高，又冷。七八天前我在西安去游城南的樊川，韦曲的桃花已经咧了嘴，神禾原上还开着棵稀奇少见的白桃花。这儿呢，节气差得远了。山是秃的，地是黄的，满眼不见一点绿色。一起黄风，贴着地面卷起团沙尘，天地都变得灰蒙蒙的。

在凉州道上，半路我歇到一家小饭馆里，要了碗“炒炮仗面”。天很晚了，屋顶吊着盏煤油灯，也没罩，冒着黑烟。灯影底下，一个圆脸大眼的小孩不知在纸上乱画些什么。我逗着他问道：“你长大了想做什么？”小孩一点不怕生人，一挺胸脯说：“当解放军，保卫毛主席者。”（者字是这一带人说话常带的尾音）饭馆主人是他爹，正炒面，铁勺子敲得锅叮叮当当响，大声喝道：“这孩子，就会瞎说！”脸上却透着怪得意的神气。又用铁勺子一指门，对我说：“你瞧这孩子，什么地方都好画。”原来那小孩用粉笔在门板上画着个人像，一眼就看出画的毛主席。

第二天往甘州奔，车子半道不来油了，司机停下修车。一个年轻农民凑到跟前看，脸方方的，样子很憨厚。谈起庄稼，我告诉他说：“西安的庄稼这样高了。”那农民说：“我们这刚播，冷嘛。”我说：“等将来能改变自然条件就好了。”那农民说：“对，等到社会主义就好了。”我笑着问：“谁告诉你的社会主义？”那农民眯着眼憨笑了笑，半天说：“谁告诉的？毛主席告诉的。”

这类事情小是小，可是谁能说西北的生活是荒凉的？不荒凉，一点都不荒凉。在人民心里，一种新东西已经发芽，已经长叶，新的生活也在发芽长叶了。不对，应该说是开花了。我要领你们看的就是我们人民在沙漠里培养出来的一朵劳动的花朵。

我指的是戈壁滩上那座“石油城”。自从过了黄河，车子沿着长城跑了三天，四天头上，到了长城尽西头的嘉峪关，已经进入戈壁滩沙漠地带了。早先人民当中流行着两句古语：“过了嘉峪关，两眼泪不干！”出关的人总要用石头打那关门，要是吱的一声，声音回到关里去，就说人也早晚可以回来。可见关外荒远，一出去十个有八个要死到塞外去了。

就是今天看来，嘉峪关外的光景也不一样。放眼一望，尽是无边的沙石，一点人烟都没有，连棵树也不见，遍地只有一丛一丛枯黄的骆驼草、芨芨草。旋风不知怎么那样多，一股一股的，把黄沙直卷到半空，像是平地冒起的大烟，打着旋在沙漠上四处飞跑。天灰蒙蒙的，地灰蒙蒙的，太阳也像蒙着层灰，昏昏沉沉没有光彩。

车子孤孤零零往前开着，有好几回，我望见远远出现一片湖水，清亮清亮的，有树，隐隐约约还有房子。那是什么地方呢？人走在荒漠里，忽然看见树、看见水，多触动人心啊。快赶到吧。赶到跟前一看，什么都没有，有的只是黄沙，只是碎石。

司机大声说："有人叫这是沙市，说是地气照的，晴天好日子常看见。"说着把车头一掉，朝着祁连山开去。车子冲过一段冻着四五尺厚冰的大冰滩，爬上一带大沙岗子，远处又影影绰绰现出一片房子，活脱脱就像那真的一样。

我用手一指叫："看哪！又是沙市。"

司机笑起来："这回不是沙市，到了玉门油矿了。"

说实话，尽管我早知道这儿有个油矿，一旦来到矿上，还是不能不吃一惊。我万想不到在这荒远的大漠里，竟建设起这样一座漂亮的城市。让我们先看看市容吧，最好是看看夜景。夜晚，你爬到个高岗上一望，就会看见在祁连山脚下、在戈壁滩上，密密点点全是电灯，比天上的星星都密。自从离开兰州，我还是头一次见到这样的繁华灯光。一个矿上的同志会指点给你看那片灯火是采油厂；那片是油矿办公室；那片是礼堂剧场；那片是医院，工人休养所；那片是报馆，广播电台，图书馆；那片是邮电局，银行，商店；那片又是石油工人的住宅区。那北面又是什么地方？冒起好大一片红光，忽闪忽闪的，像起了火一样。那是炼油厂在炼油了。要是白天，你不妨顺着又宽又平的大马路散散步。可得当心，别叫车撞着。汽车来来往往有的是，石油工人上下班，都坐卡车。那不是又来了一辆，车上的工人都穿着帆布衣服，戴着银光闪闪的铝盔，脚上蹬着高腰牛皮靴子。他们也不知道累，还唱呢。一群休班的工人正倚在新华书店的墙上，剥着花生吃，一面翻着画报看。一眼望见那辆卡车，一个青年对着车高声问道："王登学，今天又钻多少尺了？"车上的人来不及答，卡车早飞过去了。

隔一天，我便认识了那个叫王登学的钻井工人。王登学长得高高的，黄眼珠，见了生人有点腼腆。我已经听说他是模范小队长，可是你要想问他怎样当的模范，一辈子别想问得出。他先只笑一笑，用手划着桌子，也不回答。再问，他说："我没有什么，我也不知为啥评我的功。"赶你问第三遍，他笑着说："就是我和大家一起，总想把事情做好，再也没什么，你不如去看看我们小队吧。"

我就去看他的小队。他们正在四五十里外的祁连山里打新油井。荒山野坡，房子都没有，只好搭几个蒙古包避避风沙。戈壁滩一带地势太高，空气薄，风又硬。内地乍来的工人嗓子都发干，鼻塞发昏，睡不好觉，还常常闷得透不过气来。冬天一到，漫天飘风扬雪的，石头子都冻裂了。工人们不管白天黑夜，照样要在露天地里钻井。有时换钻杆，一摸，手套都沾上了。要是不戴手套，准会沾掉一层皮。也许夏天该好一点吧？也不好。太阳一晒，沙漠上热得像个大蒸笼，找点水喝都没有。说声变天，一起风，六月天也会飘下一阵雪花来。你看那祁连山，多险恶，一年四季不化雪，山头总是白的。这几年，工人们就是这样围着戈壁滩转，一处打出油来，又换一处，再装起大钻机，架好钻台，白天钻，黑间钻，从地下发掘祖国的宝藏。

我见了王登学的小队首先说："你们辛苦啦，同志。"

工人们争着说："不辛苦，这有啥辛苦？人家志愿军在朝鲜趴冰卧雪的，比咱苦多了。咱这算啥？"

我说："怎么不辛苦？你们在这，要是不回矿上去，整天连个生灵也不见。"

一个尖鼻子的司钻说："嗐，同志，你可猜错了。咱们这儿人来人往的，热闹得很。一到黑夜你听吧，嗷嗷的，净狼叫。白天碰巧还有伶伶俏俏的小媳妇来参观呢，都穿着翻毛黄皮大衣，打扮得溜光水滑的，真招人爱。可就是有一宗，不大文明，都露着白屁股蛋，好不好摆摆小黑尾巴，放一阵臊。”

另一个工人咬着牙，揍了他一拳，回头望着我笑道：“别听他的，他说的是黄羊。”

王登学领我围着钻机转了一圈说：“同志们的好处就是肯干，你叫他休息一下吧，建设祖国嘛，还休息啥？志愿军在前方打仗，坦克、汽车，哪样不得汽油。要说苦，咱比刘公之那些修井工人，还差得远呢。”

关于刘公之，我听说了。早先国民党反动政府，也曾在这儿采过油，把油层破坏得不轻。一次打着打着井，油喷了，有柱子粗，直喷多高，把钻管子一根一根都鼓出来，钻头叫喷的油遮住，什么都看不见。流出的油又着了火，像条火龙满地滚，直流出好几十里路。油田毁了，反动政府把井也填了。我们要修复废井，刘公之便领人掘开土，找到管子头，重新往下钻。钻着钻着，地里喷出泥浆，滚烫滚烫，喷到衣服上，衣服烧破了，喷到脸上，脸烧烂了。刘公之满身喷的都是泥浆，顺着裤腿往下流。凭他的经验，他明白废井一定要喷。地里憋着那么多淤气，还能不顶的泥浆喷？喷就让它喷吧，一会儿喷过去，刘公之带着伤照样指挥修井，到底把口死井弄活了。

我见到刘公之那天，他正领人修理另一口废井。这人有三十几岁，方脸、大嘴，举动很稳重。腰上哗啦哗啦的挂着串钥匙，是工具箱子上的。工具一用完，他总要亲自锁好，自己带上钥匙。这使我记起另一件关于他的事。人说有一回打井，一阵风来，落下场大雨。他见露天放着堆水泥，急了，赶紧脱下雨衣去盖，旁的工人也跟着脱雨衣盖。他自己叫雨淋得稀透，回到家里打喷嚏。他老婆埋怨他不知爱惜自己，刘公之也不作声，半天说："淋了我，你知道心疼，淋了水泥，我就不心疼？"

我瞅了空，拉他坐到个空油桶上，想交谈几句。刘公之低着头，用大手搓着大腿，挺为难地说："我这个人，笨口拙舌的，谈什么呢？"

我说："谈你自己吧。"

他像吃了一惊，仰起脸笑着说："我有什么可谈的？"接着用两手托着腮，不言声了。一会儿他问我："你知道张多年么？"

我不知道。刘公之耷拉着眼皮，也不望人，慢言慢语说起来了："哎，那可是个好同志！头回修那口废井，为防泥浆喷，大家想出个法，用橡皮做个油管子头，一喷就套上。有一回又喷了，喷得特别厉害。要套那油管子头，死活也套不上去。泥浆喷得人眼睛睁不开，急死人了。要靠到跟前去套吧，围着管子有个圆井，里面满是泥呀油的，谁敢跳下去？人家张多年就跳下去了，扑通一下子，油没到脖颈子，吓得旁边的人都变了脸色。可是人家到底套上油管子头，救下这场祸，他自己可烧得不像样子了。"

我听了问："你当时也在场么？"

刘公之说："怎么不在？你看，我就没做到这一点。许多同志都比我强，谈我做什么？"我很想认识认识张多年，不巧他头一阵下了矿山，学习去了。不过我知道就是见了他，他准会说："这有什么？我不过做了我应该做的事罢了。"

这无穷无数好同志，就是这样，一点不看重自己，总觉自己平常。是平常。但就是这无数平常人，世世代代，每人都做了他们所能做的事，每人都献出他们所能献出的力量，一天一月，一年一世，修了长城，创造了古代灿烂的文化，而今天，有的人又在征服沙漠，为人类开辟更远大的生活。这就是我们的人民，这是个怎样伟大的民族啊！

我多么愿意变做一铲泥，加到我们人民正在建设的祖国大厦上。只要能是一铲泥，我也算没浪费我的生命了。

一九五三年

京城漫记

北京的秋天最长，也最好。白露不到，秋风却先来了，踩着树叶一走，沙沙的，给人一种怪干爽的感觉。一位好心肠的同志笑着对我说："你久在外边，也该去看看北京，新鲜事儿多得很呢。老闷在屋里做什么，别发了霉。"

我也怕思想发霉，乐意跟他出去看看新鲜景致，就到了陶然亭。这地方在北京南城角，本来是京城有名的风景，我早从书上知道了。去了一看，果然是好一片清亮的湖水。湖的北面堆起一带精致的小山，山顶上远近点缀着几座小亭子。围着湖绿丛丛的，遍是杨柳、马樱、马尾松、银白杨……花木也多：碧桃、樱花、丁香、木槿、榆叶梅、太平花……都长的旺得很。要在春景天，花都开了，绕着湖一片锦绣，该多好看。不过秋天也有秋天的花：湖里正开着紫色的凤眼兰；沿着沙堤到处是成球的珍珠梅；还有种木本的紫色小花，一串一串挂下来，味道挺香，后来我才打听出来叫胡枝子。

我们穿过一座朱红色的凌霄架，爬上座山，山头亭子里歇着好些工人模样的游客，有的对坐着下“五子棋”，也有的瞭望着人烟繁华的北京城。看惯颐和园、北海的人，乍到这儿，觉得湖山又朴素，又秀气，另有种自然的情调。只是不知道古陶然亭在哪儿。

有位年轻的印刷工人坐在亭子栏杆上，听见我问，朝前一指说：“那不是！”

原来是座古庙，看样子经过修理，倒还整齐。我觉得这地方实在不错，望着眼前的湖山，不住嘴说：“好！好，到底是陶然亭，名不虚传。”

那工人含着笑问道：“你以为陶然亭原先就是这样么？”

我当然不以为是这样。我知道这地方费了好大工程，挖湖堆山、栽花种树，才开辟出来。只是陶然亭既然是名胜古地，本来应该也不太坏。

那工人忍不住笑道：“还不太坏？脑袋顶长疮脚心烂，坏透了！早先是一片大苇塘，死猫烂狗，要什么有什么。乱坟数都数不清，死人埋一层，又一层，上下足有三层。那工夫但凡有点活路，谁也不愿意到陶然亭来住。”

改一天，我见到位在陶然亭住了多年的妇女，是当地区人民代表大会的代表。她的性格爽爽快快的，又爱说。提起当年的陶然亭，她用两手把脸一捂，又皱着眉头笑道：“哎呀，那个臭地方！死的比活的多，熏死人了！你连门都不敢敞。大门一敞，蛆排上队了，直往里爬，有时爬到水缸边上。蚊子都成了精，嗡嗡的，像筛箩一样，一走路碰你脑袋。当时我只有一个想法，几时能搬出去就好了。”

现时她可怎么也不肯搬了。夏天傍晚，附近的婶子大娘吃过晚饭，搬个小板凳坐到湖边上歇凉，常听见来往的游客说：“咱们能搬来住多好，简直是住在大花园里。”

那些婶子大娘就会悄悄笑着嘀咕说：“俺们能住在花园里，也是熬的。”

不是熬的，是自己动手创造的。挖湖那当儿，妇女不是也挑过土篮？老太太们曾经一天多少次替挖湖工人烧开水。

这座大花园能够修成，也不只是眼前的几千几万人，还有许许多多看不见的手，从老远老远的天涯地角伸过来。你看见成行的紫穗槐，也许容易知道这是北京的少年儿童趁着假日赶来栽的。有的小女孩种上树，怕不记得了，解下自己的红头绳绑到树枝上，做个记号，过些日子回来一看，树活了，乐得围着树跳。可是你在古陶然亭北七棵松下看见满地铺的绿草，就猜不着是哪儿来的了。这叫草原燕麦，草籽是苏联工人亲手收成的，从千万里外送到北京。

围着湖边，你还会发现一种奇怪的草，拖着长蔓，一大片一大片的，不怕踩，不怕坐，从上边一走又厚又软，多像走在地毯上一样。北京从来不见这种草。这叫狗牙根，也叫狼蓑草，是千里迢迢从汤阴运来的。汤阴当地的农民听说北京城要狗牙根铺花园，认为自己能出把力气是个光荣，争着动手采集，都把这草叫作“光荣草”。谁知草打在蒲包里，运到北京，黄了、干了，一划火柴就烧起来。园艺工人打蒲包时，里面晒得火热，一不留心，手都烫起了泡，不要紧，工人们一点都不灰心。他们搭个棚子，把草凉在阴凉地方，天天往上喷水，好好保养着，一面动手栽。

湖边住着位张老大爷，七十多岁了，每天早晨到湖边上溜达，看见工人们把些焦黄的乱草往地上铺，心里纳闷，回来对邻居们当笑话说：“这不是白闹么？不知从哪儿弄堆乱草，还能活得了！”过了半月，这位张老大爷忽然兴冲冲地对邻居说：“你看看去，他大嫂子，草都发了绿，活了——这怪不怪？”

一点不怪。我们大家辛辛苦苦为的是什么？就为的一个心愿：要把死的变成活的，把臭的变成香的，把丑的变成美的，把痛苦变成欢乐，把生活变成座大花园。我们种的每棵草、每棵花，并不是单纯点缀风景，而是从人民生活着眼，要把生活建设得更美。

我们的北京城就是在这种美的观点上进行建设的。那位好心肠的同志带我游历陶然亭，还游历了紫竹院和龙潭。我敢说，即使“老北京”也不一定听说过这后面的两景。我不愿意把读者弄得太疲劳，领你们老远跑到西郊中央民族学院后身去游紫竹院，只想告诉大家一句，先前那儿也是一片荒凉的苇塘，谁也不会去注意它。但正是这种向来不被注意的脏地方、向来不被注意的附近居民，生活都像图画一样染上好看的颜色了。

龙潭来去方便，还是应该看看的。这地方也在城南角，紧挨着龙须沟。你去了，也许会失望的。这有什么了不起？无非又是什么乱苇塘，挑成一潭清水，里面养了些草鱼、鲢鱼等，岸上栽了点花木。对了，正是这样。可是，你要是懂得人民的生活，你就会像人民一样爱惜这块地方了。

临水盖了一片村庄，叫幸福村，住的都是劳动人民。只要天气好，黄昏一到，村里人多半要聚集到湖边的草地上，躺着的，坐着的，抽几口烟，说几句闲话，或是拉起胡琴唱两句，解解一天的乏。孩子们总是喜欢缠着老年人，叫人家讲故事听。老奶奶会让孙子坐在怀里，望着水里落满的星星，就像头顶上的银白杨叶子似的，嘁嘁喳喳说起过去悲惨的生活。这是老年人的脾气，越是高兴，越喜欢提从前的苦楚。提起来并不难过，倒更高兴。

奶奶说：“孩儿啊，你那时候太小，什么都不记得了，奶奶可什么都记得。十冬腊月大雪天，屋子漏着天，大雪片子直往屋里飘，冻得你黑夜睡不着觉，一宿哭到亮。你爹急了，想起门前臭水坑里有的是苇子，都烂到冰上了，要去砍些回来笼火烤。可是孩儿啊，苇子烂了行，你去砍，警察就说你是贼，把你爹抓去关了几天，后脊梁差点没揭去一层皮。”

孙子听着这些事，像听很远很远跟自己没关系的故事，瞪着小眼直发愣。先前的日子会是那么样？现在爹爹当建筑工人，到处盖大楼。他呢，天天背着书包到幸福村小学去念书。老师给讲大白熊的故事，还教唱歌。一有空，他就跟同伴蹲在湖边上，瞅着水里的鱼浮上来，又沉下去，心想：鱼到晚间是不是也闭上眼睡觉呢？奶奶却说早先这是片臭水坑——不会吧？

奶奶说着说着叹了口气：“唉！我能活着看见这湖水，也知足了。只是我老了，但愿老天爷能多给我几年寿命，有朝一日让我看看社会主义，死了也不冤枉了。”

人活到六十，生活却刚刚才开始。其实奶奶并不老。她抱着希望，她的希望并不远，就摆在眼前。

一九五四年

十月的北京城

一九四九年二月的一天，风沙很大。北京前门大街一早晨就挤满人，锣鼓喧天，每人的眼睛都急切地朝南望着，正在等待什么。到十点钟，远远传来一阵雄壮的解放军进行曲，接着一支强大的解放军从永定门迈进北京。这是庆祝北京和平解放的入城大典。步兵、骑兵、炮兵、坦克……滚滚而来。两旁的人群都往前拥，争着爬到坦克上，骑到大炮筒子上，有人还用粉笔往炮手的背上写："你们终于来了！"

当时我跟着队伍往前走，有一群青年围住我问道："你们是从哪儿来的？"我说："远啦。"人家又问："往哪儿去？"我说："往前面去。"事情相隔已经八年多，回想起来，我的答话实在不着边际。如果那群青年朋友还在北京的话，请你们将来一定去瞻仰瞻仰天安门前正在竖立的人民英雄纪念碑吧。这是座具有十分庄严的历史色彩的艺术品，绕着碑座一色是精致的雕刻，从烧鸦片到解放军胜利渡长江，其间每个重要的历史事件都有一幅大石刻。我从心里尊敬那些正在雕刻的石工。他们照着艺术家们塑出来的模型，一凿子一凿子地凿着石头，人物形象便从石面突出来。不但当年激动人心的历史场面再现到我们眼前，就是人物胳臂上的筋络、脸上的表情，处处都有活的感觉。历史是最明确的。近百年来，中国人民就是这样在大风大浪里奔跑着、战斗着，最终在一九四九年二月走进北京城。这就是我们的来处。

我们走进北京后，八年多来，又走到什么地方了？还是让事实来说明吧。

一个秋高气爽的日子，我到城南红星集体农庄去，会计主任范永柱领着我到处看了一遍。农庄实在是富足得很。奶牛都那么肥壮，性子也善良，见了生人，有的从木栏杆里探出头，拿鼻子闻你，要东西吃。有一头黑白相间的奶牛最出奇，乳房那么大，差不多拖到地面上，走路不小心，自己的蹄子把乳房都踢破了。饲养员便用布口袋兜着它的乳房，又用麻袋包着它的蹄子，免得更踢伤自己。据说，这头牛每天最多能出八十磅奶。今年的庄稼长得也好。玉米收割了，农民在收割后的田地里撒肥料，拖拉机正在翻地，准备播种小麦。农庄的庄员一见人，便笑着说："好收成啊。"

我连着碰见不少农民，谈起话来，发觉他们都是外路口音，不是北京人。这有点怪。范永柱说："你不知道，在清朝年间，这一带叫'海子里'，是皇上的禁地，专供皇帝行围打猎用的。后来归到一些官僚地主手里。他们找了管事的，租给一些外来的穷人，让大伙吃大锅饭，给地主种地，所以当时叫'锅火地'。我们老一辈都是河间府人，逃荒逃到京城，没路走，才种这锅火地。其实这一带地坏得很，碱多，种玉米也捞不到什么，辛苦一年，连吃穿也混不上。"

说土地坏，我倒不懂了。庄稼明明长得不错啊！看那地里的棉花，刚裂了桃，像一团一团白雪似的。还有一望无边的稻田，稻穗透了黄，沉甸甸地垂着头，散出一股焖饭的香味。

范永柱告诉我说：“这都是在成立集体农庄后，得到人民政府的帮助，大家挖稻池子、打电井，才连着把一千五百多亩干旱的碱地，都改造成了水稻田。”

打谷场上正有生产队在扬场。我看见个老奶奶坐在场头上的玉米堆里，剥着棒子皮，就走上去，一面帮着剥棒子，一面问：“老大娘，多大年纪啦？还这么硬朗。”

老奶奶反问我道：“你看我有多大啦？”

她头发花白，腰板挺直，耳不聋，眼也不花，做活还是怪麻利的。我端量着她问：“有六十没有？”

老奶奶笑了两声说：“八十挂零啦。”

旁边一个黑胡子的农民就笑着说：“哎呀呀！阎王爷也拿你没办法，你倒越活越有味。”

老奶奶也笑着说：“这是什么年头，阎王爷还管得着我，我愿意活多大就活多大。”

这虽说是笑话，却也有道理。一个掌握了自己命运的人是能够掌握自己的生命，使自己的青春常在的。这倒引得我想起一个名叫常在的蒙古族人。这人生在清朝末年，手巧，会用玻璃做葡萄，当年给西太后献葡萄，得到过西太后的赞赏。后来常在死了。三个女儿得到父亲的真传，做的葡萄像父亲一样好。可惜她们的技艺得不到重视。在日伪和国民党反动统治下，她们不得不做针线、烤白薯、炸麻花卖，胡乱混口吃的。说起她们做的葡萄，也真绝。我们大都看过电影《葡萄熟了的时候》，那满架又鲜又嫩的葡萄，谁看了不流口水？其实呢，都是她们做的软枝假葡萄。要不是解放后政府对她们重视，她们出色的工艺不知会沦到什么地步。

一九五六年一月一日，是常在的生日。就在这天，她们一早起来，换上新衣服，吃完打卤面，然后一起去参加了手工业合作社。从此，生活一天比一天宽，一天比一天强。

我去看她们时，老三死了，只剩下两个老姐妹，叫常桂福和常桂禄，都是六十以上的人。她们早先的命运是悲惨的。桂福年轻时便当了尼姑，两个妹妹终身都没出嫁。问起缘故，常桂禄说："嗐！过去那苦日子，烦恼太多了，还不如干干净净地靠手艺吃饭，谁知吃的还是苦黄连。"现在她们带着侄女，收了几个女学徒，正把技艺传给下一代。做的葡萄有猫眼、牛奶、五月香、玫瑰香等许多精品，一嘟噜一嘟噜的，颜色鲜嫩，上面还挂着点霜，就像带着露水新摘下来似的。

这就是北京有名的"葡萄常"。这些可敬的老艺人，到满头清霜的年龄，倒更懂得用双手来美化我们的生活了。

实际上，今天每个劳动者谁又不在尽力使生活美化。熟悉北京的人，谁都记得往日东郊的情景。田野茫茫，荒坟累累，人烟是不多的。今天呢？大路纵横，满眼是绿茵茵的花木，遮掩着数不尽的高楼大厦。这都是各种新建的工厂，有的厂里的机器，全部是我们工人一手制造的。有个叫韩忆萍的纱厂铣工写过这样的诗：

城郊还笼罩着一层静静的晨烟
一群上工的姑娘在树林里出现
她们像喜鹊欢笑着涌进车间
车间充满了春天

这里的车间播种着奇异的种子
幸福的种子撒在纱锭上边
…………
人们说春天是先到江南
谁知春天永远藏在我们车间

不错，我们的工人真像传说里的催花使者，到处催出万紫千红的花朵。韩忆萍的父亲是铁匠，韩忆萍从小也学打铁。解放军举行入城式那天，他还是孩子，满手沾着铁锈参加到前进的行列里来，现在，早变成个技术工人，还是诗人。类似这样有文学素养的工人，不在少数。我在北京国棉一厂还见到另一个叫范以本的青年试验工，也能写诗。范以本领我到他家去，他的老母亲坐在床边上，怀里抱着六个月的小孙子，正逗着玩。这位老人家早先年是上海一家纱厂的摇纱工，后来被资本家解雇了，穷得领着孩子讨饭。谈起往事，她说："那时候，苦得很啊！早六点干到晚六点，挨打受气的，吃了早饭不知道有没有晚饭，整天泡在眼泪里。"临到老年，她两个儿子、一个媳妇都在北京国棉一厂做工，日子过得很舒心，常常睡着睡着就笑醒了。这母子俩都是纱厂工人，两代人的经历却像隔着两个世纪，多么悬殊。现在，共青团员范以本每天早晨起来，心里都怀着新的理想。他的理想多得像天上的星星，所有的理想却集中到劳动竞赛的大红花上。见了大红花他的心就跳，只想戴着它走过天安门，接受毛主席的检阅。有时激动得夜晚睡不着觉，就写诗。他写出这样的诗句来抒发工人阶级的情感：

用超音速步伐提前跑完五年路程

年轻的朋友，在入城大典那天，你们不是问我们往哪儿去么？这就是我们的去处。无疑的，你们也早加入中国人民前进的队伍，一同迈进光辉的社会主义了。这是我们的去处，却又不是最终的去处。更远大的目标还摆在我们前面。前进！前进！生活像大海，理想是不应该有止境的。

一九五七年

永定河纪行

正当“五一”节，北京天安门前比往年又不同，红旗、鲜花织成一片锦绣，浩浩荡荡的人群大踏步通过天安门，走上前去——走进更深更远的社会主义里去。我们敬爱的领袖毛主席站立在天安门上，微笑着，朝着滚滚而来的人群扬起那只指引方向的手。正在这当儿，一股水头忽然从天安门前边的金水桥下涌出来，大声欢笑着，水花飞上天安门，洒到领袖的脚前，一面好像发出欢声说：“我代表永定河引水工程的全体工人特意来向您报告：永定河的水已经来到首都了。”

我们的领袖笑了，高声说：“工人同志们万岁。”

于是整个首都腾起了一片欢呼声。工人的机器飞转着，再也不至于缺水停工了。城郊的集体农民引水浇地，再也不愁天干地旱了。在北海划船的游伴从湖里捧起一捧水，乐着说：“多新鲜的水呀！”而北京的每家人家拧开水管子时，到处都听得到永定河波浪的声音。老年人懂的事多，见人点着头叹息说：“唉，北京城什么都好，就是缺一条河。这一下可好啦，整个的北京都成了大花园啦！”

亲爱的读者，如果你还有耐心读到这儿，说不定要皱起眉头想：“这不是说梦话么？永定河离北京总有五十里路，又没有河道，水怎么能流到北京？”

有河道，我指给你看。这股水从京西三家店的进水闸涌进渠道，穿过西山翠微峰下的隧洞，穿过新劈的山峡，变成一道飞瀑，由高头直冲进山脚的一座水电站，然后滚过一带肥壮的大平地，直奔着北京来了。这不是天河一宿落到地面上，这是条新开的运河。原谅我，如果你目前站到北京城墙上，你还看不见这条河。你看见的只是地面上插的一面一面小红旗，只是成千成万的人一锹、一镐、一手车、一土篮，来往弄土。你也能看见甲虫似的推土机和挖土机，隆隆地翻弄着地面，但你看不见河。这条河是未来，也是现实。现实是人创造的。对于我们坚强而勇敢的人民来说，又有什么不能创造出来呢？人民是爱自己的首都的。既然首都需要变得更美更好，他们就要让首都有一条河。现在还是让我们先去见见那些挖河修闸的人吧。

过去，我有种模模糊糊的思想，觉得战士就该端着枪，站在祖国的前哨上，冲锋陷阵。在永定河上，我懂得了战士的真正意义。我站在三家店口的大桥上，往西北一望，河流从莽莽苍苍的乱山中一冲而出，气势真壮。正当三冬，天寒河冻，河心里远远移动着十来个小小的人影，还有几台小机器，好像几只蓝靛壳小虫，怪吃力地用嘴拱着河床的沙石。人在伟壮的山川当中，显得有多么渺小啊。

陪我来看河工的是位姓陈的土工队长，脸红红的，带着农民的厚道味儿。我们并着肩膀直下河心。河床子冻得钢硬，皮鞋踩上去，都有点震脚。我们走近那些小小的人影，远远闻见一股汽油的香味，原来正有几台推土机在河心里爬着。有个推土机手戴着藏青帽子，穿着蓝工作服，脖子下头却露出草黄色的军衣领子。不用说，这是个转业军人。他坐在机器上，微微歪着头望着机器前头闪亮的刀片，一面操纵着舵轮，那刀片便切着老厚的冻土，又灵巧，又准确。我觉得，他好像是用手使刀子在削苹果皮。推土机上还有一行白字，写着："一定要把淮河修好"。这是模仿毛主席的字体写的，字迹褪色了，还是那么惹眼。

我笑着说："你们来的好远啊。"

老陈答道："不远，我们是从官厅水库来的。"

我指指推土机上的白字说："从淮河来，还说不远？"

老陈挺含蓄地笑笑说："照这样讲，我们来的还要远呢。"接着告诉我，他们本来是山东的部队，参加过淮海战役，解放以后逐渐转成工人，到淮河修过薄山水库、梅山水库，后来又到官厅修水力发电站。现时来到永定河，要修一道拦河坝，一道进水闸。他指给我看哪儿是拦河坝，哪儿又是进水闸。他指的地方还是荒凉的沙滩，还是冰封雪冻的河流，但在他微笑的眼神下，我却看见了真正宏伟的工程，平地起来，迎面立在我的眼前。我惊奇地望着那些推土机手，刚才远远看来，他们移动在伟壮的山川里，只是些小小的黑点，但正是这样小黑点似的人开辟山川，改造地球，创造了翻天覆地的历史。人是多么小而多么伟大呀！

我见到他们许多人，有扎钢筋手、推土机手、开山机手……他们还穿着旧军装，身上多半有点蓝色的东西，看起来像战士，又像工人。他们都是年轻力壮的好小伙子，乍见面腼腼腆腆的，不大好意思开口，一谈起来，却又俏皮得很。

我问道："你们还是头一回到北京来吧？"

不知是谁说："头一回，少说也来了一百回——都在梦里。"

我又问道："还喜欢么？"

又一个说："这是首都，还会不喜欢？我们头来那天，坐着汽车从城里过，看见买卖家都贴着双喜字，敲锣打鼓的。我寻思：怎么娶媳妇都赶到一天了？原来不是娶媳妇，是首都——走进社会主义社会哩。"

我忍不住笑着说："你该多到城里看看啊，喜事多着呢。"

我留心那位扎钢筋手说话时，手总是轻轻抚摸着他的大腿。我明白，他摸的不是大腿，是他那条旧军装裤子。我就问："怎么样？摘下帽徽，摘下胸章，心里有点留恋吧？"

他眼望着地，不说话，旁边的人也不说话。我懂得，这是一个战士的感情，我尊重这种感情。请想想，在部队上多少年，你爱我，我爱你的，乍一转业，还会不留恋？留恋得很啊。看见人家穿军装，就会眼馋得慌。我不觉说出句蠢话："不要紧，不当战士，我们就当工人，还不是一样？"

一位钢筋混凝土大队长，原先是部队的老营长，忽然插嘴说："不！我们是喜欢搞建设的。不过搞建设也要走在最前面，做个冲锋陷阵的战士。"

说得好！战士的意义绝不限于一套黄军装，而是无论你在什么岗位上，只要你勇于斗争，勇于前进，你就当得起战士这个光彩的称号。

我知道有这样的事：他们在薄山修水渠，西北风里，水大填不上土，一填土就冲走了。几百人立时跳进冷水里，胳臂挽着胳臂，排成一长溜，像柱子一样，修渠的人就在这排人柱子后面堆麻袋，土才填上去。

于今，来到首都，他们正照样用一个战士的勇敢精神来开凿运河。不是不艰难啊。猛一来人多，吃不上饭，喝不上水。你也许奇怪，他们是弄水的人，还会喝不上水？这正是他们的骄傲。他们到的地方往往是荒草石头，他们走过的地方却就水足地肥，人寿年丰。永定河也不是好惹的。石头大，冰又厚，推土机一不小心，刀片都会推裂了，刺刀钝了可以磨，刀片断了就重新电焊好，再上战场。

一位开山机手被人称为土坦克。怎么得的这个外号呢？他的伙伴说："因为在官厅水电站打洞子，他抱着钻子白天黑夜往石头里钻，钻得比谁都快，大家才叫他土坦克。"土坦克的模样也有点像坦克：宽脸，大嘴，又矮又壮。不管人家问他什么，总是笑笑说："没什么。"再多的话也没有了。我见到他是在西山翠微峰下，他正打隧洞，可碰上了麻烦事。山洞打进去，是酥岩，动不动就会塌下来，土坦克也不容易往里钻。

我问他："怎么办呢？"

他眼望着天，还是笑笑说："没什么。"

这种十足的信心不但他一个人有，我沿着运河工程遇见的每个人也都有。在翠微峰旁那座刚动工的水电站工地上，我曾经用开玩笑的口气问一个技术人员说："你们靠什么能有这样大的信心？"

那位技术人员手摸着嘴巴，眼望着山下平川上密密麻麻挖河的农民，也用半开玩笑的口气说："靠什么？靠着巩固的工农联盟呗！"

我们实在应该去会会那许许多多来自北京四乡的集体农民。他们在挖河道，也在劈山。翠微峰下隧洞的两口都是山。不劈开山，挖成一道明渠，永定河的水做梦也进不了北京城。我们谁都听过神话，好像劈山的只有神仙。不是神，是人。地球上有不少号称鬼斧神工的奇迹，也无非是古代人民曾经拿手触摸过的痕迹。不同的是古代人民的劳动往往是个痛苦，而今天劳动却变成一种英雄式的欢乐。

有个夜晚，我走到挖河农民住宿的大工棚去。照理说，他们一整天开山挖土，乏得稀透，应该早早歇了才是。且不是呢。老远我就听到锣鼓声。走进一看，每座工棚都是灯火通明，有的窗玻璃上还描着大红大绿的彩画，叫电灯从里边一映，鲜艳得紧。农民们在工棚里有的打扑克，有的下象棋，有的看书写信，也有围在一起说故事的……不需你多问，每个人都变成集体农民了。要问嘛，你到处准会听到这样的回话："哎呀呀，地都连成片了！"

靠近门口有个青年，趴在蓝花布被卷上，就着灯亮在看书，看得入迷了，好像天塌地陷也碍不着他的事。我问他看的什么书，那青年忽地坐起来，愣了愣，望着我笑了。这是个刚成年的人，还像个孩子，大眼睛，方嘴，脸上抹得浑儿花的，也不洗。他看的是本《北京文艺》。

这位青年赶着告诉我说："这是今天有个骑自行车的来卖书，我花两毛钱买的。"

旁边他的一位老乡对我说："这孩子，有了钱舍不得花，光舍得买书。"

青年就抱怨起来："我才买了几本书？在家里，想买也买不到，馋死了，也没人管……"

我插问道："你家里怎么样？"

他忽然喜地说："嗐！嗐！你坐着飞机也追不上，快得很哪！我们出来的时候，还是初级合作社，昨天区长来看我们，你猜怎么样，成了高级社了。我只愁没有文化……"

他那位老乡故意逗他说："没有文化，你还不是照样种地，照样挖河？”

青年鼓着嘴说：“你说得好！没有文化，就没有翅膀，你怎么跟着飞呀？”

在另一座工棚里，有两个略微上点岁数的农民先睡下了，一个盖着褪色的红被，一个盖着蓝被，两人躺在枕头上咕咕哝哝聊着什么闲话儿。旁边铺上坐着个青年，弯下腰就着铺在写信。

我凑上去问：“给谁写信哪？”

那青年赶紧用巴掌掩住信，脸一红说：“给乡长。”

盖红被的农民翻过身笑着说：“给乡长还怕人看？真是个雏儿，从小没出过远门，一出门就想老婆，一天一封信，也不嫌臊！”

那青年辩白说：“我干活比谁赖？写封信你管得着？就你出过远门，炕头走到地头，地头走到炕头，可真不近。”

先前那农民嘿嘿笑了两声说：“想当年打日本鬼子，我抬担架，哪里没去过？那时候你还穿着开裆裤子，满地抓鸡屎吃呢。”

盖蓝被的农民也拖着长音说：“年轻人，别那么眼高！我们见的，不算多，也不算少，你几时经历过？”

那青年不服气说：“往后我们见的，你也见不着。”

盖红被的农民笑起来：“你咒我死啊，我才不死呢。凡是你能看见的，我都看得见。”

我笑着插嘴问：“你能看见什么？”

那个好心情的农民数落开了：“村里要装电灯、装电话、装收音机，还要修澡堂子、修电影院、修学校——反正要完完全全电气化，我都看得见。”

我说：“照这样，这条河挖好了，对你们的好处大啦。”

那农民答道：“河不经过我们村，不关我们的事。”

我奇怪说：“怎么会不关你们的事？”

那农民连忙改口说：“这是大家伙的事，自然也是我们的事，我们一定拿着当自己的事一样办。”

我笑着说：“我不是指的这个。你们村不是要用电么？等那座水电站修好了，一发电，你们要多少电没有？”

那农民一翻身肚皮贴着床铺，拍着手说：“对！对！我怎么就没想到呢？”惹得旁边的人一齐笑了……

在翠微峰下有一处古代遗迹，题作“冰川擦痕”。据说这是几十万年前，冰河流动，在岩石上擦过的痕迹。那些岩石，凡是冰擦过的地方，像刀削的一样平滑。恰恰在“冰川擦痕”的周围，数不尽的工人、农民正用全力在开山劈路，修筑运河。这不只是擦一擦。而是在改造地壳了。

在人面前，大自然的力量显得多么渺小啊。

一九五六年

戈壁滩上的春天

四月底了。要在北京，这时候正是百花盛开的好季节。但在戈壁滩上，节气还早着呢。一出嘉峪关，你望吧，满眼是无边的沙石，遍地只有一丛一丛的骆驼草，略略透出点绿意。四处有的是旋风，一股一股的，把黄沙卷起多高，像是平地冒起的大烟，打着转在沙漠上飞跑。说声变天，一起风，半空就飘起雪花来。紧靠戈壁滩的西南边是起伏不断的祁连山，三伏天，山头也披着白雪。

可是不管你走的多远，走到多么荒寒的地方，你也会看见我们人民为祖国所创造的奇迹。就在这戈壁滩上，就在这祁连山下，我们来自祖国各地的人民从地下钻出石油，在沙漠上建设起一座出色的“石油城”。这就是玉门油矿。不信，你黑夜站到个高岗上，张眼一望，戈壁滩上远远近近全是电灯，比天上的星星都密。北面天边亮起一片红光，忽闪忽闪的，是炼油厂在炼油了。你心里定会赞叹说：“多好的地方啊！哪像是在沙漠上呢？”

但我们究竟还是在沙漠上。这里的每块砖、每块石头、每滴石油，都沾着我们人民的汗，都藏着我们人民的生命。我们不能不感谢那些地质勘探队。他们为了继续替祖国寻找石油，骑着骆驼，带着蒙古包和干粮，远远地深入到荒凉的大沙漠里去，多少天见不到个人。只有沙漠上的黄羊、山里的野马，有时惊惊惶惶跟他们打个照面。我见过这样一队人，他们多半是男女青年学生，离开学校门还不久。当中有几个女同志，爱说爱笑，都是江南人。姓邓的年轻队长告诉我说，刚离开上海到西北时，女同志有时嫌饭不干净，宁肯饿一顿，也不吃。罡风吹裂了她们的脸、她们的手。这儿地势又高，空气薄，动一动，就会闷得透不过气来。一种爱祖国的热情使她们什么都忘了。她们也愁，愁的是工作。哪一天勘探成绩不好，你看吧，从野外回来时，一点声音都没有。只要稍微有点成绩，就该拿着成绩到处给人看，笑翻天了。

碰巧有这样事。勘探队的同志正拿着仪器测量地形，一个骑骆驼路过的蒙古人跳下来问："你们照出油来没有？"就是在荒漠上，人民对他们的劳动也显得多么关心。他们明白这点，他们情愿把自己的青春献给人民的事业。多好的年轻人啊。

我们更该牢记着那成千成万的石油工人。哪儿发现了石油构造，他们就到哪儿去打井钻探。有一回，我随一个叫王登学的小队长远离开那座"石油城"，走进祁连山里。工人们早在荒山里装起机器，架好钻台，正用大钻机日夜不停地打油井。每人都戴着顶闪亮的铝盔，穿着高统牛皮靴子。样子很英武。

我笑着说："你们这不像战士一样了？"

王登学说："人家志愿军在朝鲜前线卧冰趴雪的，咱这算什么？"

其实工人们对自然界的战斗也是很艰苦的。腊月天，戈壁滩上飘风扬雪的，石头都冻崩了。通宵通夜，工人们也要在露天地里操纵着钻机。天太冷，用手一摸机器，手套都会沾上了。休息一下吧。还休息呢？志愿军在前方打仗，坦克、汽车，哪样不得汽油？再说咱也是建设祖国嘛，谁顾得上休息？

他们就不休息，就像战士作战一样顽强勇敢。钻工当中也真有战士呢。我见到一个青年，叫蔡广庆，脸红红的，眉眼很俊，一问，才知道他参加过解放战争。现在，用他自己的话来说："毛主席叫咱到哪，咱就到哪。"在生产战线上，这个转业军人十足显出了他的战斗精神。他对我说："咱部队下来的，再困难，也没有战斗困难。什么都不怕，学就行。"一听说我是从朝鲜前线回来参观祖国建设的，蔡广庆一把抓住我的手说："你回去告诉同志们吧，我们要把祁连山打通，戈壁滩打透，叫石油像河一样流，来支援前线，来建设我们的祖国！"

这不只是英雄的豪语，我们的人民正是用这种精神来开发祖国地下的宝藏。这里不但打新井，还修复废井。有多少好油田，叫国民党反动政府给毁坏了。当时敌人只知道要油，乱打井。油忽然会从地里喷出来，一直喷几个星期，油层破坏了，井也废了。都是祖国的财产，谁能丢了不管？老工人刘公之便是修井的能手。修着修着，泥浆从井里喷出来了。喷到手上、脸上，滚烫滚烫的。皮都烧烂了。刘公之这人表面很迟钝，心眼可灵。凭他的经验，他弄明白这是地里淤气顶的泥浆喷，并不是油层。喷就喷吧，喷过去，他带着烫伤照样指挥修井。一口、两口……废井复活了，油像喷泉似的从地下涌出来了。

石油——这要经过我们人民多少劳力，从地底下探出来，炼成不同的油类，才能输送到祖国的各个角落去。一滴油一滴汗，每滴油都是我们祖国所需要的血液啊。我不能忘记一段情景。有一天晚间，我坐着油矿运油的汽车奔跑在西北大道上。一路上，只见运油的大卡车都亮着灯。来来往往，白天黑夜不间断，紧张得很。这情景，倒很像朝鲜战场上黑夜所见的。坐在我旁边的汽车司机是个满精干的小伙子，开着车呜呜地飞跑。我望望车外，公路两旁黑茫茫的，显得很荒远。

我不禁大声说："开得好快呀！"

司机大声应道："要奔个目标呢。"

我又问道："是奔张掖么？"

司机摇摇头喊："不是，还远着呢。"

我忽然记起上车时，司机位子上放着本日记。我曾经拿起那本日记翻了翻，记得第一页上写着这样一句话："为了建设社会主义社会……"我就俯到司机的耳朵上笑着喊："你是往社会主义的目标上奔吧？"

司机咧着嘴笑了。我又望望车外，一时觉得大路两旁不再是遥远的边塞，好像满是树，满是花，满是人烟。事实上，春天已经透过骆驼草、芨芨草、红沙柳，悄悄来到戈壁滩上了。但我还看见另一种春天。这不是平常的春天。这是我们人民正在动手创造的灿烂的好光景。

一九五三年

黄河之水天上来

唐朝诗人李白曾经写过这样的诗句："黄河之水天上来，奔流到海不复回。"意思是说事物一旦消逝，历史就不会再重复。但还是让我们稍稍回忆一下历史吧。千万年来，黄河波浪滔滔，孕育着中国的文化，灌溉着中国的历史，好像是母亲的奶汁。可是黄河并不驯服，从古到今，动不动便溢出河道，泛滥得一片汪洋。我们的祖先在历史的黎明期便幻想出一个神话式的人物，叫大禹。说是当年洪水泛滥，大禹本着忘我的精神，三过家门而不入，终于治好水患。河南和山西交界处有座三门峡，在这个极险的山峡中间，河水从三条峡口奔腾而出，真像千军万马似的，吼出一片杀声。传说这座三门峡就是大禹用鬼斧神工开凿的。

其实大禹并没能治好黄河，而像大禹那种神话式的人物却真正出现在今天的中国历史上了。不妨到三门峡去看看，在那本来荒荒凉凉的黄河两岸，甚而在那有名的"中流砥柱"的岩石上面，你处处可以看见工人、技术员、工程师，正在十分紧张地建设着三门峡水利枢纽工程。这是个伟大的征服黄河的计划，从一九五七年四月间便正式动工，将来水库修成，不但黄河下游可以避免洪水的灾害，还能大量发电，灌溉几千万亩庄稼，并且使黄河下游变成一条现代化的航运河流。工程是极其艰巨的，然而我们有人民。人民的力量集合在一起，就能发挥出比大禹还强百倍的神力，最终征服黄河。

我们不是已经胜利地征服了长江么？长江是中国最大最长的一条河流，横贯在中国的腹部，把中国切断成南北两半，素来号称不可逾越的“天堑”。好几年前，有一回我到武汉，赶上秋雨新晴，天上出现一道彩虹。我陪着一位外国诗人爬到长江南岸的黄鹤楼旧址上，望着蒙蒙的长江，那位诗人忽然笑着说：“如果天上的彩虹落到江面上，我们就可以踏着彩虹过江去了。”

今天，我多么盼望着那位外国诗人能到长江看看啊。彩虹果然落到江面上来了。这就是新近刚刚架起来的长江大桥。这座桥有一千六百多米长，上下两层：上层是公路桥面，可以容纳六辆汽车并排通过；下层是铺设双轨的复线铁道，铁道两侧还有人行道。从大桥的艰巨性和复杂性而论，在全世界也是数得上的。有了这座桥，从此大江南北，一线贯穿，再也不存在所谓长江天堑了。你如果登上离江面三十五米多高的公路桥面，纵目一望，滚滚长江，尽在眼底。

我国的江河，大小千百条，却有一个规律，都往东流，最终流入大海里去——这叫作“万水朝宗”。我望着长江，想到黄河，一时间眼底涌现出更多的河流，翻腾澎湃，正像万河朝宗似的齐奔着一个方向流去——那就是我们正在建设的像大海一样深广的社会主义事业。

在祖国西北部的戈壁滩上，就有无数条石油的河流。这些河流不在地面，却在地下。只要你把耳朵贴到油管子上，就能听到石油掀起的波浪声。采油工人走进荒无人烟的祁连山深处，只有黄羊野马做伴，整年累月钻井采油。他们曾经笑着对我说："我们要把戈壁滩打透，祁连山打通，让石油像河一样流。"石油果然就像河一样，从遥远的西北流向全国。

我也曾多次看见过钢铁的洪流。在那一刻，当炼钢炉打开，钢水喷出来时，我觉得自己的心都燃烧起来。这简直不是钢，而是火。那股火的洪流闪亮闪亮，映得每个炼钢手浑身上下红彤彤的。这时有个青年炼钢手立在我的身边，眼睛注视着火红的钢水，嘴里不知咕哝什么。我笑着问道："同志，你叽咕什么？"那青年叫我问得不好意思起来，笑着扭过脸去。对面一个老工人说："嗐，快别问啦，人家是对自己心爱的人说情话，怎么叫你偷听了去？"接着又说，"这孩子，简直着迷啦，说梦话也是钢呀钢的，只想缩短炼钢的时间。"我懂得这些炼钢手的心情。他们爱钢，更爱我们的事业。他们知道每炉钢水炼出来，会变成什么。

会变成钢锭，会变成电镐，会变成各式各样的机器……还会变成汽车。

看吧，那不是长春汽车制造厂新出的解放牌卡车？汽车正织成另一条河流，满载着五光十色的内地物资，滔滔不绝地跑在近年来刚修成的康藏公路上。凉秋九月，康藏高原上西风飒飒，寒意十足。司机们开着车子，望着秋草中间雪白的羊群，望着羊群中间飘动着彩色长袍的藏族姑娘，不禁要想起汽车头一回开到高原的情形。以往几千年，这一带山岭阻塞，十分荒寒。人民解放军冒着千辛万苦，开山辟路，最后修成这条号称"金桥"的公路。汽车来了。当地的藏族居民几时见过这种轰隆轰隆叫着的怪物？汽车半路停下，他们先是远远望着，慢慢围到跟前，前后左右摸起来。一个老牧人端量着汽车头，装作蛮内行的样子说："哎！哎！这物件，一天得吃多少草啊。"可是今天，他们对汽车早看熟了。就连羊群也司空见惯，听凭汽车呜呜叫着从旁边驶过去，照样埋着头吃草。

年轻人总是想望幸福的。一瞟见草原上飘舞着的藏族牧女的彩衣，汽车司机小李的心头难免要飘起另一件花衫子。天高气爽，在他的家乡北京，正该是秋收的季节。小李恍惚看见在一片黄茏茏的谷子地里，自己心爱的姑娘正杂在集体农民当间，飞快地割着谷子。割累了，那姑娘直起腰，掏出手绢擦着脸上的汗，笑嘻嘻地望着远方……其实小李完全想错了。再过两天就是国庆节，他心爱的姑娘正跟几个女伴坐在院里，剪纸着色，别出心裁地扎着奇巧的花朵，准备进城去参加游行。

在国庆节那天，她擎着花朵到北京来了，许许多多人也都来了。从长江来的，从黄河来的，从全国各个角落来的，应有尽有。这数不尽的人群汇合成一条急流，真像黄河之水天上来，浩浩荡荡涌向天安门去。我觉得，每个人都可以跟传说中的神话人物大禹媲美。

一九五七年

万丈高楼平地起

山东半岛和辽东半岛遥遥对峙，形成渤海海峡，正是兵书上所说的咽喉地带，无怪乎都称这儿是京都的门户。一九五九年初夏，我来到海峡，爬上一座高山，想瞭望瞭望海山的形势。山上是一座阵地，只有守卫京都门户的战士，没有人家。一到山顶，却听见几声清亮的鸡叫，使人想起温暖的乡村生活。接着便看见一只芦花大公鸡，冠子火红，昂然立在山头，旁边是只母鸡，带着一大群叽叽喳喳的小鸡，四处觅食吃。

我感到怪有趣的，便对同来的赵团长说："你们在阵地上还养鸡，真有意思。"

赵团长笑着说："也不光养鸡，还有别的呢。"

还有羊。有山羊，也有绵羊，它们白天由着意满山游荡，拣最鲜嫩的青草吃。天一黑，自己便回到战士们砌的羊圈去，倒也省心。在背风的山洼里，战士们栽上苹果树，结的苹果已经有小孩拳头大。又在阵地前面种满黄花，一到傍晚，满山香喷喷的。战士们下山总顺便采一包半开的黄花，带下山去，晒干了，可以当菜吃。至于在近海养海带，出海捕鱼，更是战士们出力经营的事业。

我对赵团长说："我们的战士不仅是兵，倒更像瓦工，手儿巧得很。"

赵团长说："是啊，这是咱们军队的老传统，不光会打仗，还会建设——走到哪里建设到哪里。"

赵团长的话并不错。我们不会忘记，抗日战争时期，战士们在陕北南泥湾开出了大片大片的稻田，把一向干旱的西北高原变成陕北江南。我们也不会忘记在朝鲜战场上，炮兵经过一场激烈的战斗后，立时又栽花植树，把阵地调理得跟花园差不多。

可是赵团长并未完全理会我的意思。战士们平时自然是在建设，其实，即使在冲锋陷阵、斩将夺旗的当儿，又何尝不是在建设呢。我觉得，自从解放军的前身红军诞生那一天起，战士们一直在进行着庄严无比的建设——建设我们的理想，建设我们的生活。

这是一个最普通的战士给我的启示。那个战士姓什么，叫什么，直到现在我也不知道。他的模样儿却一直刻在我的心上：长方脸，红红的，聪俊的大眼，一见人就笑。我是在解放战争当中北出长城，路过紫荆关时碰见他的。当时军队翻到紫荆关顶，都坐着休息。那个年轻的战士坐的离我不远，两手捧着一个搪瓷碗喝开水，一面喝，一面嘻嘻嘻不住嘴地笑。

另一个脸色阴沉的老战士说："瞧你！咧着个嘴，光会笑，有什么好笑的！"

那小战士说："我就是笑你——你的脸怎么总像老阴天，一辈子不带笑的？"

我看得出这个青年参军不久，浑身带着股可爱的稚气，便问他先前在家干什么。

那老战士哼了一声说："种地呗！他还能干什么。"

青年战士抢着辩解说："你知道啥？我跟我爹学过瓦工，我还会盖房子呢！"

那老战士说："你歇着去吧！现在咱们是打仗，谁用你盖房子！"

小战士急得说："怎么不用我盖房子？往后，都住大高楼，你瞧是怎么盖起来的吧！"

老战士说："可眼下我就瞧不见什么大楼。"

小战士笑起来说："那算你是睁眼瞎子。万丈高楼平地起——现在正在打地基呢。明儿就要盖起一百层的高楼，你想来住，怕没有你的份儿。"

我听了，心里一动。这虽是几句半开玩笑的话，却含着耐人寻味的思想。从这个青年身上，我看出了战士们那种远大的理想。于是，我眼前仿佛现出一座正在修建的大厦，大得看不见边。在建筑者的行列里，有工人、农民，也有战士。他们每个人都在一铲土、一滴汗、一滴血地劳动着。为着这座大厦，他们还有什么代价不肯付出去呢？回想一下，有多少战士，勇敢地付出自己的生命，用整个身体当基石，为大厦打基础。如果要在这座大厦上题字，那就应当是："社会主义大厦"。

这段插话，相隔已经十年多。自从紫荆关分手后，我也再没有碰见过那个叫人喜欢的青年。不想十几年以后，在渤海海峡上，当我看见战士们是那样热情地建设着自己的生活，忽然间又想起了他的话来。他的话给我的启示那样深，今天想起来，还像昨天一样新鲜。我不知道那青年现时在哪儿。如果他还健在，算来也是将近三十的人了，也许会对人说："你瞧，大楼不是盖起来啦！"

是初步盖起来了。比起天安门，比起天安门前新修的"人民大会堂"和"革命历史博物馆"，这座祖国大厦不知要大多少倍。可是这座大厦还远远没有完工，还得付出更大的劳力，才能建筑得更美、更高，高得一直顶着太阳。

今天，当我们庆祝建国十周年的时候，我愿意记下我在渤海海峡上所深切感到的，献给那无数曾经为这座"社会主义大厦"奠基的战士，也献给那无数正在继续建设这座大厦的同志。

一九五九年

第三辑

域外撷影

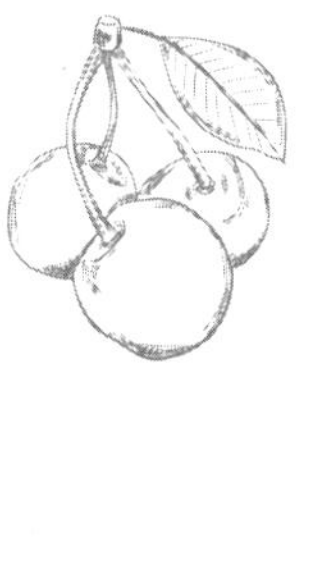

埃及灯

我从火一样燃烧着的游行队伍里走出来，浑身发燥，胸口跳得厉害。迎面起了风，一阵落叶扑到我的身上。我仰起头一望：街道两旁的树木都黄了，太阳光一映，显出一片透明的金色——多美啊，北京的初冬。

刚才在埃及大使馆前的情景还牢牢铸在我的心上。人，怎么说好呢，真像是山，像是海，一眼望不见边。只望见飞舞的纸旗，只听见激昂的喊声。有一处扬起歌声，到处立时腾起慷慨的壮歌，于是人们拥抱着，满脸流着纵横的热泪。我懂得这种眼泪，这是埃及人民英勇地反抗英法侵略的行动所激起的中国人民最高贵的感情。怀着这种感情，我们什么都愿意拿出来，什么都愿意做，只要为的是埃及人民的自由。

走回家来，累是有点累，我的感情里还是翻腾着狂风暴雨，不知不觉走到玻璃书橱前，不转眼地望着里面摆的一盏小灯。这盏灯是平平常常的铁皮做的，半尺来高，四面鼓起来，镶着玻璃，玻璃上涂着红绿颜色。灯是灵巧、好看，可是过去也无非像别的小纪念品一样，我爱惜它，但也并不特别爱惜它。看见灯，我的脑子里常常要闪出个人影来。

事情相隔有好几年了，那时候我到罗马尼亚去参加一个国际性的大会，碰见了许多来自世界各个角落的宾客，都住在一家大旅馆里。有一天晚饭后，我在客厅里闲坐，望着壁上挂的喀尔巴阡山风景画，一位脸色淡黑的人走到我跟前，拿指头一点我问："中国？"

我笑着站起来，没等开口，又有好几位陌生的朋友围上来，当中有位妇女特别惹眼。她约莫三十岁，高身段，戴着墨镜，耳朵上摇着两只金色大耳环，怪好看的。

脸色淡黑的人说："允许我介绍一下吧，这是我们埃及的代表，非常著名的舞蹈家。"

那女舞蹈家握住我的手，忽然说："你等一等。"一转身上楼去了。去了不久又回来，手里拿着顶像我们维吾尔族戴的那样漂亮的小帽，中指上挂着盏小玻璃灯。

她把小帽替我戴到头上，左右端量着说："简直像我们埃及人一样好看呢。"接着又把那盏灯递给了我。

我细细看着那盏精巧的小灯，想起《天方夜谭》里的故事，不觉笑着说："也许这就是'神灯'吧？"

那女舞蹈家挺开朗地笑起来："这是埃及灯，不是神灯。你插上支烛，夜晚点着，可以照着亮走遍全埃及，不会迷路。"

我说："好，好，有了这盏灯，我该可以照着亮走遍全中国了。"

女舞蹈家紧摇着大耳环说："用不着，你们的路已经是亮的了——慢着，你能送我点东西么？"

我寻思送她点什么礼物好，女舞蹈家接着又说："我想要的也只是眼前的东西，最好能给我点中国烟。你们的烟实在香，抽着，能够引人深思，想到很远很远的将来。”

偏偏我带的烟并不多，好歹搜寻出一小铁盒，想送她，可是不知怎的，一连几天，我在餐厅找她，在客厅等她，总不见她那健美的身影。到后来，大会结束，各方面来的客人开始纷纷走了，那盒烟还白白带在我的身边，送不出去。我有点惆怅：看样子她早离开这里，回到她那古老而迷人的祖国去了。那个国家，当时在我的心目中，仿佛到处是诗，是情爱，是说不完的奇妙的故事。

那天中午，我从画馆看画回来，看见旅馆门前停着辆汽车，侍者正往车上装行李。一进门，两只金色的大耳环恰巧迎面摇过来。

我又惊又喜，迎上去说：“啊！你还没走啊。”

女舞蹈家说：“我这就要走了。这几天，我身体不大舒服，也没向你告别。”

她的脸色果然有点苍白，说话的声调懒懒的。我问她害的什么病，她淡淡地一笑，用开玩笑的口气说：“也许是思乡病吧，谁知道呢。”

我急忙说：“请你等一等。”便跑上楼去，拿下那盒烟送给她。礼物太薄，实在拿不出手去，我觉得有点难为情。

那女舞蹈家却露出明亮的喜色，紧握着我的手说：“谢谢你，太谢谢你。礼物不在多少，是个情意。我们要永远互相记着。将来有一天，我盼望你能到埃及来。”

我说：“能来的时候我一定来。”

她说：“该来的时候你就来吧。来了，别忘记告诉我，我给你讲《天方夜谭》，还要讲埃及的新故事给你听。”

海角天涯，一别就是好几年，我们彼此再也没有消息。想写信也没法写。说起来遗憾，我竟不知道她的姓名，她呢，也从来没问起我的名姓。可是每逢我站到玻璃橱前，望见那盏灯，我的神思一晃，就会出现个幻影，在那茫茫的埃及原野上，风沙黑夜，一个妇女摇着金色大耳环，提着小玻璃灯，冲着黎明往前走去。

今天，我凝视着那盏灯，我的眼前又出现那个幻影，但是我看见的那对大耳环不是孤孤零零的，而是夹在奔跑着的人流里边；每人拿的也不是一盏小灯，而是千千万万支闪亮的火把。我仿佛听见那女舞蹈家在对着我喊："来吧！你该来了！"

我要去，我实在想去。只要埃及人民需要的话，我一定要作为一名志愿军，到你们那正燃烧着自由的国土上去。我不想去听奇妙的故事，我愿意把我的生命化作一支小小的蜡烛，插在埃及灯上，只要能发出萤火虫尾巴那么点大的光亮，照亮你们比金子还要可贵的心，就算尽了我应尽的友谊。

亲爱的朋友，让我们先说一声：埃及见！

一九五六年

金字塔夜月

听埃及朋友说，金字塔的夜月，朦朦胧胧的，仿佛是富有幻想的梦境。我去，却不是为的寻梦，倒想亲自多摸摸这个民族的活生生的历史。

白天里，游客多，趣味也杂。有人喜欢骑上备着花鞍子的阿拉伯骆驼，绕着金字塔和人面狮身的司芬克斯[1]大石像转一转；也有人愿意花费几个钱，看那矫健的埃及人能不出十分钟嗖嗖爬上爬下四百五十英尺高的金字塔。这种种风光，热闹自然热闹，但总不及夜晚的金字塔来得迷人。

我去的那晚上，乍一到，未免不巧，黑沉沉的，竟不见月亮的消息。金字塔仿佛溶化了似的，溶到又深又浓的夜色里去，临到跟前才能看清轮廓。塔身全是一庹多长的大石头垒起来的。顺着石头爬上几层，远远眺望着灯火点点的开罗夜市，不觉引起我一种茫茫

[1] 现一般写作斯芬克斯。

的情思。白天我也曾来过，还钻进塔里，顺着一条石廊往上爬，直钻进半腰的塔心里去，那儿就是当年放埃及王“法老”石棺的所在。空棺犹存，却早已残缺不堪。今夜我攀上金字塔，细细抚摸那沾着古埃及人民汗渍的大石头，不能不从内心发出连连的惊叹。试想想，五千多年前，埃及人民究竟用什么鬼斧神工，创造出这样一座古今奇迹？我一时觉得：金字塔里藏的不是什么“法老”的石棺，却是埃及人民无限惊人的智慧；金字塔也不是什么“法老”的陵墓，却是这个民族精神的化身。

晚风从沙漠深处吹来，微微有点凉。幸好金字塔前有座幽静的花园，露天摆着些干净座位，卖茶卖水。我约会几位同去的朋友进去叫了几杯土耳其热咖啡，喝着，一面谈心。灯影里，照见四外散立着好几尊石像。我凑到一尊跟前细瞅了瞅，古色古香的，猜想是古帝王的刻像，便抚着石像的肩膀笑问道：“你多大年纪啦？”

那位埃及朋友从一旁笑应道：“三千岁啦。”

我又抚摸着另一尊石像问：“你呢？”

埃及朋友说：“我还年轻，才一千岁。”

我笑起来：“好啊，你们这把年纪，好歹都可以算作埃及历史的见证人。”

埃及朋友说：“要论见证人，首先该推司芬克斯先生，五千年了，什么没经历过？”

旁边传来一阵放浪的笑声。这时我们才留意到在一所玻璃房子里坐着几个白种人，正围着桌子喝酒，张牙舞爪的，都有点醉意。

埃及朋友故意干咳两声，悄悄对我说：“都是些美国商人。”

我问道：“做什么买卖的？”

埃及朋友一撇嘴说：“左右不过是贩卖原子弹的！”

于是我问道："你们说原子弹能不能毁了金字塔？"

同游的日本朋友吃过原子弹的亏，应道："怎么不能？一下子什么都完了。"话刚说到这儿，有人喊："月亮上来了。"

好大的一轮，颜色不红不黄的，可惜缺了点边儿，不知几时从天边爬出来。我们就去踏月。

月亮一露面，满天的星星惊散了。远近几座金字塔都从夜色里透出来，背衬着暗蓝色的天空，显得又庄严，又平静。往远处一望那利比亚沙漠，笼着月色，雾茫茫的，好静啊，听不见一星半点动静，只有三两点夜火，隐隐约约闪着亮光。一恍惚，我觉得自己好像走进埃及远古的历史里去，眼前正是一片世纪前的荒漠。

而那个凝视着埃及历史的司芬克斯正卧在我的面前。月亮地里，这个一百八十多英尺长的人面狮身大物件显得那么安静，又那么驯熟。都说，它脸上的表情特别神秘，永远是个猜不透的谜。天荒地老，它究竟藏着什么难言的心事呢？

背后忽然有人轻轻问："你看什么啊？"

我一回头，发现有两个埃及人，不知几时来到我的身边。一个年纪很老了，拖着件花袍子；另一个又黑又胖，两只眼睛闪着绿火，紧端量我。一辨清我的眉目，黑胖子赶紧说："是周恩来的人么？看吧，看吧。我们都是看守，怕晚间有人破坏。"

拖花袍子的老看守也接口轻轻说："你别多心，是得防备有人破坏啊。这许许多多年，司芬克斯受的磨难，比什么人不深？你不见它的鼻子么？受伤了。当年拿破仑的军队侵占埃及后，说司芬克斯的神情是有意向他们挑战，就开了枪。再后来，也常有外国游客，从它身上砸点石头带走，说是可以有好运道。你不知道，司芬克斯还会哭呢。是我父亲告诉我的。也是个有月亮的晚上，我父亲从市上回来得晚，忽然发现司芬克斯的眼睛发亮，就近一瞧，原来含着泪呢。也有人说含的是露水。管他呢。反正司芬克斯要是有心，看见埃及人受的苦楚这样深，也应该落泪的。”

我就问：“你父亲也是看守么？”

老看守说：“从我祖父起，就守卫着这物件，前后有一百二十年了。”

“你儿子还要守卫下去吧？”

老看守转过脸去，迎着月光，眼睛好像有点发亮，接着咽口唾沫说：“我儿子不再守卫这个，他守卫祖国去了。”

旁边一个高坡上影影绰绰走下一群黑影来，又笑又唱。老看守说：“我看看去。”便走了。

黑胖子对着我的耳朵悄悄说：“别再问他这个。他儿子已经在塞得港的战斗里牺牲了，他也知道，可是从来不肯说儿子死了，只当儿子还活着。……”

黑胖子话没说完，一下子停住，又咳嗽一声，提醒我老看守已经回来。

老看守嘟嘟囔囔说：“不用弄神弄鬼的，你当我猜不到你讲什么？”又望着我说：“古时候，埃及人最相信未来，认为人死后，才是生命的开始，所以有的棺材上画着眼睛，可以从棺材里望着世界。于今谁都不会相信这个。不过有一种人，死得有价值，死后人都记着他，他的死倒是真生。”

高坡上下来的那群黑影摇摇晃晃的，要往司芬克斯跟前凑。老看守含着怒气说：“这伙美国醉鬼！看着他们，别教他们破坏什么。”黑胖子便应声走过去。

我想起什么，故意问道：“你说原子弹能不能破坏埃及的历史？”

老看守瞪了我一眼，接着笑笑说：“什么？还有东西能破坏历史么？”

我便对日本朋友笑着说：“对了。原子弹毁不了埃及的历史，就永远也毁不了金字塔。”

老看守也不理会这些，指着司芬克斯对我说：“想看，再细看看吧。一整块大石头刻出来的，了不起呀。”

我便问道：“都说司芬克斯的脸上含着个谜语，到底是什么谜呢？”

老看守却像没听见，紧自比手画脚说：“你再看，他面向东方，五千年了，天天期待着日出。”

这几句话好像一把帘钩，轻轻挂起遮在我眼前的帘幕。我再望望司芬克斯，那脸上的神情实在一点都不神秘，只是在殷切地期待着什么。它期待的正是东方的日出，这日出是已经照到埃及的历史上了。

一九五七年

印度情思

人在旅途上，又是夜航，最容易倦。我睡得迷迷糊糊的，忽然觉得耳朵里像灌满水，铮铮发响，知道飞机正在往下落。一睁眼，只见身边的星星、地面的灯火，密密点点的，恍惚是天上地下撒满珍珠，连成一片。飞机打着旋，我只担心：可别撞碎这些珍珠啊。

穿过这种幻景，我从云头里飘然落到地面上。这就是印度。好一个新奇的去处：到处是诗意，是哲理，是神话，最能引起人的美妙的幻想。

难道这不新奇么？五冬六夏，老是有开不完的鲜花。花草的名目，有时问当地人，也说不清。最奇的是一种叫“苏葛”的花木，叶子周围是锯齿模样，掐一片叶子埋到土里，嫩芽便绕着叶子从锯齿的凹巢长出来。杧果、菩提，在佛家是圣树，到处可以看见。有一回，我在一棵大菩提树上，发现累累垂垂挂着许多好大的果子。再一细看，竟不是什么果子，而是一群倒挂在树枝上的蝙蝠。到黑夜蝙蝠一亮翅膀，足有面盆大。

清晨，露水未干，你碰巧能在花荫里看见只孔雀，迎着朝阳展开彩屏，庄严地舞着。舞到得意处，浑身一抖，每根翎子都唰唰乱颤。

德里西南方有座极其漂亮的古城，叫赭堡，全城都刷成粉红色，因而别名玫瑰城。其实不妨叫它孔雀之乡。那儿的孔雀多得出奇，有的干脆养在人家里，跟鸡一样。天天黄昏，孔雀出来打食。路边上、野地里，三个一群，五个一伙，好像美人儿拖着翠色的长裙子，四处转悠，根本也不躲避人。赭堡还有象，更通人性。我去看赭堡附近山顶上的琥珀宫时，骑的就是大象。象的全身刺着花绣，耳朵上戴着大铜耳环，环子上系着彩色的绸子飘带。养象的人叫它是“象小姐”，怪不得打扮得这样妖娆。想不到大象还爱音乐呢。爬山的时候，后边有人叮叮当当敲着小钟，象小姐便踏着拍子，迈着又慢又笨的步子，一摇一晃的，颠得人骨头都痛。

下来以后，养象的人说：“给小姐点钱买糖吃吧。”大象便伸着鼻子到你跟前。我塞一枚印度币到它鼻眼里，瞧它把鼻子往后一甩，钱就递到主人手里去，乖觉得很。

乖觉的事儿还多着呢。你在大旅馆的餐厅里吃饭，小鸟会叽叽喳喳飞进来，围着你的腿搜寻面包吃。你到清真寺或者是名胜古迹去游玩，小松鼠会追着你跑，你站住，小松鼠便坐起来，用两只前爪拈着胡子，歪着头，还朝你挤眉弄眼呢。你走在野地里，瞧吧，路两旁常常坐着猴子的家庭：老猴子替小猴子从头上捉虱子，更小的猴子抱着母亲的肚子，就是母亲蹦跳、爬树，也不会掉。只要你嗷嗷叫上几声，哎呀呀，四下尼姆树的叶子一阵乱响，更多的猴子会猱下来，都围到你跟前。胆大的竟敢一只手抓着你的胳臂，一只手从你掌心里拿香蕉吃。别以为这种种飞禽走兽是养熟的。不是，都是野的，却跟人处得十分相得，你看有意思没有意思？

在这样又古老又新奇的国度里，神话积累得自然特别丰富。象头人身的“犍尼萨”神，恒河、朱木拿河，还有一条据说隐藏在地下的沙罗索蒂河的三河女神，以及睡在毒蛇头下的湿娃天神等等的故事，不但刻在石头上，还流传在人民口头上。甚至于直到今天，人民的真实生活里也夹杂着带点神话色彩的东西。

我到南印度的马德拉斯[1]旅行时，曾经亲自去看过神鸢。有关神鸢的事迹，流传很远，书上都有记载。据说由马德拉斯到孟加拉湾海岸的半路上，有座圣山，每天正午以前，一定有两只白鸢从天外飞来，落到圣山上，吃点食，喝点水，歇息一会儿，然后又飞走——几百年来天天如此。那天我去得早，先在山脚下喝了点鲜椰子汁，尝了尝像嫩豆腐脑一样的鲜椰子肉，接着便按照当地宗教的习俗，脱下鞋，光着脚上了圣山。满山飘着一股香味，不知是野花，还是敬神点的什么香料。和尚们把神牛的粪晒干，弄成灰，往人的前额上抹，给人祝福。我急着要看神鸢，早早便坐到神鸢常落的岩石旁边等着。到十一点钟左右，一个光着膀子的老和尚打着伞，拿着一铜碗黏米饭，又就近舀了一铜碗水，都摆到岩石上。围着看的人悄没声的，全都望着天空。

忽然有人悄悄说：“来了！”天空里果然出现两只鸟，盘旋几圈，随后有一只翩然落到岩石上。这是一只白鸢，尾巴是黑的，头上的翎毛挺憔悴，老了！一下来便从老和尚手里吃起食来，养的熟得很。只是另一只怎么不见来呢？急得老和尚拿铜碗敲着石头，引它，到底也没引下来——总是先吃饱了。先前那只吃饱后，用嘴悠闲地剔剔翎子，也就飞了。

[1] 即印度金奈市。

都相信这两只鸢是两个圣僧，几百年来每天从巴纳拉斯飞往瑞姆萨罗姆去朝圣，好几千里行程，故而天天中途要在马德拉斯歇脚。

这类涂上神话色彩的宗教活动倒引起我极其邈邈远远的幻想。我站在山顶上，望着孟加拉湾碧蓝的海水，望着苍苍茫茫的印度旷野，不觉想起玄奘。一千多年前，这个人物孤孤零零一个人，光着头，赤着脚，袈裟烂成布缕缕，就是跋涉在这片国土上，说不定还打这儿走过呢。走乏了，看见人家灯火，便去叫开门，双手合十，寻点吃的喝的，歇歇脚，然后又往前走。他不是茫然前进，他追求的是一种理想、一种信仰。

千万不能忽视印度人民现实生活里的宗教气息。宗教里也会含着人生哲理。

德里郊外有座“柯特”高塔，是十二世纪的建筑，一色是砂岩造的，塔身上刻着可兰经文，乍一看，形成十分精致的花纹。高塔进口的大门上刻着这样的字句：

……为神建筑庙堂的人，神将为他在天上建筑同样的庙堂。

从这几句铭文里，我领会一个道理，为什么在印度全境有那么多精美的寺院。这些寺院，正表现出印度人民对于美的人生的想望。在现实生活里追求不到这种美的人生，便把理想寄托到虚无缥缈的天上。建造庙堂，正是动手建造他们的理想。

这种美的理想，你还可以从多方面得到更强烈的感染。残冬将尽，天气正好，不妨且到印度西南方奥兰加巴德古城做一次短短的旅行。奥兰加巴德城本身美是美，更美的却在别处。

翻过一座叫不上名的山岭，车子开进南印度平原，放眼一望，满地的甘蔗正开花，飘着白穗，仿佛是雪白的芦花。转弯抹角，车子又插进一条空谷，停到山脚下。现在我们来到著名的阿旃陀石窟。

碰巧山根底正有庙会，沿路摆满小摊，有卖各种甜食的，有卖镶着玻璃珠子的手镯的，还有卖色彩浓艳的披巾的……许多妇女嘴里嚼着豆蔻，围在各种小摊前挑选自己心爱的物件。她们的服装不是大红大紫，就是大绿大黄，都带着强烈的热带色彩。一些吉卜赛女人打扮得更鲜艳：头顶上高高支起尖顶的绸子披巾；两鬓插着珠子花；鼻子的左面挂着环子，也有的嵌着一朵小小的金梅花；脚脖子上戴着几串小铃铛，一走路，哗啦哗啦响，好听得很。看起来，无论女人男人，眼神都显得那么急切，好像是在期待着什么—— 他们究竟期待什么呢？

我杂在红红绿绿的人群里，爬上山去，开始欣赏那些石窟里精彩无比的壁画。这不是篇艺术论文，我不想多费笔墨去研究阿旃陀绝世的艺术。可是，这些从纪元前二世纪到纪元后七世纪陆续凝结成的精品，实在有吸引人的魔力。传统的宗教主题和真实的印度生活紧紧结合着，每幅画都是那么优美，那么和谐，而表现力又是那么强烈。一两千年前的人物，都用神采动人的眼睛，从墙壁上直望着你。可是你瞧，怎么那眼神就跟我身旁的活人一样，又急切，又热烈。

从古到今，善良的印度人民究竟一直在期待什么呢？

一个印度向导说：“你知道么？我们昨天刚过‘迪拉三瑞’节。”

这是个历代相传的节日。在这一天，人们一见面就要互相给点糖，握握手。

我问道：“糖表示什么呢？”

向导说：“糖就是爱，就是友情，就是幸福，一年一度，谁不盼望这个节日呀。”

我的心不觉一亮。千秋万世，印度人民期待的不正是这些人生最美好的事物么？

他们还把自己最美好的理想刻到石头上。我指的是爱楼拉[1]那个神奇的地方。爱楼拉坐落在奥兰加巴德城西北上，约莫十七英里远，那里一共有三十四座石窟，一律是石刻，内里有佛教的、印度教的，还有耆那教的石雕。有一本书上这样记载着：“当阿旃陀的僧侣艺术家正忙于显示短促生命中的永恒时，爱楼拉的山岭响彻着雕刻巨匠们斧锤的声音，开凿出他们幻想中的凯拉萨石头神宫。”

我认为，印度全国的名胜古迹要算爱楼拉最绝，而凯拉萨神宫[2]又是爱楼拉最绝的一处。我走到凯拉萨前，这座神宫一百六十四英尺长，一百零九英尺宽，九十六英尺高，是从一座大山上劈下来一个角，又把这一角石山雕成一座精美无比的宫殿，上下两层，里里外外还刻着许多男女神像，以及跟原形一般大的石像等。神宫背后和左右，又依据原山开凿出三面石廊，廊里的石壁上刻着好多幅十分动人的神话故事。

有一幅石刻最打动我的心。一个叫鲁万纳的国王，长着十颗头，每天要献给神十九枝花。一天，神要试试他的心，暗地拿走十枝花。鲁万纳一发觉花的枝数不够，他是这样虔诚，便砍他的头代替花，已经砍下九颗头，正要砍最后一颗，神感动了，出面止住他。据说这个神话人物后来竟变成恶魔。且不管结尾怎样，这段故事总是值得深思的。

当夜，我临时歇在爱楼拉附近一座古帝王的行宫里，心情极其

[1] 现在一般称为埃洛拉石窟。

[2] 现多写作凯拉萨神庙。

舒畅。我是完全沉醉在美的境界里去了。天上有月亮，满野铺着新鲜的月色，静得很，只有不知名的草虫齐声唱着。我想起当年那些刻石的人们。祖父带着儿子，儿子传给孙子，子子孙孙，前后几百年，如果没有坚定的信仰、深刻的智慧，加上像鲁万纳那样献身的精神，如何能最终创造出这样伟大的艺术啊？生命是有限的，那些人早不在了，没有人知道他们的名字。他们从来也没想到把自己的名字刻到石头上，他们刻上的只是自己的生命，他们留给后世的却正是这种用生命创造的美。我不能不好好想一想：作为人类的这一代，我们又能为后世美好的生活做点什么呢？

月亮地里，远处旷野上闪着一点野火，有人吹起怪凄凉的管子。印度人民真实的生活可远不像理想的那样美好。我知道，这个吹管子的人，睡在绳子结的床上，能吃到红高粱饼，放点辣子，就是好的。不过我也知道，印度人民像自己的祖先一样，永远抱着美好的理想；而且有毅力，有勇气，他们会为建造他们千秋万世所想望的美好的人生而奋斗，而抗争。

一九五七年

宝　石

锡兰[1]素来号称“东方的珍珠”，确实不愧是个宝岛。海里产珍珠，岛子上漫山漫野是一片印度洋似的绿色，尽是茶园、咖啡园、椰子林、橡胶树林，还有铁一般坚硬的珍贵乌木。最难得的要算洛塔纳培洛[2]城出产的宝石，五光十色，跟星星一样闪着光彩。临我离开前，邀请我们访问锡兰的檀柘夫人特意托人寻到两颗上好的宝石，赠送给我。一颗是乳白色，另一颗是紫红色，托在手掌上，闪闪发光。

檀柘夫人能写富有雄辩性的政论文章，能画一笔出色的画，又是个著名的社会活动家。承她送我这样珍奇的礼物，自然要谢谢的。檀柘夫人笑笑说：“谢什么？你们送给我们的宝石，比起这点来不知要高贵多少倍呢。”

我一时没领会她的话，檀柘夫人接着又说：“在人类生活的矿

[1] 一九七二年五月二十二日，锡兰改名为斯里兰卡。

[2] 即拉特纳普勒。

层里，有些东西也会凝结成光芒四射的宝石。你到过安纽洛培洛[1]古城，应该访问过法显的遗迹吧？”

我访问过那座叫阿拔亚吉瑞[2]的古塔，高得像小山，足有两千多年的历史了。据说，当年晋朝的高僧法显翻山过海，流转十几年，辗转来到锡兰，曾经在这儿住了两年多，钻研佛经。他的住处究竟在哪儿，已经寻不见一点踪迹。可是想象得出，在一千五百多年前，风晨月夕，时常有一位清癯的老僧，披着黄袈裟，赤着脚，绕着古塔徘徊沉思，追索着人生的哲理。有一天，有人送他一把扇子。他望着扇子，久久地沉思不语。一别多年，不想在海外又见到故国的东西，他不能不怀念起自己的祖国。终于他携带着从海外搜集的经典，漂洋过海，重新回到自己的国土。他走了，他的名字却留在锡兰，一直到今天。正当我在古塔前流连忘返的时候，一群穿着雪白衣衫的少女，每人拿着一朵白莲花，飘飘而来。她们一见我，一位姑娘摇着白莲花，笑着喊：“法显！法显！”那位古代高僧万想不到他会变成中国和锡兰人民之间深远友情的化身。谈起友情，必然要谈起法显。

法显死后一千五百多年，另一个中国人的名字又流传在锡兰人民中间。

我头一次听见这个人的名字是在科伦坡郊外的苞枸达湖上。几位锡兰朋友原想邀我们去欣赏湖上落日的美景，不想去晚了，太阳沉入湖底，倒游了一次夜湖。大家坐在湖心的一座水亭子里。湖水轻轻拍着亭子脚，大家也在轻声絮语，谈着锡兰的历史。从很古很

[1] 即安努拉达普拉。

[2] 也翻译为阿巴亚格里。

古以来，锡兰就在不断遭受着异民族的侵略，到十六世纪，便落到葡萄牙手中。锡兰人是有血性的，如何甘心受人奴役？当时有位民族英雄叫罗达·僧格，人称“狮子王”，跟葡萄牙人整整打了一生。“狮子王”是这样骁勇善战，葡萄牙人一听见他的名字，就胆战心惊。当时流传着这样几句话：“当你听到‘狮子王’的战鼓，葡萄牙人堡垒里的猫肉就要涨价。”“狮子王”一直活到百岁高龄，最后在一次战斗里负伤，死在战场上。他的一生，真是一部英雄的诗篇。

“狮子王”之后，锡兰人为着自由，跟葡萄牙斗，跟英国斗，前仆后继，不知又洒过多少英雄的热血。直到一九四八年，英帝国被迫无奈，才不得不让锡兰独立。独立的签字仪式正是在我们畅谈锡兰历史的这座水亭子里举行的。

这时一位叫库马鲁的锡兰朋友说：“在我们近代争自由的斗争里，也有催阵的战鼓，最有力量的鼓手还是个中国人呢。”

我不禁问道：“这是谁呢？”

库马鲁说：“他叫米欣达（译音），是从西藏来的一位和尚，在锡兰住了多年，写了许多激昂慷慨的诗歌，鼓舞着我们人民的斗志。你听，这是多么振奋人心的诗句——”他便抑扬顿挫地背诵起来：

别国人民正为自由而战，
世界人民都为自由而生，
僧伽罗人啊，你们看不见么？
你们也在为自由而献出生命。

米欣达的诗写得又多又好，确实不愧是位战斗的鼓手。后来我在锡兰旅行当中，曾经见过他的画像，不止一次听见人背诵他的断句。他最有名的诗集叫《自由之歌》，一位锡兰朋友替我找到一本。我带着诗集走进科伦坡一家旅馆的餐厅，侍者看见了，立刻拿起来，好几个别的侍者都围上来，一齐低声念着。可见诗人的诗是十分深入人心的。可惜他死得太早，四十岁时便与世长辞了。他的遗体葬在苞枸达湖边上，墓前经常供着各色新鲜的庙花、莲花、娑罗花，飘散着醉人的浓香。他用心血浇灌过锡兰人民的自由，锡兰人民自然会记着他的。

檀柘夫人提起法显，我联想到米欣达，这两个人的名字在锡兰都是发光的。也许檀柘夫人说我们送给他们的宝石，正指的是这两个人吧。

檀柘夫人却说："不，我指的是中国人民对锡兰人民的友情。真正的友情是人类生活的结晶之一，比宝石还要透明，还要高贵。从法显起，特别是今天，你们的友情是那样深，那样重，早已凝结成一座宝石山，相形之下，我现在送你的这两块小宝石，又算什么呢。"

原谅我，檀柘夫人，我不能同意你的话。自从来到锡兰，锡兰人民对我们的情谊，就是万丈深的印度洋水，也不及这种情谊深。表现这种深情厚谊的是金银丝编织的花环，是乳白色的椰子花，或者是跳着大象舞捧送给我们的一叠布辣支树[1]叶。现在这两颗光彩夺目的宝石，不更象征着锡兰人民纯真的友情么？我细心地珍藏起这两颗宝石，正是要珍藏起锡兰人民友情的结晶。

一九六〇年

---

[1] 未查到有关布辣支树的介绍，极可能为观辣树。观辣树也叫辣木树、象腿树，主要分布在印度、斯里兰卡、马来西亚等国。

蚁　山

乍到加纳，我几次发觉旷野里有些奇奇怪怪的小山，都是极细的黄土堆成的。高的高到好几丈，顶儿像锥子一样尖，显得十分精巧。究竟这是些什么蹊跷玩意儿？大使旅馆的守门人巴考告诉我说：这就是非洲有名的蚁山。

非洲的蚂蚁模样儿也寻常，只是略微大点，时常借着一段砍剩的枯树桩子做梁架，一点一点衔着土粒往上垒。一天一月，一季一年，千千万万蚂蚁抱着那样惊人的毅力，无休止地劳动着，年深日久，终于垒成令人惊叹的蚁山。用巴考的话来说：这简直是蚂蚁世界的摩天大厦。

巴考是个怪惹眼的人物。四十几岁，前胸挂着一排叮叮当当响的勋章。他挺着胸脯，老是整理自己那身褪色的旧军装，显得蛮有精神。他的黑头发每根都鬈曲着，鬈的那样紧，鬓角插着半支铅笔，也不掉。头一次看见我，他就用含笑的眼睛望着我，似乎有话要说，又不好先开口。有一天午后，正是喝茶的时候，我从外头回来，又发觉他那好意的眼神，便先跟他打招呼，问起那些奇怪的小山。

巴考属于那种性格：爽快而又多话，你问一句，他会不厌其烦地说一百句。他先告诉我蚁山是什么，接着问道：“是从中国来的么？”

我点点头，他就满脸是笑，伸出大拇指头连声说：“好！好！”随后又说，“第二次世界大战，我随英国军队到缅甸跟日本打过仗，看见许多中国人，有的还是我的朋友呢。”

我噢了一声说：“怪不得你得到这样多勋章啊。”

巴考整理整理旧军装的下摆，胸脯挺得更高，露出得意的神气，忽然又舒口气说：“勋章是得了不少，可惜不能当饭吃啊。打完日本后，我退伍回来，就失了业，流落街头，得伸手向人要着吃。当时像我这样失业的退伍兵不知有多少，饿极了，大伙聚集一起，一商量，都叫：找英国总督去！我们就一窝蜂似的奔着总督府去了……”

刚谈到这儿，一辆汽车开到大使旅馆门前停下，巴考照例走上去，打开车门，恭恭敬敬闪到旁边。车里走出个壮年汉子，穿着一件五颜六色的花衬衫，上头印着许多小野兽，怪里怪气的——我认得这是个叫吉茨的美国记者。吉茨柔声说了句：“谢谢。”往巴考手里塞个先令，轻轻走进旅馆去。这时旅馆门前车来车去，巴考忙着东招呼，西招呼，顾不得继续谈话，我就到旅馆的露天咖啡厅去等候一位非洲朋友。

吉茨恰好坐在我的对面。我一到加纳，对每个美国人都特别留意。我不能不留意，他们是我正在暗中角斗的主要敌手。请想想，我带着中国人民海样深的情谊，飞越高山大海，到加纳的首都阿克拉来参加全非人民大会。不曾想在会场悬挂的旗子当中，右边挂着两面中华人民共和国的国旗，而在左边，竟吊着两面蒋匪帮的旗子。四面旗子遥遥相对，明明是故意布置好的“两个中国”的阴谋。是谁在跟中国人民为敌呢？猜也猜得着。原来有三十多个美国人来到大会，顶的都是教授、学者、记者一类发光的头衔，企图暗中操纵大会。他们事前到处收买代表，极力宣扬非暴力政策，现在又搬演“两个中国”的丑剧，用意无非要破坏非洲人民的团结，破坏亚非特别是中非人民的团结，这样来麻痹、分割非洲人民的斗争。我拒绝参加大会。我遍访所有我认识的非洲朋友，说明中国的严正立场，揭露敌人损害中非人民友情的阴谋。非洲朋友醒悟了，立时在大会内部对美国走狗展开激烈的斗争，要求扯下蒋匪帮的旗子，请人民中国的兄弟代表进入会场。斗争已经持续两天，胜负未分。

现在坐在我对面的正是跟我暗中角斗的角色之一。吉茨的连鬓胡子极重，刮的脸颊铁青，眼窝也是青的。一个脸色黑亮的年轻侍役走过来，问他喝茶还是喝咖啡。吉茨透着一股亲热劲儿说：“谢谢你，我想要一杯冰浸杧果汁。”

不一会儿，侍役用托盘送来杧果汁。吉茨先望着侍役嘿嘿嘿笑了一阵，然后柔声说：“谢谢你，亲爱的宝贝儿。”

也许觉察到我在暗暗注意他，吉茨忽然抬起脸朝我一笑，怪殷勤地招呼说：“真是个黑暗大陆啊，天气也使人热得难受——你说是不是，先生？”

我假装没听见，不睬他。那家伙进一步说：“我在东方学过巫术，如果你不见怪的话，先生，我想告诉你：恐怕你正面临着什么不愉快的事情吧？”

我控制一下自己的感情，笑着说：“我在西方也学过巫术，如果你不见怪，我倒想告诉你，不幸已经降临到你的头上。”

吉茨一惊说："你能告诉我是什么不幸么？"

我说："你撒的是什么不幸的种子，就要收什么不幸的果实。"

那家伙嘿嘿嘿笑起来："妙啊，这真是东方的智慧。原谅我，先生，我不能再多陪伴你了。"便站起身，客客气气一鞠躬，刚转过身去，我从玻璃门里望见他扮了个鬼脸。

我总等不到那位约好的非洲朋友，有点急，溜溜达达又转到旅馆门口。守门人巴考正坐在可可树荫凉里歇凉，老远便朝我招手。何不趁这个空请巴考继续谈谈他的故事呢？

巴考自然爱谈，他拾起先前的话头说："我不是告诉你我们都奔着英国总督府去了么？总督府就是现在加纳政府的所在地。不到大门口，一群英国兵迎头拦住我们的去路。我们要见总督，人家却让我们先见见刺刀。大伙气极了，高声叫着：'我们要职业！我们要面包！'英国兵就开了枪，打死两个退伍兵。这一来，可激起加纳人的气愤。当天晚间，阿克拉全城都发生暴动，四处只听见喊：'独立！自由！'这是一九四八年的事，也是加纳人头一次发出自由的呼声。暴动虽说后来平静下去，人民要求独立的决心却越来越强。直到一九五七年三月，英国人看见势头不对，才改变花招，让加纳独立。可是这算什么样的独立呢？——"

巴考的话突然停住，痛楚地叫了一声。原来有只苍白的手悄悄伸到他的鬓边，轻轻一拧插在他鬈发里的铅笔，拧得他的头发生痛。我回头一看：吉茨正龇着牙立在我背后。

吉茨做出一股怪殷勤的劲儿对巴考说："原谅我，我的亲爱的，你能帮我喊一辆汽车么？"

巴考的脸气得变成黑紫色，掏出哨子吹了几声：一辆汽车开到旅馆门前。吉茨抬脚要上汽车，几只蚂蚁正巧爬在当路上。只听见吉茨咬着牙小声说：“几只黑蚂蚁，还能挡住我的路啦！”说着用脚尖踏住蚂蚁，只那么一碾，把蚂蚁都碾死了，然后爬进汽车去。

巴考冲着汽车扬起的尘土吐了口唾沫，气愤愤地对我说：“你看见没有？英国人和美国人还骑在我们头上，横行霸道，这算什么独立！”

这使我记起一位加纳政界人物的话。他说：“如果非洲不全部独立，加纳就得不到真正巩固的独立。”这次全非洲的代表聚会一堂，正是要确定一条共同道路，连根摧毁帝国主义和殖民主义者的枷锁，取得非洲彻底的解放。任它是豺狼虎豹，如果想要挡住非洲人民前进的道路，只有自讨苦吃。不信请看当天傍晚发生的一件轰动听闻的故事。

吃晚饭的时候，我一进餐厅，只听见议论纷纷，到处哄传着一件新闻，说是当天大会正开秘密会议，讨论到最热烈的当儿，一个看守地下室的人跑来说：“地下室里藏着个黑影，从那儿可以清清楚楚偷听到整个会议的秘密。”两个警察立时赶到地下室，捉住那个人，竟是一个美国特务。都说晚报上还登着那个特务的照片呢。

我匆匆忙忙吃完饭，想去买一份晚报。刚到门口，守门人巴考便冲到我面前，手里擎着张报纸说：“你看看吧，想不到是他啊！”

报上登的正是那个吉茨的照片，下面还有一行醒目的标题：他能否认是个特务么？

我还在细看新闻，那位我一直等待着的非洲朋友突然出现在我眼前，拍拍我的肩膀笑道：“明天你来参加大会吧。大会今天下午已经做出决定，今晚上就扯掉蒋介石的旗子。”

第二天我进会场以前，先请别人进去一看，只摘掉一面，还挂着另一面。感谢罗伯逊夫人和杜波依斯夫人，由于她们的正义的斗争，美国走狗才不得不在万目睽睽之下，把另一面肮脏旗子也扯下来了。

我进入会场，许多非洲朋友跟我握手说："这是你们的胜利啊！"

我却认为这更是非洲人民对美帝国主义所取得的一次出色的胜利。但凡美国海盗还能掌握会场，蒋匪帮的旗子是摘不下来的。看看会场上那种慷慨激昂的情绪，谁能不深受感动？这个跑上台去，连叫三声："自由！自由！自由！"整个会场都震动起来了。那个扛着块大牌子，往台上一立，牌子上所写的标语立时变成群众的怒不可遏的声音：帝国主义滚出非洲去！突然有人用悲壮的高音唱道：阿非利加[1]，回来吧！

一时会场里头、会场外头，满是一片震耳欲聋的歌声。我觉得，这歌声不止在会场里外，也不止在加纳，而是在整个非洲大陆上都汹涌起来……

自从一九五八年全非人民大会以来，转眼又是一年有余。非洲人民反殖民主义的斗争真是如火如荼，一浪高似一浪。那个美国特务曾经骂非洲人民是黑蚂蚁，你想没想到非洲的蚂蚁能够垒起蚁山，创造出惊人的奇迹！何况非洲人民目前正在创造的绝不是蚁山，却是真正雄伟的大山。据说，每次火山爆发，就要有新山诞生。现时在整个非洲，火山到处在喷火，通红的熔岩形成火的河流，到处都在燃烧。就在这一片火山爆发声中，新的山峰正在非洲大陆上一个接着一个诞生出来。

一九六〇年

[1] 即非洲。

菠萝园

莽莽苍苍的西非洲大陆又摆在我的眼前。我觉得这不是大陆，简直是个望不见头脚的巨人，黑凛凛的，横躺在大西洋边上。瞧那肥壮的黑土，不就是巨人浑身疙疙瘩瘩的怪肉？那绿森森的密林丛莽就是浑身的毛发，而那纵横的急流大河正是一些隆起的血管，里面流着掀腾翻滚的热血。谁知道在那漆黑发亮的皮肤下，潜藏着多么旺盛的生命。我已经三到西非，这是第二次到几内亚了。我却不能完全认出几内亚的面目来。非洲巨人正在成长，每时每刻都在往高里拔，往壮里长，改变着自己的形景神态。几内亚自然也在展翅飞腾，长得越发雄健了。可惜我没有那种手笔，能把几内亚整个崭新的面貌勾画出来。勾几笔淡墨侧影也许还可以。现在试试看。

离科纳克里五十公里左右有座城镇叫高雅。围着城镇的多是高大的杧果树，叶子密得不透缝，热风一吹，好像一片翻腾起伏的绿云。杧果正熟，一颗一颗，金黄鲜美，熟透了自落下来，不小心能打伤人。我们到高雅却不是来看杧果，是来看菠萝园的。从高雅横插出去，眼前展开一片荒野无边的棕榈林，间杂着各种叫不出名儿的野树，看样子，还很少有人类的手触动过的痕迹。偶然间也会在棕榈树下露出一个黑蘑菇似的圆顶小草屋，当地苏苏语叫作“塞海邦赫”，是很适合热带气候的房屋，住在里边，多毒的太阳，多大的暴雨，也不怎么觉得。渐渐进入山地，棕榈林忽然间一刀斩断，我们的车子突出森林的重围，来到一片豁朗开阔的盆地，一眼望不到头。这景象，着实使我一愣。

一辆吉普车刚巧对面开来，一下子刹住，有人扬了扬手高声说：“欢迎啊，中国朋友。”接着跳下车来。

这是个不满三十岁的人，戴着顶浅褐色丝绒小帽，昂着头，模样儿很精干，也很自信。他叫董卡拉，是菠萝园的主任，特意来迎我们的。

董卡拉伸手朝前面指着说：“请看看吧，这就是我们的菠萝园，是我们自己用双手开辟出来的。如果两年前你到这里来啊……”

这里原是险恶荒野的丛莽，不见人烟，盘踞着猴子一类的野兽。一九六〇年七月起，来了一批人，又来了一批人……使用着斧子、镰刀等类简单的工具，动手开辟森林。他们砍倒棕榈，斩断荆棘，烧毁野林，翻掘着黑红色的肥土。荆棘刺破他们的手脚，滴着血水；烈日烧焦他们的皮肉，流着汗水。血汗渗进土里，终于培养出今天来。

今天啊，请看看吧，一抹平川，足有几百公顷新开垦出来的土地，栽满千丛万丛肥壮的菠萝。菠萝丛里，处处闪动着大红大紫的人影，在做什么呢？

都是工人，多半是男的，也有女的，一律喜欢穿颜色浓艳的衣裳。他们背着中国造的喷雾器，前身系着条粗麻布围裙，穿插在叶子尖得像剑的菠萝棵子里，挨着棵往菠萝心里注进一种灰药水。

董卡拉解释说："这是催花。一灌药，花儿开得快，结果也结得早。"

惭愧得很，我还从来没见过菠萝花呢。很想看看。董卡拉合拢两手比了比，比得有绣球花那么大，说花色是黄的，一会儿指给我看。可是转来转去，始终不见一朵花。我想：刚催花，也许还不到花期。

其实菠萝并没有十分固定的花期。这边催花，另一处却在收成。我们来到一片棕榈树下，树荫里堆着小山似的鲜菠萝，金煌煌的，好一股喷鼻子的香味。近处田野里飘着彩色的衣衫，闪着月牙般的镰刀，不少人正在收割果实。

一个穿着火红衬衫的青年削好一个菠萝，硬塞到我手里，笑着说："好吧，好朋友，你尝尝有多甜。要知道，这是我们头一次的收成啊。"

那菠萝又大又鲜，咬一口，真甜，浓汁顺着我的嘴角往下淌。我笑，围着我的工人笑得更甜。请想想，前年开辟，去年栽种，经历过多少艰难劳苦，今年终于结了果，还是头一批果实。他们怎能不乐？我吃着菠萝，分享到他们心里的甜味，自然也乐。

不知怎的，我却觉得这许多青年不是在收成，是在催花，像那些背着喷雾器的人一样在催花。不仅这样。我走到一座小型水库前，许多人正在修坝蓄水，准备干旱时浇灌菠萝。我觉得，他们也是在催花。我又走到正在修建当中的工人城，看着工人砌砖，我又想起那些催花的人。我走得更远，望见另一些人在继续开垦荒地，扩大菠萝田。地里烧着砍倒的棕榈断木，冒着带点辣味的青烟。这烟，好像也在催花。难道不是这样么？这许许多多人，以及几内亚整个人民，他们艰苦奋斗，辛勤劳动，岂不都是催花使者，正在催动自己的祖国开出更艳的花，结出更鲜的果。

菠萝园四围是山。有一座山峰十分峭拔，跟刀削的一样，叫“钢钢山”。据说很古很古以前，几内亚人民的祖先刚从内地来到大西洋沿岸时，一个叫“钢钢狄”的勇士首先爬上这山的顶峰，因此山便得了名。勇敢的祖先便有勇敢的子孙。今天在几内亚，谁能数得清究竟有多少“钢钢狄”，胸怀壮志，正从四面八方攀登顶峰呢。

一九六二年

晚潮急

一场热带的豪雨刚过，汹汹涌涌的大西洋霎时洒满千万点金星，云破处，却见一轮明月高悬当头。雨季到了尾梢，正是非洲的十月的夜晚。海风袭来，沿岸的椰子树抖着大叶子，发出一片萧萧瑟瑟的沙声。论风景，这一带美到极点，尤其是眼前那座岛屿，半遮半掩在波光月影里，周身披满羽毛也似的杂树，翠盈盈的，蒙着层怪神秘的色彩。

靠岸不远泊着一条远洋轮船，船上的灯火亮堂堂的，断断续续飘来狂热的摇摆舞曲。这使我想起梅里美的小说《塔曼戈》，没准儿这条船就是“希望号”呢，新驶进几内亚湾，前来贩运奴隶。我恍恍惚惚听见一阵沉重的脚步声，我的眼前幻出一长串赤身露体的黑人，戴着镣铐，被人强把他们跟自己的家庭骨肉撕开，赶往不可知的命运里去。

一阵敲门声把我从幻梦里惊醒。来的是葛伯勒先生，是我今晚上专诚等候的客人。葛伯勒是个很矜持的人，留着一圈连鬓胡须，两只沉思的大眼显得十分诚恳。性情比较沉静，可是一握手、一笑，特别是那闪耀的眼神，处处透露出他内心里那股烈焰腾腾的热情。我跟他相识已经好几年。他身上有时湿透非洲的热雨，有时挂着寒带的霜雪，有时又满披亚洲的风尘，四处奔波，从来不见他露出一丝半点疲倦的神色。他有祖国，却不能明着回到他的祖国去。他的祖国是所谓葡属几内亚[1]。他竭尽精力，奔走呼号，在国内发动起生死的斗争。他就是这斗争的首领之一。

葛伯勒见我屋里暗沉沉的，问道："灯坏了么？"

我说："没坏。一开灯，我怕把先来的客人赶走了。你看满屋的月色多好，把它赶走岂不可惜？"

葛伯勒动手把椅子搬到露台的月色里，坐下，一边含笑说："你倒有诗人的气质，也许你正沉到诗境里去了吧？"

我笑笑说："不是诗境，是沉到一篇小说的境界里去了，我正想象着早年非洲的痛苦。"

葛伯勒说："你眼前还摆着另一部小说，知不知道？你该看过英国斯蒂文森[2]的小说《金银岛》吧，那金银岛不在别处，就是那儿。"说着他指了指眼前那烟月笼罩着的岛子。

这倒是件新鲜事儿。想不到那绝美的岛子，竟是斯蒂文森描写的西方恶棍凶汉争财夺命的地方。这也可见当年殖民主义者怎样把大好非洲，整个浸到血污里去。幸好今天的金银岛，再不容西方海盗们横行霸道了。

葛伯勒含有深意地说："不幸的是西方海盗横行霸道的日子，并没完全过去。我们祖国的人民，今天不是照样戴着奴隶的镣

[1] 葡属几内亚现名几内亚比绍，是在一九七三年九月宣布独立的。
[2] 罗伯特·路易斯·史蒂文森，十九世纪后半叶英国伟大的小说家、诗人。

铸么？”

这提醒我想到昨天在他家里碰见的事情。昨天下午我去看他。他的住处藏在一片可可树的浓荫里，满清静的。几个青年人正坐在廊下，聚精会神地编写什么宣传品。廊角里堆着几捆印刷品，散发着一股新鲜的油墨味。

葛伯勒恰好在屋里跟人谈话，见我来了，忙着招呼我，却不给我介绍那位朋友。这是一个生得俊美的青年，长着一头好看的鬈发，上身穿着件火红色衬衫，不知几度湿透了汗，衬衫上处处是一圈一圈的汗渍。他歪着身子半躺在一张藤椅里，绷着脸，神情显得有点紧张。

我觉察出他们正在讨论什么严重的事情，坐一会儿想要告辞。

葛伯勒按住我说：“慌什么，多谈谈嘛。今年夏天我们有位同志参加过和平与裁军大会，回来还谈起你呢。”

我因问道：“也谈起会议吧？”

葛伯勒沉吟着，慢慢说：“谈是谈起过。说实话，谁不想望和平啊，我也想望。请想想，我们离乡背井，流亡在异国他乡，会不渴望着和平生活么？我有时夜间做梦，梦见回到自己的家乡，见到自己的亲人，欢喜得心都发颤。赶一醒，是个梦，难受得透不出气。唉！唉！几时我才能回到祖国，回到亲人的怀里，尝到一点和平的滋味呢？——但是我们要的和平绝不是帝国主义手指缝里掉下来的和平，更不是奴隶的和平！”

红衣青年听到这里，从一旁冷冷地说：“别谈这些了。”

葛伯勒就说：“应该谈什么呢，你该告诉中国同志。”

红衣青年并不开口，站起身在屋里走来走去，血气旺得很，浑身带得股非洲的泥土气息。我暗暗猜测着他的出身来历。

终于还是葛伯勒开口说："我们这位同志昨天晚间刚从国内赶来，过分激动，你别见怪。近些日子，葡萄牙殖民军又在我们家乡进行大逮捕了，见到可疑的人就开枪，死伤不少。我们一位同志不幸被包围在屋里。他跟殖民军整整打了一天，子弹快完了，就把最后一颗子弹送进自己的心脏里去。敌人砍掉他的头，挖出他的心，把他的尸体丢到十字路口，不许埋。隔不两天，烈士的兄弟收到一块带字的破布，这是烈士临死前蘸着血写的。他写的是：'命你拿去，自由的灵魂却是我的！'是谁把烈士的绝笔转给他兄弟，不知道。但在殖民军里，显然有我们的朋友。这就是我们人民的志气：我们宁肯站着死，不肯跪着生；宁肯为独立而牺牲，也不肯贪图一时的和平而苟且偷安。没有独立，谈得上什么和平！"

葛伯勒的话好像长江大河，滔滔不绝，到此一下子刹住。屋里一时变得异常闷热，闷得要死。窗外的可可树上飞来一只叫不出名的鸟儿，张开喉咙唱起来，唱得那么婉转，那么娇滴滴的，简直唱出一片清平气象。

红衣青年两手叉着腰，面向着窗外，忽然大声说："葡萄牙人拿着美国武器，天天向我们射击，不起来斗争，我们能有什么活路？我们决不肯俯首帖耳，乖乖地当绵羊……"

我不禁说："你们不是羊，你们是非洲狮子。"就从皮包里拿出一幅中国织锦，上面绣着一头雄狮，立在山峰上，背后衬着一轮红日。我接着又说："只是这幅小画，不能充分表示出中国人民对你们敬爱的心。"

红衣青年几步冲过来，紧紧抓住我的手说："谢谢你。我哥哥常告诉我，东方有一个伟大的国家，是我们最忠实的朋友。可惜他从来还没见过一个中国人。"

我便说："那就烦你把这幅雄狮转送给你哥哥吧。"

红衣青年的手微微一颤说："好，我一定把这幅画，跟他的血书保存在一起。"

我一听，禁不住一把搂住红衣青年，久久不放。

我极想多知道些葡属几内亚人民斗争的事迹，便和葛伯勒约好，第二天晚间他来看我，长谈一番。

现在葛伯勒紧挨我坐着，黑亮的脸色映着月光，显得分外刚毅。他面对的生活是残酷的，却有兴趣谈诗，谈文学，胸襟阔朗得很。有这样胸襟的人，敌人是无法扼杀他的思想灵魂的。

大西洋正涨夜潮，潮水滚滚而来，卷起一片震撼天地的吼声。葛伯勒点起支烟，缓缓地谈起他祖国的历史、他祖国的命运、他祖国人民风起云涌的斗争……他的话音落进汹涌的潮声里，一时辨不清是葛伯勒在说话，还是晚潮在吼……

一九六二年

生命泉

这次阅历不算新奇，却也另有风趣。那时我正在坦噶尼喀的山城莫希参加一次盛会，可巧另有些人在当地开别的会，一打听，叫个什么野兽生活会。参加会的大半是欧洲绅士，他们的皮鞋后跟好像特别硬，走起路来，踏得旅馆的地板咯噔咯噔响，好威风。有人说，他们的会是讨论保护野兽的方法；也有人说，他们都是对欧洲现实社会痛心疾首的有心人，到此要研究一番大自然界原始纯真的野生活，想作为借鉴，也许能使欧洲的社会返璞归真，不至于霉烂透顶。究竟讨论什么，说实话，也实在不值得多去操心。

这些绅士却引起我们几个朋友对野兽的趣味。有一天早餐桌上，一位阿拉伯朋友想出个主意，要去逛逛当地著名的民族公园。在非洲莽莽苍苍的山林地带，野兽数不清数。好事者划出些地区，禁止打猎，只准坐了车去玩，这去处就叫民族公园。我在亚洲也见过，只不知非洲的又是怎样的风情。昨儿晚间新落了场雨，今早晨还半阴着，怪凉爽的，正好出游。朋友们兴致都很高，我也极想去看看野兽，只是这周围不止一处这类地方，该到哪儿去呢？好在司机是本地人，由他去吧，带到哪儿算哪儿。

一路上穿过绿得像海的原野，人烟稀稀落落的，尽是非洲风光，不去细记。迎面蓦然立起一块牌子，写着“肯尼亚”。一转眼间，司机早驾着车子冲过边境。

我惊问道：“怎么到了肯尼亚？”

司机漠然笑道：“本来要到肯尼亚嘛，领你去看生命泉。我们经常从坦噶尼喀到肯尼亚，来来往往不用护照。”

生命泉，多新鲜的名字，看看准有意思。车子三绕两绕，不知怎么绕到一个叫“查峨”的民族公园去，方位在肯尼亚南端，土色赤红赤红的，一眼是望不见边的野草杂树，不见人烟。几千年、几万年、几十万年前，或许就是这个样儿吧？荒野里偶尔能看见一种树，树枝上密密麻麻挂满果实。那不是果实，都是鸟巢。这种鸟非洲人叫作黑头织鸟，织的巢像口袋一样，挂在树枝上。最多见的树是一种叫“奇漠鲁鲁”的，又细又瘦，小叶儿，满是针刺，却最对大象和长颈鹿的胃口。那边刚好有一群长颈鹿，脖子挺着，小脑袋差不多跟树梢一般齐，悠闲自在地围着树挑拣针叶吃。一只鸟落到一头长颈鹿的角上，扑着灰翅膀，振着头上的红缨，咕咕咕自言自语着，那长颈鹿也不理它。

看见斑马了，好几十匹，浑身是黑白相间的条纹，肥墩墩的，俊得很，也机灵得很，用怀疑的眼光望了我们一会儿，转眼都藏进树林里去。我也曾问人：能不能养熟了，备上鞍子骑。说不行。有人试过，骑两步它就卧倒，满地打滚，可会捉弄人呢。远处树丛里现出另一匹斑马的影子，大得出奇，冲着我们直奔过来。原来是一部专为人看野兽用的高座汽车，车身画着斑马的花纹，是捉弄野兽的。

接着出现的有神气蛮横的犀牛、鬼鬼祟祟的麝猫、俏皮的羚羊、怯生生的角马，还有一摇一摆迈着八字步儿的鸵鸟等等。这许多野物杂居一起，熙熙攘攘、和和睦睦的，活现出一派升平景象。

那位阿拉伯朋友看得出神，笑着说："这儿倒真像和平世界呢？"

正赞赏着，草丛里闪出一堆白骨，不远又是一堆，又是一堆……我正自奇怪，司机说，这多半是斑马，叫狮子吃了，剩下的残骸。那情景，竟使我想起"沙场白骨缠草根"的古句。

我就笑着说："看来这儿还是有压迫，有侵略，有战争的根源。"

一路说说笑笑，不觉来到一片老树林子前。石头上坐着个青年人，闪动着两只大眼，默默地望着我们。从他那身黄卡其布制服上，猜得出他是个守卫。

我走下车问道："好兄弟，这是什么地方？"

那守卫懈懈怠怠地说："生命泉。"便做个手势，叫我们跟他走。

我们跟他穿过一片灌木丛，来到一个木板搭的小草楼下，他又做手势叫我们上去。我上了草楼，眼睛一亮，下面呈现出好大一池子水，清得不染半点灰尘，可以直望到底。但我看不出究竟有什么异样的特色，值得跑这么远来看。守卫觉察出我的疑惑神情，挤上来，用两只手捧着嘴叫："嗷……喽喽喽……"只见远远的池子那边的水面上涌出十几只怪兽，鼓着隆起的大眼，喷着水，慢慢游来。河马呀。于是我们也学守卫那样，叫着、唤着，那群河马便都从水面探出庞大笨重的身子，也朝我们哞哞地叫，答应着我们。

我问守卫道："是不是因为水里有河马，才叫生命泉？"

守卫说："也许是，我不知道。不过靠这泉水活命的，并不止河马。每年雨季过后，九月间，草黄了，浅水干了，泉水周围集合着大大小小的野兽，狮子、象，什么都有，都来饮水。”

我又问道：“可是今天怎么不见狮子？”

守卫说：“你来的不对时候。狮子顶喜欢干燥，夜晚爱睡在干爽的草地上。昨儿晚间刚下了雨，狮子都到山上去了。”

我对这守卫发生了兴趣。他的表面好像冷淡，骨子里是又殷勤，又善良。就问他道：“你是哪一族人？”

守卫答道：“吉库尤。”

“这一带是吉库尤区么？”

他点点头。

我的精神不觉一振。谁都记得，当一九五二年肯尼亚人民拿起长矛短斧，高喊着“乌呼噜”，挺身而起，跟白种统治者做着生死肉搏时，那场烈火腾腾的“茅茅”起义正是吉库尤族人首先发难的。起义的地点在肯尼亚首府内罗毕附近，这场烈火却烧遍各地。谁敢说在生命泉上，不曾有起义的勇士捧起泉水，润湿他烧焦的喉咙，重新唱起“乌呼噜”之歌呢？

我觉得，在起义战士们的内心深处，也积存着一湾生命的泉水，永远不会枯的。

一九六三年

巴厘的火焰

——诗岛杂忆

火　山

凡是到过印度尼西亚巴厘岛的人，不能不承认，这岛子确实有股迷惑人的力量。究竟从哪儿来的魔力，看法就不一致了。西方的游客好猎奇，看见家家户户的庭院里都有着宝塔似的神龛，处处竖立着怪眼圆睁的湿娃石像，于是对巴厘印度教抱着奇特的趣味，叫巴厘是“魔鬼之岛”。也有更多的人沉醉到别具风格的巴厘舞蹈和音乐里，被精美的巴厘木雕弄得眼花缭乱，忍不住从心里发出赞叹，叫巴厘是“诗岛”，是“天堂岛”。我自己呢，使我梦魂难忘的却是人，是性格炽热的巴厘人。写到这儿，我的心微微颤抖，从心底涌出一些聪俊的影子：有舞态轻盈的少女，有神采飞扬的少年乐师，有刚强英俊的战士，有端庄敦厚的长者……他们的身份阅历也许极不相同，但从他们的眼神里，从他们跳动的胸口里，我却看见了一点极其相同的东西。这是一股潜伏着的火焰，暗地里滚动飞舞，时刻都会喷发。我仿佛看见了巴厘的火山。

从东到西，整个巴厘岛横着一条火山的链子，形成岛子的脊椎骨。最高的是阿贡火山，不久前还大发过雷霆，喷着怒火。当我强忍着一股刺鼻的瓦斯气味，飞过阿贡火山时，我望见那火山张着参差不齐的大口，黑洞洞的，深不见底。喷溅的熔岩淌遍山野，白惨惨的，满山满野的树木都烧死了，只剩下干枯的枝干。那情景，恍惚是满山积着白皑皑的大雪，一片荒寒。更远处，望得见另外的火山，山口吐着浓烟，酝酿着一次新的爆发。这种惊心动魄的景象是十分少见的。但是想不到从巴厘人炽烈的眼神里，跳跃的胸口间，我又依稀看见了火山的影子。

巴厘人

巴厘人的内心是一团火，巴厘人却又异常朴实可亲。所以朴实，倒不是由于“锉牙”的缘故。锉牙是当地一种风俗。每逢男女到了青春妙龄，就择个吉日，穿上盛装，躺到一座花布扎的彩台上，由一个教士锉锉当门的六颗牙，说是可以驱除贪爱财货等六种恶习，使孩子长成个好人。从这古老的习俗里，可以领会到巴厘人是怎样善良。

谁要以为巴厘人是善良可欺，就错了。我到巴厘后听到的第一个故事，便含着警策的深意。五十年前，这里有一位国王，受到荷兰殖民军的侵略，奋勇抵抗，率领全军一齐战死，也不投降。酷爱自由的信念已经化成热血，流在人民的血管里。从古到今，不知有多少好男儿，不惜洒出自己的热血，溅红了巴厘的史册。

一个晴暖的日子，我们到北德川村去瞻拜一座烈士陵墓。那陵墓修成宝塔的样式。陵前竖着两根竿子，上头挂着嫩椰子树皮编的灯笼，气氛很庄严，显然是专为我们这一群聚集在巴厘的作家谒墓布置的。墓道两旁站着两排少男少女，唱着节奏激昂的歌子，迎接客人。先有人敲了几下木钟，我们便祭陵，围着陵墓转了一圈，往上撒着新鲜花瓣，然后走进陵前的一座纪念馆。

翻开一本史册，当时的许多英雄出现在我们眼前。为首的英雄叫诺拉·雷。那时是一九四六年，第二次世界大战结束不久，印度尼西亚已经宣布独立，荷兰殖民军在巴厘登陆，打算重占这个千岛之国，诺拉·雷带领着人民，跟敌人展开了生死的搏斗。荷兰军见武力一时不能取胜，设法诱降，又假装要和平谈判。诺拉·雷识破敌人的奸计，一口回绝。在北德川村一次激烈的战斗里，诺拉·雷倒下去了，许多战士自尽殉国，没有一个投降的。争自由的火焰是不是熄灭了呢？没有。诺拉·雷早已倚山傍险创立了根据地，当地人民继续战斗下去，前后延续三年，荷兰军终于败走，巴厘岛还是巴厘人的。

我翻完那本史册，把本子合上，久久不说话。

一位印度尼西亚朋友坐在我旁边，问道："你想什么呢？"

我说："我在想历史。"

印度尼西亚朋友接口说："历史反复告诉我们，对于帝国主义，必须斗争到底，才能胜利。"

我说："不幸世界上有那么一种人，厚颜无耻地向帝国主义投降，还夸口说这是什么为了人类的和平和幸福，有朝一日，历史会裁判他们的。”

他说：“何必等待历史，人民已经判决他们了——特别是像今天在场的烈士子女，更不许任何人背叛他父亲的革命事业。”

我还不知道呢，站在墓道两旁的少男少女，都是烈士的子女。烈士牺牲时，儿女还小，一转眼，都长成人了。现在他们穿着白上衣、青裙子或者青裤子，守护着父亲的陵墓、父亲的信仰、父亲的事业。多么叫人喜爱的青年啊。我走上去，一个一个跟他们握手，细望着他们洋溢着生命力的脸。在行列尽头，我发现一个姑娘，不到二十岁，眉眼分外细致清俊，面熟得很。刚刚在那本史册上，印着个年轻而英俊的战士，这姑娘，活脱脱地不就是那战士的形态么？

我紧握着那姑娘的手说：“好孩子，你多么荣幸，有那样一位顶天立地的父亲。”

姑娘微笑着说：“谢谢你。我父亲也不过是个普普通通的人，一生就是不肯向恶势力低头，忠于革命，热爱生活。”

百岁老人

那天，本来是到巴厘首府连巴刹[1]附近一个乡村去看博物馆，看完后，同去的印度尼西亚朋友问客人：“愿不愿意会会民间艺人？”当然愿意。

那村子叫乌百德，艺术生活比别处更加丰富多彩。人烟很稠，

[1] 即登巴萨。

街道房舍蛮整齐。印度尼西亚朋友领我们来到一家门口，门旁立着棵参天的老榕树，铺展开好大的阴凉儿。我们走进院子，院里静悄悄的。四下一望，我不禁疑惑起来：这是个艺术馆，还是个农户呢？瞧啊，满墙都是壁画，满院竖着精雕细刻的神塔和石像，满梁满栋都是玲珑剔透的雕花，使人呼吸到一种浓得像黑咖啡的艺术气息。

我正在凝思，屋后转出一位老人，跳下台阶，三步两步迎上来。

印度尼西亚朋友说："这是主人，一位老艺人。"

老人光着膀子，系着条白地紫花的纱笼，头发像雪一样白，披在脑后。我起先只当他六七十岁，一问，上百岁了。一百岁是个很长很长的岁数，当中该经历过多少人事变迁啊。我紧望着老人的脸，很想探索出一些人生的奥妙。老人却垂着眼，神情挺严肃，只说："我是个务农的人，痴活了这么多年啊。"

我问道："你是怎么学起艺术来的？"

老人说："人嘛，谁心里不想点什么，谁不懂得忧愁和欢乐。我们贫苦人又没念书，写不出，闷在心里不好受，我就刻呀，画呀，拿木头石头刻画出我的心情、我的想法。"

"你一生完成了多少作品？"

"记不得了，家里存下的就只这点。"说着，老人引我来到一座石头雕像前，也不说话，拿眼示意叫我看。

这是个年轻的男像，跟真人一般高，眉眼之间含着股刚烈的英气，使我记起唐人的两句诗："野夫怒见不平处，磨损胸中万古刀。"斜对面竖着另一座石雕，是个少女，眉眼低垂着，嘴角含着个几乎觉察不出的柔媚的微笑——大约她想起什么甜蜜的回忆，忍不住暗自微笑呢。

我一面看，一面赞不绝口。老人的神色还是那么严峻，也不答言，又领我来到一座半身石像前。是位妇女，神态从容，眼睛大胆地正视着前面。

印度尼西亚朋友说："这是一位革命妇女领袖，叫卡蒂妮，一八七一年生，一九〇四年就死了。"

老人立在像前，细细端详着，一时似乎忘记了旁边的人。他的嘴唇轻轻动着，自言自语着什么。他的心显然沉到六十年前的旧事里了。从神情里，看得出他对这位妇女领袖是怀着多么深切的敬意。

不知什么时候，院里出现好些人：妇女、青年、小孩，藏在母亲怀里吃奶的婴儿……都是老人的子孙后代。他家已经有七代人了。

这时一个热心肠的农民插进来，指点着说："你注意没有？他的作品总留着一点没完成的地方。"就指着院里一座智慧之神的神塔，上面果然缺少一个魔头。

我奇怪道："这是为什么呢？"

那农民答道："这是说，他一生完成不了的事业，让他子孙去继续吧。"

陪我来的印度尼西亚朋友笑着说："他家有七代人，一代完成不了，还有再下一代，总有人继续的。"

百岁老人叫恩约曼，我会见他时是一九六三年七月。

一九六三年

赤道雪

最近我在东非勾留了一阵，着实领略了一番坦噶尼喀[1]的奇风异景，有的是世界别处绝对看不到的。我的印象尽管五光十色，细细清理一下思路，却也只有十二个字，也许可以概括全貌，这就是：

历史应当重写

道路正在草创

一　历史应当重写

让我从一座山谈起。在坦噶尼喀东北部的莫希市，有一座高楼

[1]　一九六四年，坦噶尼喀和桑给巴尔组成坦桑尼亚联合共和国。

大厦的门上刻着这样的铭文，说乞力马扎罗山是被一个德国人首先发现的。

乞力马扎罗山逼近赤道，海拔一万九千多英尺，是非洲的最高峰。山头经常云遮雾绕，好像是沉睡，可是，照当地人的说法，如果有贵宾来到，那山便要用手拂开云雾，豁然露出脸来。天啊！谁想得到紧临赤道，背衬着碧蓝碧蓝的天空，这儿竟会出现这样一座山，满头是雪，仿佛戴着一顶银光闪闪的雪盔，终年也不摘下来。难道这不是奇迹么？“赤道之雪”就是这样得名的。

有说不尽的神话故事流传当地。据说在遥远遥远的古代，天神恩赅想迁居到山顶上，可以从最高处看望他的人民。恶魔不喜欢恩赅来，从山内点起把火，山口便喷出火焰来，抛出滚烫火热的熔岩。恩赅神一怒，当时召唤雷云，带着霹雳闪电，倾下一场奔腾急雨，一时搅得天色昏黑，地动山摇。人们都潜伏在小草屋里，吓得悄悄说：“神在打仗了。”恩赅在极怒之下，又抛下一阵冰雹，直抛进火山口去，把火山填满，恶魔点起的火就永久熄灭了。恩赅神迁到雪山顶上，把乞力马扎罗的姊妹山梅鹿山赐给他的爱妾，在那里，恩赅用暴雨浇灭恶魔从山口喷吐的热灰，肥土和森林围绕着梅鹿山涌出，神便教导他的人民刀耕火种，生活是富足而美好的。

所谓神的人民指的就是自古以来散居在雪山脚下的瓦查戛族。第一个发现乞力马扎罗山的自然是瓦查戛人。十九世纪九十年代，德意志帝国才把坦噶尼喀抢到手，怎么会是德国人头一个看见赤道雪山呢？倒是有一件关于乞力马扎罗山的事，牵涉到德国。那是上一个世纪，英国维多利亚女皇在德国威廉皇帝生日那天，特意把这座非洲最高峰——乌呼鲁峰，当作寿礼送给威廉。这是殖民主义者给赤道雪山打上的奴隶的烙印。山如果有灵，当会在山头积雪上刻下铭文，记着不忘。

自从我来到乞力马扎罗山下，我就深深地被“赤道之雪”那雄壮瑰丽的景色吸引住，极想去探索一下曾经引出源源不断的神话故事的火山口。比较方便的去处是“恩根窦突”喷火口，在梅鹿山旁边，也不很高，来去容易。一到山脚，先看见一块诗牌，上头写着含意深沉的句子：“无数年代以来，这儿就是宁静与和平的境界……”这儿也确实宁静，静得使人想起“山静如太古”的诗句。满山都是古木苍林，阴森森的，透出一股赤道的寒意。树木多半是奇形怪状的，叫不出名儿。有一种树不长叶儿，满树是棒槌模样的玩意儿，齐崭崭地朝上竖着，整棵树看来好像一盏大灯台，上头插满蜡烛。我能认识的只有“木布郁”树，树干粗得出奇，十几个人连起胳臂，也抱不过来。树心却是空的，大而无用。另有一种珍贵植物，叫“木布雷”，长九十年后才成材，极硬，拿它做家具，永远不会腐烂。听说一棵树能值两千镑。当地人告诉我说，早先年所罗门住的房子，就是从乞力马扎罗山一带砍去的木材造的。这类传说往往能给山川增色，还是不去深究的好。在树木狼林里，有时可以看见一种类似辣椒的东西，足有一尺多长，赤红赤红的，说不定真是大辣椒呢。

我穿过阴森霉湿的森林，慢慢爬上山顶，火山口蓦然呈现在脚下，约莫上千丈深，百亩方圆，口底一半是水泽，铺满碧草，另一半丛生着各种杂树。“恩根窦突”是梅鹿族人土语，意思是野兽。这里该有野兽吧？是有。你看，在火山口底的水草旁边，有一群小黑点在移动，那是犀牛，饮水的，吃草的，也有吃饱了草卧着打盹的。你再看，犀牛不远有两棵小树，上半段交叉在一起，好像连理树。那不是树，是两只长颈鹿。索马里语叫长颈鹿是giri，中国古时候直译原字音称作麒麟。那两只长颈鹿该是一对情人，长脖子紧贴在一起，互相摩擦着，又用舌头互相舐着，好不亲热。我站在火山口的沿上，一时间好像沉进洪荒远古的宁静里，忘记自己，脑子里幻出离奇古怪的神话，幻出顶天立地的恩赅神，神就立在乞力马扎罗山的雪盔上……

实在想去爬一爬赤道雪山啊。可惜上下得五天，我的时间不足。不能爬山，好歹也得去玩玩。有一天午后，我跟一位叫“伊萨”的印度尼西亚朋友坐上车去了。一路上尽是荒野，土地肥得要流出油来，渴望着生育，就生育着长林丰草，一眼望不见边。从莽稀疏的地方，有时露出圆筒形的小屋，上头戴着尖顶草帽模样的草盖，本地人叫“板搭”。“板搭”旁边长着香蕉、木薯一类东西。碰巧可以看见服色浓艳的农家妇女刚采下香蕉，好一大朵，顶在头上，该有几十斤重。汽车渐渐往山上爬，终于停到林木深处一家旅舍前。

乞力马扎罗有两座著名的山峰，一座叫“基博”，另一座叫“马温齐”。这家旅舍就取“基博”做名字，意思是山顶。凡是爬雪山的人都要先在这儿落脚，换服装，带口粮，爬完山回来，也要在这儿洗洗满身的雪尘。我们走到旅舍后身的半山坡，想欣赏一下雪山的奇景，不想望上去，一重一重尽是郁郁苍苍的密林。来到跟前，反倒望不见雪山顶了。朝山下望去，肥沃的麻查密大平原横躺在眼前，绿沉沉、雾腾腾、烟瘴瘴的，好一番气象。后来我们回到旅舍的前廊里，要了壶非洲茶，坐着赏玩山景。廊里的布置也很别致。墙是碗口粗的竹子拼成的，墙上挂着羚羊角，悬着画盾，交叉着青光闪亮的长矛。地面上摆着象腿做的矮凳，还有大象脚挖成的废纸箱，处处都是极浓的非洲色彩。

伊萨是个爱艺术的人，喜欢搜集有特色的工艺品，到了这座名山，怎么肯空着手回去。他走到旅舍的柜台前，那儿摆着各色各样的木雕，有人物，也有坦噶尼喀的珍禽异兽。就中有只黄杨木雕的犀牛，怒冲冲的，神气就像要跳起来，触人一角。

伊萨向柜台里问道：“请原谅我，这只犀牛卖多少钱？”

柜台里坐着个英国妇人，三十多岁了，打扮得挺妖娆，低着头在算账，眼皮儿也不抬说：“十八个先令。”

伊萨说：“这样贵啊！便宜一点行不行？”

那妇人把铅笔往桌子上轻轻一撂，望着伊萨严肃地说：“对不起，先生，我们不像当地土人，欺诈撒谎，骗人的钱。你要买，就是这个价钱，我们是不还价的。”

伊萨爱上那犀牛，嫌贵，还是买了。

黄昏时分，我们回到山下的莫希市。有几位朋友坐在旅馆二楼的凉台上乘凉。我加入他们一伙，大家喝啤酒、闲谈，一面看山。雪山正对着我们，映着淡青色的天光，轮廓格外清晰，像刻在天上似的。

没留心伊萨走来，手里拿着犀牛，冲着我笑道：“我刚在市上问了问，跟这一般大的犀牛，你猜多少钱？”

我沉吟着问：“便宜些么？”

伊萨笑道：“便宜多了——只七个先令。”

恰巧有一个瓦查戛族的孩子来卖报，身上穿着一条破短裤，瘦得肋巴骨都突出来。伊萨挑了一份周刊，掏出几个零钱给那孩子。那孩子睁着溜圆的大眼，指着刊物上的价钱，小声说：“一个先令，半个便士也不多拿。”

我不禁望着孩子瘦嶙嶙的后影说：“多诚实的孩子！”

伊萨嘲笑说：“那个高贵的英国妇女却骂人是骗子呢。我倒想起一个笑话：白人刚到非洲时，白人有《圣经》，黑人有土地；过不多久，黑人有《圣经》，土地都落到白人手里了。”

坦噶尼喀人的忠厚淳朴，十分可喜。你半路停下车，时常会有人殷殷勤勤问：“占宝（你好），我能帮助你什么呢？”如果车子坏了，投不到宿处，也不用愁，总会有人引你到他的“板搭”里，拿出最好的东西给你吃，让出最舒服的地方给你睡，还怕你怪他招待不周。当地人之间自然也有纠纷，裁判纠纷的方法也朴直有趣。譬如说，他们彼此住处的分界不砌墙，只种上一溜叫“麻刹栗”的灌木做篱笆。万一两家争起土地来，主持公道的人就摘下“麻刹栗”最高梢的叶子，蘸上黄油，叫你吃。叶子是不毒的，可是，如果地不属于你，据说吃了就会死的。想赖地的人绝不敢吃，是非也就分晓。“马沙裔”是个勇猛的部族，风俗比较特殊。女人剃着光头，男人喜欢拖着假发编的长辫子。一位久居坦噶尼喀的亚洲朋友告诉我说，有一回，一个马沙裔人潦倒半路，拦住他借钱。他想：这个流浪汉人生面不熟的，借了钱去，还不等于把钱抛到印度洋去，没个着落。但他还是借给他了。谁知过不几天，那马沙裔人亲自上门还了钱，还弹着弓琴唱了支歌，唱出他心底涌着的情意。

请看，坦噶尼喀人就是这样质朴善良，有情有义。一到殖民主义者笔下，可就变得又野蛮、又凶残，不像人样。实际呢，坦噶尼喀人是有着极为悠久的历史文化，旧石器时代的遗址相当丰富。最惹人注目的是奥尔迪乌山谷，那儿的湖床里发现不少已经绝种的哺乳动物的骨骼化石，还有最早的人类遗骸，其中就有世界著名的“东非人”（Zinjanthropus）头骨，历史总在五十万年以上了。别的古代遗墟、古代石画，到处都有，值得人类特别珍视。千百年来，异民族的侵略统治使这儿的人民陷到奴隶的痛苦里。阿拉伯人、葡萄牙人、土耳其人、德国人、英国人轮流喝着坦噶尼喀人的鲜血。坦噶尼喀人于是纷纷起义。七十岁的老人今天还能絮絮不休地告诉你当年他们袭击德国军队的英勇故事。他们的历史充满斗争，终于从斗争中取得今天的独立。

不幸这部历史却蒙着厚厚的红尘，甚而被殖民主义者歪曲到可笑的地步。历史是应当重写了，而人民也确实在用自己的双手写着新的历史。

二　道路正在草创

坦噶尼喀的首府达累斯萨拉姆，按原意译出来，是和平的城市。乍到的时候，我望着蓝得发娇的印度洋，望着印度洋边上一片绿茵茵的树木，望着树木烘托着的精巧建筑，似乎真给人一种和平的感觉。有两座异常豪华的大建筑实在刺眼。细细看去，一座是英国标旗银行，另一座是基督教堂。我心里不舒服了。我这种感情并非来自偏见。接着我发觉那花木幽静的一带原来是欧洲区，有的去处叫什么“皇家境地”，坦噶尼喀独立前，压根儿不许非洲人进来。我寄居的英国旅馆叫“棕榈滩”，小得很，听说刚独立不久，达累斯萨拉姆市长去喝冷饮，竟遭到拒绝。欧洲区以外还有印度区和非洲区。印度区称得起生意兴隆，也还整洁。一到非洲区，满街扬着沙尘，房屋多半是泥墙，顶上搭着椰子树叶，那种景象，恰似害血吸虫病的人那样。

这其实不足为怪，哪个长期受压迫的国家不是这样？今天，坦噶尼喀也像别的新独立的国家一样，正在逐渐清洗着殖民主义的遗毒。

想不到坦噶尼喀竟这样富庶。产金刚石、金子、银子，以及犀牛角、象牙等珍贵物品。土地也肥沃极了。山也好，平原也好，处处绿得发黑，黑得发亮。有时你会发现大片的耕地，整整齐齐的，种着咖啡、甘蔗一类热带作物，你准也会发现怪舒适的欧洲住宅。当地朋友就会告诉你说：这是约翰森先生的种植场，或者这是伯敦先生的庄园……反正不是非洲人的。

剑麻（本地叫西沙尔麻）最著名了，全世界五分之二的产量出在这片国土上，坦加又是这片国土上最著名的产地。我在坦加逗留了两天，那是个港口，满山满野都是大片大片的剑麻地，远远看去，倒像一幅大得无边的绿绒条纹地毯，平铺在大地上。剑麻长得又壮，有的比人还高，不愧是上好品种。间或看见剑麻丛里长出树干子来，树梢上挂着小穗子。那是要留剑麻籽儿。凡是留籽儿的剑麻，叶子老了，抽不出纤维来，根本没用处。二月的东非，太阳像火烤一般。正割剑麻叶子的非洲工人光着膀子，前胸刺满花纹，晒得汗水直流，像要融化了似的。

陪我参观的是坦加市的新闻官，一个英国人。我问他道："这样大规模生产，是谁经营的？"

新闻官说："希腊人、英国人、瑞士人、荷兰人、德国人，也有印度人……"

我又问道："非洲人呢？"

新闻官说："你看，剑麻需要大量肥料，长得又慢，不到三年不能收割。非洲人资金不足，自然无法经营。"

后来他带我去看了一家坦加最大的剑麻公司。那是瑞士人经营的，经理叫俄曼，眼有点斜，留着短短的上髭，胸脯微微挺着，显得很自信。俄曼说剑麻田里没什么趣味，便领我去看剑麻洗剥场、化验场、机器修配场等等。他走到哪儿，工人都对他说：“占宝。”向他举手行礼。俄曼客气地点着头，两手插在裤兜里，一路冷冷淡淡地说：“我们这儿总共有八千多工人。养这么多人，不是儿戏啊。从生产到生活，需要的东西，我们完全可以自给，不必仰赖别处。”

我说：“这不成了个独立王国么？”

俄曼淡淡一笑说：“也许是吧，不这样也不行。让我举个例子，种植园的拖拉机坏了，市上根本无处修理，你没有自己的修配场，岂不得停工。”

我问道：“工人最低工资每月多少？”

俄曼支吾说：“这就难讲了。临时工多，来来去去像流水，不好计算——重要的是福利事业……”便指点着说，“那边一片房子，你看见么，是工人宿舍，水电都有，完全免费。孩子要念书，有学校，教员都是欧洲人。病了，可以到医院去，也是免费……”

我有心去看看那些福利设施，俄曼先生却很有礼貌地掉转脸，用手掩着嘴打了个呵欠，又看看表说：“对不起，我能领你看的，就这些了。我还能替你效点别的劳么？”

我便感谢他的好意，握握手告别。走出工厂，路过一个小市场，肮脏得很，是这家剑麻公司设立的。几个面貌憔悴的非洲妇女摆着小摊儿，卖椰子、柠檬等。旁边泥土里坐着个两三岁的小男孩，光溜溜的，蹬着两只小腿直哭。市场柱子旁倚着个工人，还很年轻，身上挂着碎布绺绺，伸着手讨钱。那已经不像只手，只剩一个手掌子，连着半根拇指，显然是叫机器碾的。我的耳边又响起俄曼先生动听的话音……

还是有非洲人经营剑麻的，虽说只一家，到底开始了。那家人藏在深山里，正在烧山砍树，翻掘泥土。已经栽种的剑麻缠着荒草，有待于清除。主人出门了，主人的兄弟从地里赶回来，在木棉树阴凉里招呼我们。谈起事业来，自然有些难处。缺机器，资金也不宽裕。向银行借款，又得抵押。可是一丝儿也看不出他有灰心丧气的神情。他的脸色透着坚毅，透着勤奋，也透着信心。这种精神，清清楚楚写在每个坦噶尼喀人的脸上。就凭着这种精神，坦噶尼喀人民正在打井，开辟生荒，建设新乡村；正在创办合作社农业实验站；正在实行“自助计划”，许多人都腾出空余的时间，参加义务劳动，用劳动的成果来纪念祖国的独立。

从坦加坐汽车回达累斯萨拉姆的路上，我们穿过深山，发现一条新路。只见滚滚红尘里，魁伟美壮的非洲青年驾着开山机，斩断荆棘，凿开山岭，开辟着道路。这新路还远远未修成，前头尽是深山丛林，崎岖不平。但我深信，非洲的丛莽中自会辟出坦坦荡荡的新路的。

一九六三年三月寄自非洲

第四辑 万古青春

潼关之夜

经过整天劳顿的旅程，这是我第一次吃饭。一碗汤面，夹杂着泥沙的汤里加进多量的酱油，我的因饥饿而烧热的肠胃舒畅地膨胀起来。虽然小粒的沙石时时震动我的牙齿，我不曾埋怨堂倌一句。

“有炒饭么？来一碗鸡蛋炒饭。”第二个客人跨进来，身边带着一阵凉风，桌上煤油灯的火焰跳跃了两三下。他的脚步又轻又快，走向小饭馆里独一无二的食桌前，坐在我的对面。

短时间，我们的目光交织成一条直线。他的年轻而健康的脸膛曾经给我留下一点新鲜的记忆。

就是今天下午，他身上穿的也是这件军用的黄色棉大衣，头上也是这顶垂着两只耳朵的灰色军帽，不过背后还背着一个大包裹，对于他的矮小的身材似乎过分沉重。他坐在黄河渡船的舷板上，前后左右挤满人群。旅客们十分嘈杂，但这不能够淹没一个婴儿的啼哭声。婴儿的母亲是一个三十多岁的妇人，站在人堆里，不停地用手拍着小孩，虽然明知道这不能止住孩子的哭声。

“给他点奶吃就好了。”有人这样说着。

泪水沿着妇人瘦削的脸颊流下，滴到小孩的红棉袄上。她仿佛对自己申诉说：

“哪有奶？大人都没有吃的！”

他——年轻的军人——站起来，把座位让给抱婴儿的妇人，更从衣袋里摸出一块干硬的馒头交给她，用类似女人的柔声说：

“孩子是饿了。嚼点馒头给他吃吧。”

现在，当他同堂倌说话时，声音仍然带着女性的气味，这和他的矫健的举动似乎不大调配。

我们这是第二次见面，但彼此全把脸埋在食器上，保持着静默。

刚刚吃完面，隔壁客店送我来吃饭的茶房过来招呼我说：

“警察来查店了。请您回去看看。”

巡警盘问得很详细。他们从我的行李中检出一本《中国分省新图》和一些零碎的通讯稿，于是抱着绝大的怀疑，追询我许多问题。最后，我拿出八路军的护照，他们才认为满意。退去时，一个警察摇摆着头说：

“对不起，越是你们知识分子汉奸越多！”

像是黄蜂的毒刺，这几句话刺痛我的心。不到一刻钟光景，我听见警察从对面房间走出来，皮鞋后跟撞击在穿堂的砖地上所发的声响，渐渐地消失下去。谁在敲我的门？

“请进。”

板门轻快地推开，那位青年军人站在我的眼前。一种熟悉的柔软的话语滚动在我耳边：

“请别见怪，同志也是从八路军前方来的么？我住在对面房间里，警察问你的话，我全听见了。”

原来我们是同时离开前线，同时坐上同蒲路的窄轨火车，同时渡过黄河，现在更住到同一个客店里，我们热烈地握着手，五分钟以后，便成了很熟的朋友。

“杨同志……”

“黄同志……”

我们毫无拘束地哗笑着。

我提议到路上散散步，他高声叫道：

“茶房，锁门。”

这家旅店坐落在潼关城外，接近陇海路车站。虽然不过八点钟，除去饭馆和水果商而外，马路两旁的店铺已经早早关上门。灯光从闸板的隙缝泄露出来，仿佛一星一点的磷火。潼关的城墙和城楼衬映在星空之下，画出深黑色的轮廓，比较白天似乎更加突兀、雄伟。

我们横穿过一条小巷，停留在黄河岸上。河水在暗夜里闪动着黑亮的波光，时时还有一点两点潮湿的渔火浮动在水面上。

这期间，黄同志不停地哼着各种救亡歌曲。他手里拿着一只电筒，四下照射着，忽然，我听见他兴奋地喊道：

“喂，你看，这里全是战壕。”

果然，显示在白色的电光下的是许多条挖掘得十分整齐的壕沟，蜿蜒在河岸上，一直伸入无边的黑暗里。

“来，我们下去看看。”他说着，敏捷地跳下去。我跟随在他后面。他把身子俯在战壕边上，电筒一扳，做了一个射击的姿势，继而懊恼地咕哝着：

“你不知道，杨同志，我们两个从广东跑到山西，本来都想加入游击队，谁知八路军只准他加入，偏叫我到延安去学习。”

“他是谁？”我一点不明白他的话。

“我的丈夫呀！”

“怎么，你是位女同志？”意外的惊讶使我不自觉地把语音特别提高。

黄同志用电筒向我脸上一扫，也许我的表情太惊奇，遏制不住的笑声从她的嘴里迸发出来，仿佛黄河的浪花，四处飞溅着。末了，她喘息着说：

“算了吧，男女有什么关系，值得这样大惊小怪。”

“你们结婚多久了？”

“两年，还有一个男孩子——”她突然静默下来。她的革命意志虽然坚强，但她的心始终有血有肉。她一时沉入寂静的回忆中，更用简单的语音把我领进她那回忆的门限。

她的小孩刚刚一周岁，又白又胖。她的热情高扬在民族革命的怒潮里，时时吸引她走向生死的战场，然而小孩总在牵掣她。她的丈夫几次激励她说：

“勇敢点吧，你该做大众的母亲，不要做一个小孩的母亲。”

她当然是勇敢的。因此，一天早晨，她同丈夫背着一点应用的衣物，带着点钱，离开家庭。抛在身后的是他们可爱的小孩和一封留给父母的信。

有时乘船，有时坐车，有时步行，他们跋涉在遥远的旅途上，终于到达预定的目的地山西。

冷风夹着大片的雪花，飞舞在北方的荒寒的大地上；居民潜伏在黄土小房里，吃着粗糙的粮食，过着艰苦的生活。

可是他们呢，这一对生长在南国的夫妇！他们耐不住寒冷，睡不惯火炕，吃不下小米。

“动摇了吗？”时常，他们彼此故意讥笑着。

然而，当他们看见前方的战士们怎样在吃苦，为了国家，为了民族，他们感到羞惭，感到渺小。

“我一定打游击去，决不后退！”丈夫坚决地说。

“我一定追随着你。”妻子也不曾动摇。

虽然她很勇敢，可是环境并不允许她。她被分配到延安“抗大”去学习。

“去吧，革命不一定在前线。”丈夫极力安慰她。

当天，黄同志就离开前线，恰巧同我走到一路。

“我真焦急，只想立刻飞到延安。”她张开两臂，做一个飞翔的姿态，黑暗中，差一点打掉我的帽子。

谈话愉快地进行着，没有人留心到渐渐逼近的轻细的脚步声。突然，我的眼睛受到强烈的电光的照射而感到晕眩，同时听见有人在壕沟上骂道：

“什么人？滚上来！”

这意外的袭击使我们暂时失去镇静，但不久就恢复了我们的神智。我们爬出战壕，黄同志亮一亮电筒，发觉对方是一位武装的士兵，右手拿着手枪，左手是一只正在放光的电筒。

“你们是什么人？”兵士激怒地喝道。但当他知道我们是来散步，而且验过我们的护照，就十分客气地说：“对不起。我刚在城门口放哨，看见这边一亮一亮的，当是有汉奸了。”

他走开几步，停住脚，又叮咛我们说：

“近来这里很严，同志们顶好早早回栈房去。”

……这是一个多么富有传奇意味的夜晚——在潼关。

一九三八年

征　尘

我久久地踯躅在临汾车站附近，孤独、焦烦，不时把行李卷从一只手转到另一只手。我刚下火车，要到城里去找八路军总部，可是天还不亮，不能进城，想先找地方歇歇。敲过几家店门，房间全满了，不是旅客，而是队伍，这儿的栈房差不多临时完全变成军营。现在是什么时候呢？我的表偏偏不走了。我望望星空，觉得自己装模作样怪可笑的，因为我根本不是老于夜行的人，能够从星斗的位置辨出夜色的深浅。没有一丝儿风，然而冷得出奇，远近的鸡叫也似乎掺进一点荒寒的意味。多谢鸡的报告，我知道黎明是离我不远了。

当我第二次转来，车站更加冷静。十来个候车的旅客坐在各人的行李上，抄着手，缩着头颈，疲倦地打着呵欠。电灯，因着电力的不足而散射着黄澄澄的光线，很像在无叶的树梢僵卧着的月亮。其实月亮已经残缺，它的本身更像一颗虫蚀而腐烂的枇杷。

原始的蠢笨的牛车聚集在站外。车夫们围着一架卖甜酒的担子，蹲着，抽着旱烟。他们是在趁就炉眼的蓝色的火苗，没有人肯花两枚铜板喝这么一碗。

我还在踌躇是不是应该立刻进城，一个车夫走近我，双手抱着鞭子说：

“上哪去呀，先生？我送你去吧？”

“进城。现在城门能不能开？”

“还得一歇哪。你不如先到栈房歇歇脚，等天亮了我再送你去。”他看我有点迟疑，指一指前边的苍灰的夜色说，“那儿就有小店，我带你去。”

这样善良的农民在北方的旅途上时常可以遇见。他们总是那样率真、质朴，存着点古代游侠的豪爽的味儿。

我们来到一所简陋的土房前，伸一伸手，我准可以摸到屋檐。车夫拍着板门喊道：

“赵大哥，赵大哥，有客人来啦。”

火光一闪，小小的纸窗映上层浅黄的灯影。一个带痰的嗓音在里面含糊地答应着，过后，有人趿着鞋走来打开门。

穿过一间漆黑的小屋，我踏进另外一间，壁上挂的油灯袅着青烟，两张跛脚的八仙桌子摆在地上。这其实是家小饭馆，外间是炉灶，这儿卖座，还有个里间，黑得像洞，从内里飘出一个人的咳嗽、吐痰、摸索着穿衣服的声音。

开门的堂倌掩着怀，揉着眵眼，把外间的灯火也点上。

车夫同赵大哥招呼几句，钻出黑洞对我说：

“一会儿就生火啦。你先烤烤火，暖和暖和，爱吃东西就吃点馍啦，面啦，爱睡觉里边有铺，天亮我来接你。”

我倒真想睡觉。一夜火车，仅仅打了几个盹，眼皮沉重得撑不开。

我伏在桌上，昏昏沉沉睡去，又昏昏沉沉醒来。短短的间隔，外边忽然变天了。北风打着呼哨，像是大伙的马队，飞快地驰过原野。尘土被卷到半空，又洒到窗上，沙，沙，一阵松，一阵紧。

不知几时，屋里来了两位新客，占据着另外一张石桌，每人眼前放着一只酒盅、一双木筷。他们木然地静默着，如同堆在墙根的皮箱和网篮（他们的行李）一样的静默。我移动板凳，坐到炭盆前，两脚踩着盆边，木炭的火苗小蛇似的飞舞着。

“好冷呀，快下雪了。”

一团肥大的影子摆动在墙壁上。影子的主人似乎努力想打破沉闷的空气，开始同我攀谈。但是在继续说话之前，他擤了一把鼻涕，又用青呢马褂的袖口擦一擦他的滚圆的鼻头。坐在他对面的客人是一个三十来岁的商人，湖色线春棉袍，尖顶瓜皮帽，胡须许久不曾修剃，脸色很灰败，然而这是怎样的一双眼睛呵：冰冷、僵直，只有宰杀后的死羊眼才这样可怕。那肥胖的商人觉察到我在注意他的同伴，就说：“他是个痴子，不要理他——你不是山西人吧？从哪儿来的呀？……噢，西安。西安真是个好地方。我在汉口做买卖……别客气啦，这个年月，混口饭吃就知足了，哪有财发？”

铁勺子敲在锅沿上乱响。堂倌从外间端进两盘菜——葱爆羊肉和炒肉丝——连同一壶汾酒，一起摆在肥胖的商人前。

“吃点吧，不要客气。”胖子谦让着。但我自己叫了一碗烩馍，这是种含有十足的西北风味的饭食。

堂倌打来一盆热水，白毛巾早变成深灰色。我拧一把手巾，轻轻擦着脸，几点水珠溅到炭盆里，木炭嗞嗞地叫起来。

“火，火！”痴子的眼睛充满恐怖，从炭盆移到我的脸上。我是怎样惊扰了他呢！

“老实点！”其实不用胖子威吓，痴子也会自动地平静下来。他的神情又是那么冰冷，宛如泥塑似的。他的盅里斟满酒，眼前放着菜，可是他不吃不喝，眼珠直瞪着前方，并不理会胖子的一再诱劝：“吃吧，到家啦。喝完酒，吃点饭，我们就雇脚回家。你妈妈和老婆都等着你呢。”

不耐烦的表情挂在胖家伙的厚脸上。他摇摇头，啧啧了两声，意思是说毫无办法。

“他是怎么痴的？”我猜想其间一定藏着一个谜。

“唉，这个人心眼儿太窄，遇事想不开。”胖子一刻都不停止吃喝，菜屑伴随着唾沫星子从他的嘴里喷吐出来，又飞进菜盘里，“他原先在上海做买卖，后来打仗，统统烧光了！这件事落到我们明白人身上，也不会怎么样。可是他太看不开，整天坐着发愁，日子多了，就变成这个痴样子！嗳，我们是乡亲，还沾着点亲戚，旁人把他带到汉口交给我，我哪好意思不管呢？没办法，只有送他回家，这一道可真累死我了。”

我问道：“你府上是哪里？”

胖子说：“好说，小地方浮山，还得从临汾起早走，天一亮我们就得找大车。”

堂倌吹熄壁上的油灯，屋里人的眉目已经可以清楚地分辨出来。天阴着。北风吹来远处士兵上早操的“一、二、三、四”的呼喊声。

胖子忽然不安地说：“你看日本鬼子能不能打到浮山？”

这个脑满肠肥的市侩忽然引起我极大的憎恶，我是在故意同他捣乱：

“谁知道呢？前线又开火了，你怎么敢回来？”

“我特意回来搬家眷，”他忘记方才说是送痴子了，“就是房子和地没有办法。他们说日本怕地震，房子都能推来推去，早知道打仗，我们盖房子真应该安上车轮。”他为自己的高明的诙谐而裂开肥厚的嘴唇，他是在替自己喝彩。

门口走进一个穿短棉袄的中年汉子，粗眉大眼，我似乎认识他：

“是你送我来的吧？”

“对，对，城门开了，可以走啦。”

我推开剩余的半碗烩馍。大概因为过分的陈旧，馍里散发着一股霉味。赵大哥饭馆掌柜的兼厨师，抢先提着我的行李，把我送上牛车。

屋外的世界完全被风占领着。天上是黄云，地下是黄土，风把黄土卷到半空，于是天地搅成一片愁惨的黄色。我坐在粗糙的牛车上，翻起大衣的领子，俯着身，依旧不能抵御风沙的侵袭。我的眼眶、鼻孔，埋葬着多量的细尘。我闭紧嘴，风却像是一只有力的手，窒息着我的呼吸，逼迫我不时地张一张嘴。就在这一刹那，它也会往我的口腔里扬一把土，类似一个恶作剧的坏孩子。

“Ja！ Ja！”车夫用一方蓝布包着嘴脸，齐到眼下。不管他怎样挥动皮鞭，车子仍然蜗牛似的向前爬行。

尘头回旋着、滚转着，十步以外便是模糊一片了。我疑心这是战场，弥漫着枪炮的硝烟；我几乎相信我的猜疑是对的，那儿不正有大队的行军战士么？他们从我相对的方向走来，背着军毯、步枪、手榴弹……挣扎在吼叫的北风里。

车夫暂时把牛车停在路旁，侧着头，对我大声喊道：

“这又是往北开的，都是八路军。”

队伍通过我们身旁，长长的一列，最后是辎重队。两辆满载军火的大车后跟随着一小队辎重兵，每人挑着一担子弹，那么重，扁担被压得微微弯曲着，战士的脚步也显得摇晃不定，似乎随时都有被大风吹倒的可能。

这儿离临汾车站足有一里多路，那里停着北上的兵车。距离虽然很短，然而这是多么艰苦的行军啊。

车夫跳下车沿，出乎意料地朝我高声说：

“我不拉你啦，先生。”

“为什么？”

“我得帮他们送送东西。”他用鞭梢指一指步履蹒跚的辎重队，“你爱给钱就给几个，不给就算了。”

只是一秒钟的犹豫，我便立在黄土松厚的地面上。我掏出两角钱递给他，不知应该说什么。假如习惯允许的话，我真想拥抱他。我到底记起自己的事了：

“可是我还不认识进城的路呢。”

“沿着大道走，没有多远啦。”说着，车夫拉着牛车追上军队的尾巴。一阵风，一阵土，等我再勉强睁开眼，前面是一片滚滚的黄尘，我似乎跌进上古的洪荒时代。

我又孤独了，然而并不焦烦。我的心是活泼而轻快的，虽然我是那样吃力地踯躅在风暴里。

一九三八年

木棉花

一到南国，情调便显然不同了。北方才是暮春，你在这儿却可以听见蝉、蛙，以及其他不知名的夏虫在得意地吟鸣。夜间，草丛和树梢流动着的萤火更给你带来不少夏天的消息。然而这才不过是三月底。白天，整个大地便成为可怕的蒸笼。轻细的縠纱已经披上士女高贵的躯体，而苦力们赤着脊梁，光着脚板，在推、在拉、在掮，闷热的汗臭常从他们周身的粗糙的毛孔散发出来。这使过路的士女们蹙紧眉，急急用洒满法兰西香水的手绢捂着她们的鼻子，要不然，她们准会晕过去！

警察依旧穿着春季厚重的制服，站在路心指挥着来来往往的脚踏车、车仔、汽车……他们显得很呆滞，机械地挥动着手臂，而当大气中传来尖锐的汽笛时，他们仍然是机械地在岗棚上挂起一面红旗，看不出一点冲动的表情。

红旗的颜色虽然含着流血的意义，但它低垂着头，永远被人很冷淡地待遇着。街头流着人潮；茶馆里叫嚣着食客；大旅馆的西餐间开着风扇，富老们惬意地吃着雪糕，他们对于警报比一般人更要淡漠十倍，因为像这样的大建筑的屋顶上都有避弹网，他们的生命是绝对安全的。

不过今天的轰炸却是特别厉害。镇定的市民也不能不暂时停止他们正在进行的动作，侧起耳朵听一听。

飞机的翅翼粗狂地搏击着沉郁的大气，高射炮的声音急剧而响亮，这同低哑而窒闷的炸弹画成截然不同的音符。

广州市民对于空袭所以那样不在意，当然是从经验中生出宽大的胆量，而同时，每天空袭的次数如此频繁，如果警报一来，市民便藏躲起来，那么全市的脉搏都要整天地停息不动。

其实，炸弹的破坏力也真是太渺小了！

空袭刚过，我便爬上越秀山的中山纪念塔，纵眺着烟瘴漠漠的整个广州市，越秀山旁被炸的几处地方，简直是汪洋大海里的几点泡沫，多么细小而可怜啊！但这就是日本帝国主义的实力！

广九路被炸了，我的当天去香港的计划因而受到阻挠，这使我烦躁。

旅馆的客厅很凉爽，电灯投下浅蓝而柔和的光线，一个宁静的黄昏。

坐在我对面的那位旅客十分健谈。他是浙江人，对于这边的情形却很熟悉。他的嗓音高朗而圆润，语气也有动人的顿挫。

“我不能完全同意您的话：战争可以消灭所有内部的腐化分子。我能够给您指出眼前最有力的反证——请看粤汉铁路！”他伸出右手的食指，在他的面门前一点，加强自己谈话的语气。

我明白他是误会了我的话。我不过是说这次民族自卫战争很像一块试金石，一个人品格的高低可以立刻辨析清楚；又像外科医生的手术刀，可以加速割除溃烂的疽疮。然而假使医生刚才操起刀子，还不曾施行完毕割治的手术，你就希望全身的疽疮一齐即时痊愈，这当然是不可能的事实。

可是他的话已经擒住我的注意力，我焦急地要听听他所举的反证，因而不愿意打断他的话头。

“现在说起来，粤汉铁路的国防性简直太大了！”他似乎是在做文章，每个字都极费斟酌，“它可以比作一个人的喉管，有了它，这个人才能呼吸，四肢才能活泼有力，才能还击敌人的打击！不过粤汉路并不是一条健全通畅的呼吸管，反而是在可怕地腐烂着——我这儿所说的腐烂是指的营私舞弊！”

“舞弊的方法很多，现在我们只谈‘卖车皮’。粤汉路于今正忙着军运，商家的货品堆积得像山，很不容易弄到车皮装运。其实车皮不是没有，只是少罢了。于是商家为了抢先装运自己的货物便不惜对车站负责人行使贿赂。车站方面一瞧这是笔好买卖，所以每辆车皮都被看成奇货，哪家商店出的贿赂多就先给哪家运货。久而久之，‘卖车皮’成了车站人员公开的‘外快’，如果商店不花运动费，他的货物便一辈子也运不走！”

“谁得这些运动费呢？”

“当然是车站职员大家分啦。通同作弊，谁也不告发谁！”

他把两手一张，愤愤地加添说：

“你看，前线打得多急，后方还是乌烟瘴气！战争对于没有人心的坏家伙似乎一点不起什么作用！”

我并不怀疑他的话，但我不同意他的悲观的结论。

“一切都会慢慢地好起来！”我的信念是像南国盛开着的木棉

花一样鲜明、美丽。我掏出口袋里珍藏着的一朵，这是我今天在越秀山上拾来的。它红得像是一团火。

第二天，广九路通车了。傍晚才开驶，白天恐怕遭受空袭。

旅客多得可以叠成山，堆成垛，如果车厢不坚牢，一定会被挤得粉碎。

他们大部分是难民，高等难民！他们有钱，要命，逃避现实，逃避战争，然而在内地再没有一寸平静的土地了，哪儿是天堂？

香港，这个美丽的海岛，暂时还是平静的，因此便成为富人的桃花源了。那儿有香、有色、有幸福、有享乐，而招引他们的最大的饼饵却是大英帝国的旗子，那面有着中国舞台上的花脸一样斑斓纹理的旗帜！

旅客们剥着蜜柑，吃着牛肉干，互相兴奋地谈笑着。西装男子翻开英文报纸，眼睛却望着一些穿长衫的客人，似乎在说：

“英文都不懂，你们配到香港么？”

一个讨厌的消息忽然传开来。车厢里，千百只嘴金头苍蝇似的嗡嗡着：

“怎么，还要换车么？”

“在哪儿？”

“石滩！”

火车开到石滩，已经是黑夜了。这里有一座桥昨天炸坏，还不曾修理完好。广州和九龙对开的火车必须停在桥的两端，等两方面的旅客互相换完车后，火车便各自驶回原站。

这是一段长长的路，旅客须得提着行囊，走过破损的桥梁，才能跳上对岸那辆火车。

夜很黑，虽然铁道两旁树木上每隔一段距离便挂一盏灯，这并不能给予乘客多大的帮助。

我提着一只小皮箱，挤在人群里，脚下的碎石块时时会把我绊一个踉跄。人们争着向前抢，胸脯、脊背、大腿、胳膊，挤做一堆，搅成一团，反而半步也迈不动。

“下边走，下边走……”

我随着一部分乘客冲下高起的路基，沿着一带水边向前奔走。路是又黑又泞，随时都有跌进水塘的可能。

“上边走，上边走……”

怎么回事呀？原来已经来到木桥，于是大家又争着往上爬。爬呀，爬呀，脚下一滑，连人带行李滚下来，后边的旅客也被打倒。

路基全是石块砌成，石缝生着青草，浓重的夜露把草叶都濡湿了。

草露滑得像油，我摔了两三跤，等到第二次爬上路基，大队的旅客已经不见了。

落后的人们慌慌张张向前奔跑，害怕耽误火车。跑过木桥，追上大队，我的衬衫早被汗水湿透。

然而，这又是怎样的一次冲锋呵！

一团一团黑压压的东西塞满每个车门，没有头，没有脑。孩子的哭声、女人的尖叫，随着黑色的怪物一起翻滚。

只一跳，我仿佛跌进急转的旋涡，全身失去自主的能力，任凭人潮的振动而忽东忽西。

可是我抓住铁栏了，蹬上梯级了，攀上火车了，终于挤进散布着汗臭的车厢。我的眼前是一片模糊，揉揉眼，汗水已经渗入我的睫毛。

人们从过度的紧张跌入疲倦。大家坐着、站着，肉贴着肉，谁都不说一句话。

而脚下，车轮飞快地碾动着，驶过石龙……平湖……粉岭，奔向最终的目的地九龙。

“进入英国管地了！”谁在快意地舒一口气。许多张脸立时转向车窗。窗外是漆黑的原野、漆黑的天空，夜风吹送着潮湿的青草气息飘进车厢，这里暂时还是“自由”的天地。

抛在他们身后的是残酷的战争、丑恶的现实！

一九三八年

铁骑兵

一

一过雁门关，气候显然不同了，重阳前后，天就飘起大雪来。就在一个落雪的夜晚，一连活动在左云附近的八路军骑兵冒着风雪，朝南转移，想转到比较安定的地区休息些时候。通过一条公路时，不想日本兵得到汉奸的报告，忽然开来几辆装甲车，把队伍切断，打起机关枪来。

隔断在公路北的只有一班人。他们想冲过来，可是敌人火力太紧，只好像一群脱离轨道的流星，离开大队，单独活动去了。

二

星群脱离轨道，一定要陨落，八路军掉队了，却能自动地打游击。班长是个矮汉子，左脸腮有一条刀伤，弯弯的，像是月牙。他带着这一班人怪巧妙地甩开了追击的敌人，东冲西撞，想再追上大队。不巧敌人这时开始了秋冬“扫荡”，到处出动，他们只好朝北开去，接连十几天，走的全是不熟悉的地方。

这天晚上，他们跑到二更天，跳出敌人的合击圈，正想寻个宿营地睡觉，班长忽然听见远远的有一片吵叫声，再仔细一听，才辨出是河水的声音。

他们来到河边，星光底下，看见河面不过半里来宽，隔河有几点火光，像是村落。班长毫不迟疑，第一个鞭着马走下河去，其余的骑兵也跟下去。夜不十分冷，河水没冻，可是很急，而且越走越深，最后没到马肚子。

班长心里想：“这是什么河，好深！”就勒转马头，退到岸上，沿着河朝上走，要找个浅些的地方过河。上流的水更急，总过不去。他们便顺着另一条路，跑到半夜，不见人家，最后爬上一个山头。在山顶上，他们全都惊住了。原来山下模模糊糊地显出一座城，到处亮着电灯，好像星星。

班长的脸颊抽动着，月牙形的刀伤也像活了似的动起来。嘴里骂道：“龟儿子！咱们闯到什么地方了？”总是敌人的地方。他灵机一动，吩咐骑兵朝着城里放了一排马枪。这一下子不要紧，竟惹起城里的骚乱，步枪、机关枪、掷弹筒、过山炮，一时从城里响起来，乱放一顿。骑兵们却悄悄地退下山头，朝着另一个方向跑去。

鸡叫时，他们终于来到一个村子，敲开庄户人家的门，不弄饭吃，也不要睡觉，开口先问：“老乡，你们这里是什么地界？”

农民热情地招呼他们说：“这是包头啊。围城就在那边山脚下……听听，炮响呢，不知日本鬼子又捣什么鬼？”

骑兵们都不觉呀了一声，紧接着又问：“那么前边是什么河？”老乡说：“是黄河，水才急呢，一根鹅毛掉下去，也会旋到水底下去。”

骑兵们一齐惊得瞪着眼，随后不觉大笑起来。

三

第二天，包头的百姓纷纷传说八路军有一团人来攻城，差一点把城攻破。城里的日本兵大半调到雁北进行“扫荡”去了，竟以为八路军转到外线，要捣毁他们的老巢，吓得急忙退回包头，“扫荡”便停止了。十天以后，那班骑兵也平平安安地转回根据地，寻到大队。

一九四三年

英雄爱马

连里养着一匹青马，不过七岁口，瘦得只剩皮包骨。脖子又细又长，眼老带着眵，两排肋巴骨一棱一棱的，像是经过刀削。战士们瞧见，常常吵着说："快吃马肉吧，再不吃，连马肉也没有了。"

连长有点发愁，就想起程金明来。这个人生在河南涉县程家庄，从小赶脚，贩牲口，一九四三年，叫日本鬼子糟蹋得不能活，打定主意要入伍。问他年纪，回答说三十五岁。他的脸色酱紫，满硬朗，可是一张开嘴，门牙掉了好几个，说话透风，显得很老。过了些时候，他才不好意思地说："我早四十了。咱怕八路军嫌咱老，不要咱，才瞒了五岁。"

程金明先当伙夫，于今连长怕马瘦死，调他喂牲口。程金明一走进马号，看见槽里又是鸡毛，又是沙土，地上满是马粪、马尿，就一直摇头。他站到马前，用手慢慢地理着马鼻子，觉得它的气很匀，并不呼呼地喘，知道没病，便叹口气说："牲口不说话，全靠人经管这都是草料不经心，才糟成这个样子。”

他扫净槽，拿土垫了垫栏，可是他拿什么东西喂马呢？队伍新从前方开来，家务还没安好，草缺草，料缺料，要割青草，又没镰刀。他望着那匹怪可怜的瘦马，搔搔脖子，对它说：“你先别急，老程不会错待你。”

他拿木头削成把镰刀，插在腰里，带根绳子上山去了。正是春三月，草长得四五寸高，不上一刻工夫，他偻着腰背回一大捆草。没有铡刀，他就用斧头把草剁成五分长的碎块，过一遍筛子，筛去碎石土块，捡出杂草，然后撒几把到槽里去。马睁着无神的眼，立时把嘴拱进草去。程金明守在旁边，看着马随吃随添，添到第三次，便撒进一把料。马用鼻子急切地去拱料吃，程金明轻轻地骂：“抢什么！也没人和你争嘴。”

从此，他的心全操在马身上了。按时喂草喂料，饮水时，怕马喝得猛，会伤肺，饮一阵便牵起缰绳歇歇。夜晚，他也不脱衣服，睡在马号里，一宿要喂四次草，饮两回水。他常对人说：“马不得夜草不肥。”所以照顾得很勤。有时出差，一定把马背扫得干干净净，把马垫子备得平平帖帖，生怕打背。上路后，不时要看鞍子正不正，下坡还要松后鞧，上坡向上掀着鞍子，这是所谓搭手千斤力。

战士们有时对他开玩笑说：“算了，老程，累死你，马也养不肥。”程金明也不争辩，只是怪和气地笑笑。

一个月后，战士们从山上开荒回来，看见程金明牵着匹很壮的马出来饮水。有人就问：“老程，连里几时买了这样一匹好牲口？”

程金明咧开嘴，露出一排残缺不全的门牙，笑眯眯地说：“这还不是那匹瘦家伙！”

战士们惊得叫起来。谁能认出这就是那匹皮包骨的瘦马？看它屁股滚圆，皮毛闪亮，昂着头，眨着眼，迎着风叫了几声，简直是一匹千里马。

这一下子，程金明养马的本领可传开了。他把马养壮，一边不断地赶着马上延安，替全连驮些油盐等用品。有一天，他到延安，本来说上午赶回来，可是太阳压山了，还不见程金明的影子。直到傍黑，才见他满头大汗，扛着一百二十斤的驮子走回来。马却空着鞍子。他放下驮子，喘吁吁地说：“牲口在延安街上一下子卧倒，耳朵根冰凉，直竖起来，就知道是肚子痛。我拿针扎了扎它的舌头，放出些血才好了。病刚好，不敢叫它驮东西，我就扛回来了。”

后来，连里又添了牲口，程金明也就更忙。每晚，战士们在山上点起火开荒，程金明也在山沟里弄起堆火，拿着木镰割草。镰钝了，便削一削；人累了，却不肯歇手。连长过意不去，要拨个人帮他的忙。程金明拒绝说：“同志们能星夜开地，我就能星夜割草。”

程金明和气老实，人缘特别好。自己赤着脚来往赶牲口，鞋却借给开荒的同志穿。战士们一从山上回来，都喜欢围着他谈天。他多半盘起腿坐着，抽着旱烟，笑着，不大多言。谁要问起他相马和养马的本领，他便会从嘴边拔下烟袋，在石头上敲敲烟锅，慢吞吞地笑着说：

“牲口的毛色是一大青，二黑，三红，四栗色，所谓先买一个模样，后买一身皮毛。又说，先买一张嘴，后买四条腿，眼上晃三晃，看它能吃不能吃。晃三晃，眏眼就不瞎；能吃不能吃，要摸槽道宽不宽……”

古语说：“世有伯乐，然后有千里马。”程金明不但能识别千里马，就是对病马、老马，也是从心里爱护。英雄才爱马，难怪他变成劳动英雄。

一九四五年

七勇士

一九四三年夏天的一个黑夜，在山东恩县边境的一条小道上，走着七个汉子，脚步又轻又快。他们的服装很怪，有的像农民，有的又是商人打扮，每人腰里都插着一支驳壳枪，五颗手榴弹，还背着一支马枪。来到老黄河的堤下时，恰巧是半夜。当头一个人的身影又高又大，像是座照壁。他四处望了望，侧着耳朵听了一阵，才转过身做个手势，小声说了几句话，其余的人都悄悄地坐在河滩上。

河床子本来是干的，近来雨多，积下些水。先前那个人脱下草鞋，挽起裤子，慢慢地蹚着水，生怕弄出响声。走上对岸，他张望一回，又把耳朵贴着地面听了听，才拍一拍手，对岸也拍了拍。不一会儿，河水哗啦哗啦一阵响，其余的六个人也过来了。

他们重新收拾停当，领头的大汉看了看星，七个人像是七个影子，又轻轻地朝前走去，直奔高海村。

这七个人是河北南部抗日根据地的武装工作队。今年春天八路军为了防止敌人“蚕食”，动手开辟运河以东的四个县：恩县、夏津、平原、高唐。这一带是老敌占区，敌人的势力大，老百姓也不十分认识八路军。八路军的一个团先挑选了三十多个班长以上的干部，个个都精明强悍，组织成武工队，由总支书宋东旭带着，偷偷地过了运河。他们先在河边村庄做武装宣传工作宣传抗日根据地的民主生活，揭露敌人的残暴，让百姓明白八路军的好处，慢慢地站住脚了，再一点一点深入到内地。这天黑夜，武工队要继续开辟新地方，才派七个人进入老黄河堤下一带。领头的大汉叫高云贵，原先是连里的指导员，其余的人是顾树同、吴大有、孙玉书、金仲和、刘殿臣和宋禄寿。

一到高海村，高云贵先看地形，在村边端量好一座砖房，便去叫门宿营。

房顶上放了个隐蔽哨，鸡叫时，宋禄寿上去接班。刮点小风，庄稼叶子总在沙沙地响。宋禄寿藏在屋顶砌的花墙后，恍恍惚惚听见一声马叫，再细细去听，又没有了。天渐渐地放亮，四处变得灰苍苍的，是拂晓的时候了。这时宋禄寿突然发现地里影影绰绰地动着些什么东西。他怕是眼花，急忙擦一擦眼再看，不想竟是敌人包围上来。

就在武工队进村那一刻，一个当村的坐地汉奸听见狗咬，发现这几个“暗八路”，马上跑去给敌人送信。恩县伪县长王化三得到消息，亲自带着两个中队伪军，约计二百五十人，连夜赶来围住村庄。

高云贵几个人已经爬上屋顶，趴在花墙后，准备好枪。他们看见伪军偻着腰，慢慢地缩小包围圈，先不动手，直待伪军接近到眼前，特等射手顾树同才响了枪，撂倒一个伪军。

伪军立时散开，各自掩蔽起来，可是并不还枪。只听见王化三在一座房子后喊：“投降吧！你们只有几个人，要打，准是个死！

不如降了，咱们决不会错待你们。”

刘殿臣这个小伙子脾气最急，容易动火，接嘴骂道：“放你娘的狗臭屁！谁像你丧尽天良，甘心舔鬼子的屁股。打就打，老子死也不降！”说着，一颗手榴弹扔过去。

对方还想劝他们降，但是七个人全骂起来。伪军看看没法，开始进攻了。步枪、机关枪，不停地放，也不瞄准，打得花墙的碎砖乱飞。

武工队的子弹都爱惜得要命。临出发时，每人只领到马枪子弹二十板，驳壳枪子弹一百发，于今集中一起，听凭顾树同摆布。这个人从小在家打野兔，枪法最准，这时伏在那里，红漆面子闪着光，眼睛紧盯着前面。不管敌人打得多凶，他静静地躺着，毫不慌张。可是，只要伪军一露头，他的眼一亮，手一动，就打中了，不是死，也是伤。他一支枪顶住二百多个伪军，叫他们不敢抬头，更不敢往前来。

王化三躲得远远的，拿手枪逼着伪军冲锋。伪军弄到几架梯子，先用机关枪猛打一顿，机枪一停，立刻搬着梯子抢上来，要爬房子。顾树同接连撂倒两人，并不能止住他们。伪军抢到墙根，梯子眼看按到房檐上了。正在这时，吴大有一撩胳膊，一颗手榴弹恰巧打到伪军中间，两个伪军扬一扬手，木头似的摔倒了。

伪军乱了，把梯子一扔，掉转头便跑。可是跑不几步，又一颗手榴弹跟踪打去，当场炸死一个人。

素来多言多语的孙玉书喝彩道：“好准头！”

吴大有挪一挪结实得像块黑铁的身子骂：“老子从小放羊，撂石头打羊，指哪打哪。这些王八羔子，也不比羊难打。”

从拂晓到过午，敌人几次冲锋，都叫吴大有的手榴弹打退了。

临近横七竖八的，打死和炸死的总有二三十个伪军。七个武工队员可没损一根汗毛。他们十分镇定地应付着这个战斗，虽然从早起没喝一口水，没吃一点东西，丝毫都不觉得累。不过他们的子弹越来越少，手榴弹也只剩十六七颗了。敌人可没有撤退的模样，倒像越打越厚。

不知怎的，伪军的枪停了，许久不见动静。高云贵有些狐疑，不晓得他们闹什么玄虚。他正在盘算，眼前忽然一亮，一团火球从伪军的阵地抛过来，落到房顶上。紧接着，火球接二连三地落到院子里、大门前，更多的是房顶上。孙玉书、金仲和、宋禄寿、刘殿臣四个人分头去扑火。火一打灭，看见是块劈柴，蘸满煤油。

一个火球落到院里的麦秸垛上，转眼烧起来。孙玉书几个人赶紧去扑，没扑灭，窗户又烧起来，再一眨眼，火苗早蹿上大梁，烧得木头毕毕剥剥地响。

高云贵看见情势紧急，阵地守不住，立刻下了决心，对着顾树同和吴大有说："准备突围！"

高云贵抬起四方脸，透过花墙往外瞭望，发现村旁两块庄稼地中间是敌人的结合部，火力很弱，便打定了主意。

不上五分钟，七个人浑身扎紧，枪顶上子弹，闪在大门里边。高云贵使个眼色，刘殿臣也捺不住性子，抢前一步敞开大门。七支枪集中火力，一齐朝敌人的结合部打去。那里一时乱了。高云贵喊一声："冲啊！"首先跳出去，身后紧跟着其余六个人。他们像是一阵风，呼啸着扫过敌人的阵地，穿过那个结合部。

伪军一下子愣住，想到开枪时，七个人早越过最危险的地带。

他们擦着庄稼地，直奔着西北跑去，那边是武工队站脚的游击区。但是，不管人腿多快，总跑不过马。后边扬起团团的黄土，马蹄子越响越近，五六十匹马队追上来了。

顾树同转身趴到一块地头上，一边叫道："你们快跑，我挡一阵！"

金仲和跟着他也趴下去。两人一开枪，追赶的马队打着趔趄，不敢向前，马背上的敌人赶紧跳下来还击。金仲和平时没言没语的，光做事，不说话。于今变得特别激昂，放一枪，就骂一句。

顾树同的红漆面子像要烧起来，咬着牙骂："打这些狗杂种！打死一个够本，打死两个赚一个！"

打着打着，每个两支枪的子弹全光了。他们想退，但敌人枪火猛，撤不开。对方觉察到他们的虚实，乱叫着冲上来。他们霍地跳起身，嘴里大骂着，拿着碎砖头迎面打去。一梭子机关枪扫射过来，顾树同先倒下去，金仲和打横压到他身上去。他们的血流到一起，渗进地面。他们生在这块土地上，长在这块土地上，于今为了保卫这块土地，他们是不会吝惜自己的血的。

高云贵几个人尽力放快脚步，跑出五里地，刚到一个村庄，敌人的马队被顾树同跟金仲和牵制一个时候，又追赶上，包围起来。他们气没喘匀，脚没站稳，急切间隐藏在一座土墙后，又接上火。

时候是黄昏了，四野苍苍茫茫的，泛起一层雾。他们的子弹快要打完，精神紧张到极点。他们面向着死，但并不怕，只觉得有一个坚定的信念支持着他们，使他们昂着头，直着腰，把死看成应有的归宿。

他们把人分成两股，冒着枪火，第二次突围。孙玉书和宋禄寿往西跑，高云贵领着吴大有和刘殿臣朝北突去。

高云贵几个人跑得急，敌人追得紧，枪也打得更猛。跑不多远，吴大有的左胸中了枪，向前踉踉跄跄地抢了几步，跌倒下去。高云贵和刘殿臣跑在前面，转过身想要救他。吴大有忍着痛叫道："赶快跑，不要管我！"可是，他们怎么肯抛下一个受伤的同志不管呢？这一耽搁，马队追上来，把他们围在中心。他们连放几枪，再也打不响——子弹完了。

伪军从四面八方拿枪逼住他们，大声吆喝道："扔出枪来！还硬的什么劲！"

吴大有仰着脸躺在野地上，左手按着伤口，吃力地喘气。他知道自己离死不远了，可又不甘心死。他咬紧牙，偏过头望了那些伪军一眼，一面腾出左手，抽出身边的马枪，往近处一撩，沙声说："拿去吧！"

两个伪军想要争功，抢着跑过来拾枪，刚弯下腰，还没拾到手，吴大有忽然抬起上半身，左胳膊一挥，平地爆起一阵尘土。尘土落下时，地面露出那两个伪军，炸得不像样子。吴大有半边脸满是血，眼睛闭上了，嘴角略略歪到一边，像是冷笑。他用最后一颗手榴弹结束了自己，也炸死了两个伪军。

伪军看见这情形，不敢近前，只对高云贵和刘殿臣大声吓唬说："还不缴枪，再不缴，就要你们的命！"

刘殿臣的火早冒出几丈高，气得瞪着眼，喷着唾沫星子，大骂道："狗杂种，就不缴，死也不缴，看你们能把老子怎的！"

王化三站在人后，骂着催促伪军往上冲。一个伪军迈开腿，其余的也跟着拥上来。刘殿臣挥着马枪，跑着迎上去，朝着伪军没头没脸地打，一边不住嘴地骂。伪军欺负他人孤，把他抱住，夺下他的枪，反剪着手绑起他来。他猛力摇着身子，踢着脚，嘶哑着嗓子骂："汉奸，杂种，不是人做的东西！先别得意，等你们日本爸爸倒了台，有你们好看的日子！老子活着是人，死也是人！……我看你们死的日子，有什么脸去见你们祖宗！”

王化三气得牙痒，忘记装腔作势摆架子了，几步抢到跟前，刚抬起手要打，刘殿臣弯着腰，一头撞过去，把他四脚朝天撞倒了。王化三还没爬起来，刘殿臣扑过去，一口咬住他的胳膊。王化三叫着，挣扎着。好几个伪军揪住刘殿臣的腿、膀子，拼命地扯，但是刘殿臣死也不松口。拉到末尾，王化三的袄袖刺啦一声，撕下一大片，膀子也被咬掉一块肉，痛得叫起妈来。

刘殿臣吐出嘴里的东西，不管旁人怎样打，只是猛力摇着身子，乱踢着脚骂：“天诛地灭的狗东西，老子恨不能活活吃了你！”

伪军踢他、打他，逼着他走，但是刘殿臣坐在地上，死也不肯动。依着心意，王化三真想立刻打死他，不过俘虏几个八路军，好不容易，就一边哼哼着，一边打发伪军往老百姓处强抓来一辆大车，把他硬抛上去。这当儿，高云贵经过一阵撕打，也被人绑起来，扔上大车。

刘殿臣躺在车上，依旧不绝口地骂。他骂他们不要脸，一边还宣扬着抗日的大道理，直骂得那些伪军低着头，惭愧得响都不响。骂到半路，刘殿臣的声音衰了，慢慢停止下去。高云贵躺在他身旁，以为他乏了。问他，不答话；用拐肘触了触他，动都不动。原来刘殿臣打了一天仗，没吃东西，再加上脾气躁，竟活活地气死了。

高云贵鼻子一阵酸，差一点流下泪来。他是个铁汉子，出入战场，见惯了死，可是今天看见几个同志这样死去，实在感动。他望着天：满天是星，早黑了。几个同志的影子掠过他的脑子，生龙活虎的，像是活人一样。他们都还年轻，死得太早，可是他们都做了应该做的事，死在应该死的时候，还有什么牵挂呢？现在，高云贵自己也像做完要做的事，心里十分平静，只觉得疲乏得很。大车一颠一颠地摇着他。他闭上眼，好像回家一样，慢慢地睡去了……

第二天，老黄河堤上堤下的人民争着传说这个惊心动魄的英雄故事:“神八路，真是好汉，七个人对付二百多皇协军，打死好几十，从古少见！”

当地人民收拾起顾树同、金仲和以及吴大有的尸首，又找到孙玉书和宋禄寿的尸体。这两个人在第二次突围时，当场死了。百姓们流着泪，好好地埋葬了他们，有的老太太还到他们坟前烧纸，凄凄切切地哭。隔不几天，城里透出消息说：高云贵经过严刑拷问，一句话不说，结果被活埋了。

紧接着，另外的武工队踏着七个人的血迹，又来到堤下。百姓们受到事实的教育，深深地认识了八路军，到处掩护武工队，向着武工队。没多久，不但堤下可以站牢脚，连堤上也变成武工队活动的地区，一直逼近恩县的城边。

一九四五年

秘密列车

一九四八年九月的一天，早晨五点钟，北满昂昂溪车站秘密地开出一列火车，顺着洮昂铁路朝前飞跑。沿站事前也没得到通知，走到这一站，才告诉下一站，再往前就不知道了。

车上一共有十六个铁路工人，司机长老范，是个矮小精干的人。他们多半是司机的熟手，但是开这趟列车可真伤脑筋，个个人提心吊胆的，肩膀上像压着几千斤重的担子。原来车里装的都是炸药炮弹，现在奉到前方的紧急命令，要赶往西阜新送。那时候东北解放军正打锦州、义县，前线需要弹药，比需要吃饭都急。可是敌人的飞机炸得很厉害，往上开的火车常常出事。临走前，昂昂溪车站的军事代表神色挺严肃，特意召集大家说："锦州战役一结束，咱们东北的解放战争也就可以胜利结束了。成不成功全在你们这列车上。"

列车越往南开，一步比一步困难。第二天一放亮，到了玻璃山。有人告诉他们说："小心吧，昨天飞机来了好几次，打坏好几辆机车。”白天便不敢再开。他们把车皮散开，离百八十米一个，又把机车藏到几棵小树底下，其实根本藏不住。司机老徐说：“咱们用黄泥把它涂一涂好不好？”涂老半天，天大亮了，也涂不成，都急得要命。老范想出一条计策说：“我看还是把它变成树吧。”就七手八脚砍了一大堆树枝，把机车插了个遍，把水箱打开，里面插上一棵大树枝。老范又把汽缸盖卸下，扣到烟筒上边，不让烟往外冒。爬上小山一看，果真变成一片小树林了。到八九点钟，敌人的小飞机飞得挺低，路过了两下，连瞅也没瞅。这一天总算没出事。

天一黑又开车，到郑家屯时，站上的负责人警告他们说：“火车好开，彰武难过！一到彰武，不是挨炸，就是叫飞机打，千万可不能在那儿多停。”下半夜三点，到了阿尔乡，离彰武还有两站。他们不敢再往前走，趁天亮前，又忙着把车散开，把机车开到一个小山峡里，仍旧用头天的树枝隐蔽好。刚整完，有七点钟，老范正领着人修理右半边的汽筒，飞机就来了两架。他们急忙钻到车轱辘底下，紧张地望着。飞机太气人了，飞得比电线杆子高不多少，小窗里的人都看得见，赶车的长鞭子也能打着它们。你看它们侧棱侧棱翅膀，瞅一瞅，去了一歇又回来，飞来飞去，一天五六次。老范他们也不敢离开。车里装的是多么重要的东西啊！不看着，叫人破坏了怎么办？他们冒着危险，直待了一天，傍晚得到各站的电话说：“通辽打坏了一辆机车，彰武台也打坏两辆，彰武炸得更凶，十二条线路，炸得只剩两条了。”

老范他们焦急开车，无奈彰武的铁路炸断，怎么能过得去？铁路工人全力抢修，到半夜，到底修好了，这趟列车才开上去。他们在车站外边停下，怕惊动旁人，惹起注意。亲自动手上完水，也不敢有灯亮，立时悄悄开过站去，当夜赶到五峰停下。五峰周围有不少山沟，两边是挺高的山，又有树，正好隐藏。但是山坡的斜度挺大，霜雪又重，一开车，轱辘光打空转，上不去，急死人了。连忙撒沙子，好歹才开上去隐蔽起来。就又把机车开到一边，向老百姓借了一二百个秫秸，一伪装，像个秫秸垛。

这时已经能听到义县的炮声了。大家熬了三天两宿，又饿又困，胡乱弄了点吃的，有的想睡，又怕马蛇子往嘴里钻，你睡我看着。傍晌，飞机又出现在天空了，先是两架小的，又来了四架大的，就像燕子穿梭似的，这个去了，那个又来了，旋一个圈，又一个圈。老范他们趴在山上，心跳得像敲鼓，气都不敢喘，看得真亮真亮的。只见飞机的尾巴一翘，扔下个炸弹，炸了彰武。一会儿又在他们头上把尾巴一翘，也像要拉屎，没拉下来。就这样，飞机在他们头上打一个转，到彰武扔一个炸弹，打一个转，扔一个炸弹。老范恨恨地数着，整整转了四十七转，把彰武又炸了个厉害，通辽也炸了，可就没炸五峰。老徐笑着骂道："他妈的，飞机闹眼睛了。不闹眼睛，还看不见咱？"

等天黑，飞机一走，他们乐得浑身发轻，仿佛也要飞起来。这里离西阜新只有七八十里地，这一夜不被发觉，一宿就到了。他们高兴得跑上车去，立刻准备往前开，可是上车头一看，不觉都倒抽一口冷气。水箱里只剩一尺半水了，不走四站地赶到新立屯，就没有上水的地方。这点水能不能支持四站地呢？谁也没有把握。要能借到十几副水桶，一齐挑，估计一点钟可以挑满。到车站一问，只一副筲，到街里，费了半天劲，也只借到两副，顶什么事？时候倒误了不少。这怎么行啊？时间这样紧，万一今晚上开不到西阜新，岂不要耽误大事！开吧！这是决定胜败的紧要关头。他们十六个人一齐出动，都到了机车上。老范司机和司炉去扒拉好煤烧。煤好，就省水。老徐提着瓦斯灯，照着水箱，看着上水。一滴水也不让它漏。机车的灯不敢使，拉汽笛不敢用长声拉，一遇下坡就关汽。开到两站地，只剩八寸水，又开一站，只剩三寸了。偏偏又要上坎。老范浑身的筋肉都紧张起来，开足气，火车就像渴得要死的人，一边往上爬，一边呼哧呼哧地直喘，挣扎着爬上冈，水箱也就干了。往下一望，恰好到了新立屯。车站扬旗落了，出现了绿灯，招呼进站。大伙这个乐啊，叫道："这下好了！没水。推也推得到它。"

到新立屯，上完水，又开。赶十一点钟，进了仓土站。敌人真急了眼，飞机黑夜也来了，上边的小灯一闪一闪的，像星星。老范赶紧摘下机车，开出一二里路，这架过去，月黑头里，瞅见远处还有架飞机，亮着小灯。等了挺久，怎么不动呢？细一看，原来大伙瞅花了眼，是个小星星。

现在离最后的目的地西阜新只有四站地了。他们鼓足精神，开着这列火车拼命地飞跑起来。每站都来飞机。他们不亮灯，也不在站上停，只是一个劲跑。这不是简单的跑，而是奔向胜利的冲锋。前面显出黑色的车站，他们欢喜得齐声喊道："这回可到了！"

站上停满了大卡车，都是军队上来接弹药的。一位军人代表跑上来热烈地祝贺他们道："估计你们明晚才能到呢，你们提前完成任务了。咱们成功再见吧。"

果然不久，义县解放，锦州也拿下来，解放全东北的最后一战胜利地展开了。这十六个铁路工人正是这一战里出色的人物。

一九四八年

前进，钢铁的大军

在万头攒动的人海里，在锣鼓喧天的狂舞里，在五彩纷飞的旗帜里，在人民大众从心底爆发出的欢呼声里，这天，一九四九年二月三号，上午十点钟，中国人民解放军的一支队伍踏着雄壮的《中国人民解放军进行曲》，从永定门进入北平，举行胜利的入城大典。这是北平创世纪的第一页，而北平二百万人民是用他们滚热的胸膛砌成一条人巷，紧紧地拥抱着自己的军队的。这是怎样值得骄傲的伟大行列呀！装甲车开过一台又一台，摩托化步兵驶过一辆又一辆，也不知多少。每当一辆战车从密密的人丛里缓缓驶过，工人、学生，男的、女的，兴奋地截住车子去和战士握手，有的拥到车旁，用粉笔往车上写标语，往战士的军衣上写口号。一个围红绒巾的女学生攀着装甲车写上："你们终于来了！"兴奋得掉下了眼泪。

强大的炮兵队伍一出现，人群里立时惹起一片惊诧声。这里以数十辆美国的战防炮为前导，接着是日本高射炮、加拿大高射炮、日本加农炮，以及美国榴弹炮等等，一色是美造十轮大卡车所牵引，擦得又光又亮。每尊炮都有着自己的历史。你看那是些什么炮，昂然地翘着炮口，大得惊人？有些工人、学生却像摆弄母亲给他们的玩具似的，抱着炮颈坐在上边，还在炮身上写着“瞄准蒋介石”等口号。原来这先前是蒋匪宝贵得像眼珠子一样的“重炮十二团”，全是一百五十五毫米巨型榴弹炮，由美帝国主义替他在印度装备的，又替他运到东北去屠杀中国人民，但在他亲自指挥的所谓辽西会战中，连同美国亲手训练的廖耀湘兵团，一起亲自给解放军送上门来了。就是这些以及许许多多旁的炮，在东北，配合着坚韧善战的步兵解放了全东北；在天津，由神炮五连以六十发炮炮命中的神技，打开了津西和平门的缺口，而神炮三连则在一小时内摧毁了天津匪首陈长捷的司令部。也正是这些钢铁的力量，以及解放军威力煊赫的各样兵种，才使北平古都得以顺利地和平解放。

在“战争之神”的重炮后，前门大街起了一阵震动，长列的坦克滚滚而来。人民的坦克手立在炮塔里，擎着红旗，不断地向欢呼的人群摇旗还礼。他们都是工农出身的战士，一旦从敌人夺得机械，便能熟练地加以掌握。

千军万马的骑兵涌上来了。战马都昂着头，振奋着鬣毛，骑士都挺着胸，举着雪亮的马刀。他们从东北大草原上驰骋而来，马蹄在古都的柏油路上踏起急雨般的响声，和人民热烈的掌声连成一片。

远处传来一阵军乐，步兵的行列踏着雄健而整齐的步伐，终于走过来了。人海里发出一片欢呼，“我们的队伍来到了”的歌声此起彼伏，像是翻流的波浪。一个花白头发的三轮车夫望着战士身上的尘土说：“你看他们远来风尘的，不知走了多少路了。”

是的，每个人都走了一段遥远的道路，每件武器也都带着光荣不朽的历史印记，标志着几十年中国革命的伟大进程。这里有从革命的摇篮井冈山下来的旗手，高举着毛泽东的旗帜前进；有百战百胜，粉碎国民党军队五次“围剿”的战将；更有走过雪山草地，经过两万五千里长征北上抗日的英雄。更多的是坚持八年抗日战争的英雄。这儿有坚持山东敌后抗战的钢八连，一九三九年五月，曾在泰山区反击日寇一个大队的疯狂“扫荡”，血战一整天，一步不退，阵地像泰山似的岿然不动。八年以来，不知有多少这样的英雄付出了可贵的生命，粉碎了日寇成千成万次的进攻，直到向日寇大举反攻。这儿也有淄川连，你看他们使的一色是从日寇手里夺来的三八枪，刺刀闪着寒光，刺刀刃上曾在平型关前染过日寇的黑血，而在一九四五年九月向胶济路大进军时，这个连又曾一举突进淄川，打击了日伪蒋三位一体合作的阴谋。

怎么那个连使的又都是美国三零步枪？原来这是从东北解放战争中产生出来的英雄第二连。他们在一九四七年冬季攻势沈阳西北公主屯的大歼灭战中，为了歼灭敌人，顽强突击，前仆后继，全连伤亡只剩十三个人，班长龚芳臣重伤牺牲以前，还鼓励战士说：“不用管我，快去消灭敌人！”最终突破敌主要阵地闻家台，配合着友军造成了歼灭蒋匪美械化新五军的重要条件。这里又有解放四平的四平英雄连，锦州攻坚的尖刀连。英雄黄得福是以五分钟的短促时间飞上城墙，把红旗插在锦州城头。锦州攻坚的这一仗，割断了蒋匪东北的咽喉，进而解放了全东北。

就是这些英雄，以及千千万万这样的英雄，组成了解放大军。从南昌起义诞生那天起，这支大军走过十年内战、八年抗战、两年半人民解放战争的遥远而艰苦的路程，前进战斗，战斗前进。他们从国民党军队手中夺得各种武器，从日本军队手中夺得日本武器，又在解放战争中夺取了大量的美国武器，从而成长壮大，变成今天这支钢铁的大军，给中国革命打开一条大路，终于走进这座历史的古都——北平。这是中国革命的一座伟大的里程碑，但绝不是最终的目标。有位老太太含着泪，拉拉战士的衣角说：“你们走得太远了，也该歇一歇了。”战士却含笑应道：“谢谢你，大娘，我们还要赶路呢。”

号角在吹，队伍正在前进，就在人民大军前进的脚步下，几千年来的封建囚牢被踏破了，一百年来的帝国主义枷锁被碾断了。人群里竖起一面横旗，上写着：“革命到底”。钢铁的行列正朝着这面旗子大踏步走去。

一九四九年

鸭绿江南北

十二月的一个月黑天，我跟着一支铁路援朝志愿大队跨过鸭绿江，到了朝鲜。有些软东西扑到脸上，掉雪花了。回头一望，江北岸已经笼罩着战争的烟火，只剩下三三两两的灯光，江南岸更是黑茫茫一片，空气里飘着煳味。只是一江之隔，南岸的朝鲜土地正经历着从古未有的灾难，没一块地方不在燃烧。

可是，谁要以为鸭绿江是条铜墙铁壁的边界，美国强盗在朝鲜所放的野火，烧不到北岸中国领土上，那才是笑话。今天，就又有一群美国飞机窜到鸭绿江北岸，反复轰炸连接中国和朝鲜两片土地的桥梁。

不过谁要以为炸弹能够炸坏中朝人民在心里所建立的血肉相关的桥梁，那才更是笑话！正是通过这座无形的桥，中国人民组成各色各样的志愿队伍，涌到朝鲜，跟朝鲜人民并肩作战。他们明白：美国今天在朝鲜所做的，就是明天要在中国所做的。援救朝鲜，就是援救自己。怎么能隔岸观火呢？

在十一月八号那天，美国飞机对南岸的新义州进行无人性的轰炸时，我们铁路医院就有十几个医生、护士穿过火焰，跑过江去，从火堆里，从弹坑边上，来往抢救那些受伤的朝鲜和平人民。尽管飞机还在头上嗡嗡的响，烟火烧伤了手脸，他们早忘记了自己。

其实，我们的铁路援朝大队又哪个不是抱着这种忘我的精神呢？铁路是战争的输血管，敌人把朝鲜铁路沿线的车站都炸成一片焦土，有的煤堆着了火，几天几夜冒着大烟。炸尽管炸，火车却照样开。敌人急了眼，不分昼夜，无数次的来轰炸，抢修铁路就变成后方最紧张的战斗。

这里有座桥（恕我不能写出名字），敌人投下烧夷弹，起了大火。也不用招呼，抢修队拿着钩子、水桶，从各路跑去救火。他们在火里穿来穿去，扑灭火，自己的鞋却烧坏了，脚后跟烧起了泡。有的工友简直变成两个火人，棉衣服烧得呼呼的，幸亏拿水龙把火浇熄。夜晚十点一定要通车，天一黑，立时进行抢修。可是敌机又来了，炸弹一个连一个丢下来，掉到江里，水柱激起比桥都高。不少工友震昏了，有个人跌到桥头下摔伤了腿。这里，让我用最大的敬意提到一位老工人。他已经五十六岁，多年的苦难磨得他像石头一样顽强。他看见那个工友滚下桥去，跟着跑下去，把那人背到身上。头上的炸弹落的正凶，他正走在河滩上，一颗炸弹把他震倒，浑身被盖上一层浮土。他从土里钻出来，背起那人跑到岸上，一口气挣扎到比较安全的地方，自己也昏倒了，一块被送到病院去。路呢，当夜十点钟，又通车了。工友们在自愿报名时的誓词是："飞江过海，抗美援朝！"现在却喊着："他能把河水炸干了，这个桥也炸不断！"

朝鲜人民本身的斗志更加可敬。一过江，我们就遇见了朝鲜的铁道部队和铁路工人。他们夜夜在敌人的轰炸下抢修线路，维持行车，尽可能往前线输送军队所需要的东西。有一天，我到定州附近去看一个山洞，那洞里原先藏着一列车汽油，美军逃跑时拉不走，一把火烧了，火车都烧坏，堵住洞子。许多朝鲜战士点起一堆一堆的木柴照着亮，紧张地叫着号子，动手往外拉那些死车。柴火亮里，我看见一个朝鲜战士望着我笑。一个年轻的小伙子，长得很壮，一张脸又红又圆，十分洒脱。我对他做着手势，他笑起来道："同志，我也是从中国来的。"原来他叫朴石东，参加过中国的铁道兵团，今年才跟着一大队朝鲜同志过江回到祖国。

当时朝鲜人民军正往南追击李承晚的伪军，朴石东他们这支铁道部队也追过汉城（今首尔），一路紧急抢修铁路。在堤川抢修时，一间屋子存着十五桶汽油，美机投弹，屋子着了火，有个叫吴尚录的连长冲进火去，一个人把十五桶汽油都抢了出来，因此得到朝鲜民主主义人民共和国的国旗勋章。这不是朝鲜铁道部队和铁路工人仅有的英雄事迹，但就这一点也可以看出朝鲜人民本身为了保证前线的胜利，怎样在后方进行着战斗。说到现时，朴石东用坚定的口气说："现在我们得到中国志愿军的援助，解放了平壤；后方又有中国铁路援朝大队的帮助，我们一定能早日修复铁路，把美国鬼子早日消灭干净！"他忽然笑了笑说，"你知道，朝鲜老百姓都叫你们是哑巴军呢。"

这个名词丝毫没有轻蔑的意思，倒有点不分彼此的亲昵意味。真的，自从到了朝鲜，我们简直像哑巴一样。可是不管遇见哪个朝鲜人，言语虽然不通，他们总是用热情的眼睛望着我们。只要一有能翻译的人在旁边，彼此就要表达出自己的感情了。

在宣川，一个叫桂玉吉的妇人披着条棉被，不停地摇着怀里的孩子说："我丈夫原先在平壤内务省做事，一撤退，不知哪去了。

要不是中国志愿军帮助我们，我哪有后路！今天见到你们，就像见到亲人。我也没有别的东西，只有一双袜子，送给你穿吧！”我们忍心而又感动地拒绝了她。

又有一个深夜，朝鲜抢修大队的保卫部长就地坐在席子上，轻轻说道：“想起头几个月我们撤出平壤，连夜往东北退，个个人低着脑袋，心想往哪撤呢！有一天晚上走到熙川，月亮地里，忽然望见迎面开来一支部队，就近一看是中国志愿军，眼泪就掉下来了，话也不会说，抱着志愿军的脖子光是哭！”

美国强盗害怕中朝人民的友谊，不断从飞机上向地面撒下无耻的挑拨性的传单。但有什么用呢？朝鲜人民是用一阵蔑视的大笑来谈论这些屁话的。在地理条件上，虽然有条鸭绿江把中朝人民隔在南北两岸，但在保卫自己祖国和世界和平的共同意志上，这条界线是不存在的。

一九五〇年

春在朝鲜

我们并不健忘，还记得美国侵略者那句歹毒话：“把朝鲜变成沙漠！”

他们这样说了，也这样做了。我曾亲眼看见大片大片熟透的稻子被敌人浇上汽油，烧在地里；整棵整棵苹果树挨上了炸弹，腿断腰斜，横在半山坡上……但是就在昨天破坏的果树园里，东风一吹，满园子摆动着一片彩云似的花朵。

春天突破风雪的重围，来到朝鲜。一位朝鲜诗人在我的手册上写道：

> 春天是美好的
> 为了建设我们像春天一样美好的生活
> 我们不惜用血汗去灌溉生活！

这几句诗，正表现了朝鲜人民不可征服的意志。我曾经听过朝鲜中央农民同盟领导人的报告，讲到美贼的滔天罪恶时，他举出几个数目字说：仅仅黄海道一带，被害的农民就有十几万人，平安南道杀死的牛共是两万七千多头。全朝鲜受害的情形，可想而知。人力缺，畜力缺，朝鲜的土地不就荒了？这是敌人的愿望，事实可不如此。

平壤有个农民，叫宋景稷，穿着青袍子，大领子镶着白边，脸上的表情凝滞而刚强，一望就知道他内心隐藏着绝大的悲痛。他怎能不痛心呢？敌人占领平壤时，他撤到北地，解放后回家一看，全家连亲属二十五口，统统叫敌人杀光。他剩一个人了，他的背后却有无比的人民力量支持着他。我见到他时，他对我们恨恨地说道："敌人杀死我的家口，杀不死我的心！我要献出整个生命跟敌人斗争！"

春天一来，当金日成将军发出号召："播种就是战争！"宋景稷，以及千千万万像他这样的农民，都投进这个斗争里了。壮年男子上了前线，妇女儿童都组织起来集体下地。白天怕敌机骚扰，地头挖上防空洞；日里做不完，月亮地再去。朝朝夜夜，你时常可以看见一伙一伙的妇女，有的背上背着小孩，拉犁的拉犁，撒种的撒种，后边的妇女站成一溜，背着手，哼着歌，踏着像舞蹈的步子，用两脚培着土。太阳影里，忽然会闪出一群青年战士，一个个生龙活虎似的，浑身充满精力。这是中国人民志愿军来了。他们身上还带着弹药的气味，脸上蒙着战场的风尘，刚撤下火线，就架起枪，甘心情愿替朝鲜人民当老牛，拉着犁撒着欢跑。那些妇女没法表示她们的感谢了，少女们跑进沟去，一眨眼又跑回来，满怀抱着大把的野迎春、金达莱，咯咯地笑着，一把一把塞到战士手里……

有一回，我也从一位少女手里接到过一大把粉红色的金达莱花，不过不是在田野，而是在工厂里。那少女叫闵顺女，才十六岁，红袄绿裙，是一家纺织工厂的热情劳动者（积极分子）。但她前些时候曾经不大安心做事。翻译同志说："她一心一意只想参军，替父亲报仇。"原来她父亲是纺织厂的木匠，去年十一月叫美军绑去了，闵顺女母女跟一个八岁的小兄弟也绑去了。美军故意当着她们母女的面，把她父亲拖出来。那时她父亲已经被打得浑身是血，不能走路。八岁的小兄弟哭起来，她父亲说："我就要死了，记住我是怎么死的……"没等话说完，敌人就叫她们母女看着，开枪把她父亲打死，死后还用脚踢！这个仇，闵顺女记在心里，睡觉也不能忘。头些天动员参军，她带着饭，抢着去报名，可是年纪太小，不合格，急得她什么似的，天天去要求，后来允许她参加工厂武装自卫队，才算安心。现在她亲自订出生产计划，二十天完成了过去三十天的工作。有些工友上前线，送他们走时，闵顺女说："你们放心走吧，我们一定完成你们所要完成的任务！"

这就是战火里锻炼出来的朝鲜工人。他们都明白一个真理："没有前方就没有后方，没有后方就没有前方！"一座城市刚解放，纺织工厂的电力全部被敌人破坏了。不首先恢复电力，就不能恢复生产。裴东奎带着六个电工，当地弄不到粮食，天天半饥半饱，爬上二十米高的高压线，五天光景，到底修好，机器也转了。原班人马，再一个五天，农具工厂的电力也恢复起来。这些工人，就这样顽强。生产一开始，敌机不到头上，工人决不停手。白天做活，夜间还去修路。不修路，中朝人民大军如何前进？向祖国，向人民，他们又普遍展开宣誓活动："不论在任何艰苦情况下，坚决执行祖国所给的使命！"

在一次夜会上，一家谷产工厂热情招待了我们一群从中国来的朋友。桌子上摆着酒、饼干、白糖、酱油等等。头上的飞机紧转，炸弹震得房子乱颤，工人却像山一样镇定，脸色不改。一个工人高举起酒杯说："今天招待客人的东西，非常简陋，不过这是我们工厂恢复后第一批产品，主要是为了保证前线的供给。"

我们的同志立刻擎着杯子站起身说："请喝这一杯胜利酒！这些吃食都是在敌人轰炸破坏下出的，不但表示了朝鲜人民生产的胜利，也保证了前线战争的胜利！"

春天来到朝鲜。朝鲜人民用血汗浇灌的生活，定会开出美丽的花朵。那些挂着文明幌子的食人生番不能扳着地球倒转，就永远不能毁灭人类光明灿烂的世界。还记得有一夜我乘车路过平壤，瓦砾场上忽然从播音器里传出雄壮的歌声。这是《金日成将军之歌》，也是朝鲜人民的战歌。踏着这个战歌，朝鲜人民正在走向人类永久的春天。

一九五一年

中国人民的心

已经是一九五三年十二月初，头一阵子落过场大雪，冬天早来了。谁知近来一变天，飘飘洒洒又下起细雨来，冰雪化了，到处化得泥汤浆水的，走路都插不下脚去。原先封得严严实实的大江小河，又化了冻，边边岸岸的冰上浮着层水，只有背阴的地方冰还比较结实，时常可以看见朝鲜小孩蹲在小爬犁上，双手撑着两根小棍，飞似的滑来滑去。

这一天，雨不下了，怪阴冷的。晚间我坐在灯下读着本叫《斯大林教养的人们》的书，正在惊叹着苏联人民那种英雄的品质，这时我接到个电话。我不清楚是谁给我的电话，但我知道这是个好心肠的人。他说：

“你知道么？今天傍晚在安州车站牺牲了个战士。他见一个朝鲜小孩滑冰掉到水里，赶紧去救，也陷下去。他把小孩救上来，自己可沉下去了。是个很好的同志啊！又是一个罗盛教！”

我去看那位烈士时，他已经装殓好，平平静静躺在那儿。他的神情很从容，像是睡觉。我定睛望着他的脸，我不认识他，但我又十分熟悉他。从黄继光身上，我熟悉他；从罗盛教身上，我熟悉他；从千千万万中国人民身上，我更熟悉他。他的面貌一点不惊人。谁要以为这样人身上准有许多惊心动魄的东西，那就错了。

他只是个顶简单的中国人，几句话可以交代清楚他的一生。他叫史元厚，山东长清人。他像所有贫苦的农民一样，一下生过的就是苦日子；也像所有机灵的孩子一样，有时会想出很可笑的法子，对地主报个小仇。譬如说，把地主的南瓜挖个洞，往里拉粪；还有一回，把些毛毛虫的毛撒到地主被窝里，害得地主黑夜睡觉，浑身刺得又痒又痛。到后来，他长大了，流落到济南拉洋车。再到后来，就参加了部队。

史元厚家里有老父老母。这对老人像所有父母一样，不管儿子的胡子多长，还把儿子当小孩看待，总怕儿子冷了不知添衣服，饿了不知道吃。千里迢迢，也要托人捎去做娘的连宿打夜带着灯做的老山鞋，还要在信上千叮咛万叮咛，就怕儿子晚上睡觉不盖被，受了凉。

史元厚家里还有个没过门的妻子，叫绍英。这个妻子可不像早先年的妇女，只知刷锅烧饭抱孩子，她却在镇店上念书。史元厚曾经写信问她想要什么东西，心里先猜了猜，以为离不了是些花儿、粉儿一类东西。过几天绍英回信了，写得比史元厚都清楚，要的却是支钢笔。

来朝鲜以前，史元厚接到父亲的信，里边说："你爹老了，生活什么不缺，就是缺个孙子，要是你肯听话，顶好早一天回家成了亲吧。"史元厚的心搅乱了。翻腾半宿睡不着，第二天起来便向上级写申请书。

他素来爱说爱闹，永远不恼，别人也爱找他开玩笑，顺着史元厚的音都叫他“史落后”。旁的战士见他写申请书，笑着四处臊：“‘史落后’打报告要娶媳妇了。”

史元厚应声笑着说：“就是嘛，你管得着！”以后接连写了七次报告。但他要求的不是回家，却是上抗美援朝的最前线去。

一九五三年二月，正是敌人妄想从我们战线后方登陆作战时，史元厚跟着队伍到了朝鲜。队伍一到，立时打坑道，挖工事，进行反登陆作战的准备。史元厚挖战壕磨得手起了血泡，扛木头把肩膀都压破了皮，照样像匹小骡驹子，又踢脚，又撒欢。他这人话语多得出奇，旁人说话，就爱插嘴。有时说得牛头不对马嘴，惹得战士们笑他说：“我看你上一辈子准是个哑巴，一肚子话，都憋到这辈子了。”他也不恼。要是旁人叫他逗恼了，他会抱住你笑着说：“恕我！恕我！”

穿戴他从来不讲究好看，衣服鞋袜，总是缝缝补补的。

谁要问他：“你是怎么回事啊？新发的鞋也不穿，留着烂在箱子底么？”

史元厚会笑着答应说：“谁说不穿？早磨掉半边底了。”

你不必多问，准是他见谁没穿的，又给了人。他就是这么个人，和谁都处得来，手又大，只要是他的东西，你自管拿去用。在我们生活当中，我们随时随地会遇见这样人，一点没什么可注意的。可是就在这样人火热的胸口里，却藏着颗高尚的无产阶级的心。

春天的夜晚，还是森凉森凉的。史元厚站在山头的哨位上，守望着朝鲜民主主义人民共和国的国土。一听见半空中飞机响，枪就握得更紧。敌人想投伞兵呢，投了就消灭他。山风一吹，飘起股青草的香气，他忽然会想起了家。这种带点泥土气息的草味，他从小便闻惯了。一时间，仿佛他警卫着的不是朝鲜，却是他的本乡本土。他想象得出家里人正在做什么。父亲一时出现在他的脑子里。老人家披着棉袄，擎着根麻秸火，咳嗽着，正在给牛拌夜草。他娘却坐在热炕头上，呜呜摇着纺车，也不用什么灯亮，抽的线涮溜极了。还有他的爱人绍英，怎么也没睡？你看她坐在麻油灯下，歪着头，轻轻咬着下嘴唇，准是在给他写信。他怀里就揣着爱人的一封信，写些什么呢？简直像个指导员，净给人上政治课。不用你训，我是个青年团员，懂的比你多得多了。是谁把我造就得像个人了？是谁关心我这个，关心我那个，几次三番派祖国的亲人来看我们？你放心，我会对得起党，对得起祖国人民的。

当时连里正学习邱少云的事迹，史元厚不知怎的，变得特别蔫，整天不大开口。

同志们问道："你是不是有病？"

史元厚说："哼，我一顿吃五个大馒头，还有病！"

同志们都笑起来，又问："那么你是怎么的了？"

史元厚懒洋洋地说："我怎么也不怎么的！出国的时候，咱说的什么话，现时光蹲在朝鲜吃，一点功劳没有，将来回去，怎样回答祖国人民？看人家邱少云！"

嘴里说着，他心里便下了决心，要用整个生命去做他应当做的事，就像邱少云一样。

转眼到了冬天，朝鲜前线又飘了雪花。停战协定签字几个月后，祖国的亲人又冲风冒雪来看志愿军了。有一个蒙古族文工团来到史元厚那个部队，都住在宿营车上，就停在安州车站附近。史元厚和几个战士被派去担任警戒。

车站背后是一带土山，叫龙潭岭。岭脚下有一片大水塘，叫龙潭池，夏天常有人在里边洗澡，一跳下去不露头，足有一丈多深。眼下冻了冰，像镜子一样亮，变成孩子们最留恋的滑冰好地方了。

就是那个阴化天，黄昏时候，慰问团的同志将要到别处去了。警卫战士都打好背包，下了宿营车，打算回本连去。有人见史元厚没下来，喊了他一声，大家头前先走了。走了很远，才见史元厚提着枪走下车，神情有点发闷，对着慰问团露出恋恋不舍的样子。都是重感情的人，这一分手，不知哪天才能再见到祖国的亲人，谁能不留恋呢？

先走的战士走出多远，背后忽然有人追上来喊："你们一位同志掉到水里去了！"

大家急着往回跑，只见那龙潭池塌了一大块冰，岸上丢着史元厚的枪、史元厚的衣服，人却不见了。一个十岁左右的小孩坐在水边上，浑身上下滴着冰水，哭都哭不出声。

原来这个小孩刚才蹲在爬犁上滑冰，说声不好，一下子陷下去。他的两手扒在冰上，水浸到脖颈子，眼看就要沉底了，哭着喊起来。

一个志愿军飞跑上来。这就是我们的史元厚同志。他扔下枪，脱了衣服，几步滑到小孩跟前，伸手去拉那小孩，轰隆一声，冰又塌了，两个人都落到水里去。只见史元厚在水里钻了钻，露出头来，双手托着那个小孩，一转眼又沉下去。他又钻上来，又沉下去。第三次钻上来时，他用尽力气一推，把小孩推到冰上，他自己却沉了底，再也浮不上来了。

战士们把他从水里抱上来时，他的脸青了，胸口凉了。他已经用他整个生命做完他应当做的事，离开我们悄悄走了。他临死会想到什么呢？你是不是想到党？想到你的祖国，你的亲人？他只有二十五岁。他的短短的一生就这样简单，他死得也很简单。可是，我不能不思索个问题。为什么我们的人民都这样奋不顾身呢？自从出了个黄继光，接着又是一个，又是一个。于今呢，又出来第二个罗盛教了。难道说奇怪么？这正是毛泽东教养出来的人民啊。

我去看了看那个小孩。小孩叫赵元弘，住在龙潭岭背后，村名是三龙里。爹原是劳动党员，一九五〇年秋天敌人进攻朝鲜北半部时，把他爹抓去杀了。后来他母亲也炸死了，赵元弘便靠伯父收养着。赵元弘拖着志愿军的大鞋，戴着志愿军的棉手套，见了我们一句话不说，用手套揉着眼，只是抽抽搭搭哭。他伯父已经是六十多岁的老人了，昨晚上难过得一夜没好睡，脸色显得很愁苦。一见我们，老人的下嘴唇直打战战，眼里含着泪，好半天擦了擦泪，指着小孩，颤着音说：“都是为这个孩子，一个志愿军死了，我永远也忘不了！”

谁又能忘得了呢？朝鲜人民用最隆重的葬礼，把烈士的遗体葬到龙潭岭上。岭下临着龙潭池，史元厚就是在这儿把他的生命献给了朝鲜人民。朝鲜人民又把龙潭岭改叫作“史元厚岭”，龙潭池叫“史元厚池”。千秋万代，望见这片山、这片水，朝鲜的子孙就会想起这个人来。史元厚是个战士，临下葬，朝天放了几排枪，这是一个战士应得的尊荣。史元厚被埋葬了，但我知道，他那颗伟大的心却依旧跳动着，跳动在千千万万中国人民的心坎里。好同志，我写的不只是你，我写的正是中国人民的心。

一九五三年

英雄时代

回到祖国，我处处体会到祖国人民对志愿军的热爱和关怀。你们单好知道志愿军所有的情形，恨不得一下子把他们抱在怀里。你们爱志愿军，但我也想告诉每个祖国人民，志愿军也是爱你们的啊。是的，爱你们，很爱你们，睡里、梦里也忘不了你们。

祖国人民慰问团带去的慰劳品发完了，剩下装慰劳品的破木头箱子，有什么用呢，可以劈了烧火。志愿军可不肯烧。这是祖国来的东西，怎么能烧呢？他们把木头箱子劈成许多小块，一个人分了一块，安上四条腿，做了个小板凳，学习、吃饭，或是战斗的空隙，时刻坐在小板凳上。他们说：坐在小板凳上，就像坐在祖国的土地上一样。

祖国人民写去的慰问信，比什么都珍贵。有的战士把信藏到胸口，没有事就拿出来看。战斗以前，也要拿出来看一遍，看完了把信藏好，投到战斗里去。信上是祖国人民的声音、祖国人民对他们的嘱托。看见信，他们就来了力量，多激烈的炮火也要投进去。

我亲眼看见一个伤员，从前线运下来，运回祖国。当他从车上下来，第一脚踏到祖国的土地上时，他哭了。他离开国，离开家，去到朝鲜，为的是什么？他在朝鲜经受过困苦，流过汗，又流了血，现在重新踏到他最亲最爱的国土上，他怎能止住不流泪呢？这是高贵的眼泪——多么纯洁的感情啊！

这就是我们志愿军的爱国主义。正是由于这种对祖国、对人民、对和平的热爱，我们的志愿军才能在朝鲜前线突破重重困难，取得胜利。胜利不是伸手就能拿到，弯腰就可拾得的东西。胜利永远是从艰难中创造出来的。我不能忘记一九五〇年冬天刚过鸭绿江时，漫天风雪，遍地都是燃烧的大火，我们的志愿军只穿着一身棉军装，披着一条白布单，背着一支枪、一点干粮，一把铁锹，投到激烈的战斗里去。从他们身上，我深切地体会到中国人民所具有的高贵品质。他们勇敢，坚韧，永远不向困难低头。他们那种大无畏的忘我精神更是惊人！

是的，他们是忘我的。你看吧，凡是在危急当中，在要紧关头，他们考虑的从来不是自己，而是别的同志，而是祖国，而是朝鲜人民。我在炮兵里认识个同志，十六岁参加抗日战争，现在近三十岁了。第三次国内革命战争期间，他是连长，有一回打蒋军，接连打了几天，他日夜不睡，眼鼓得有鸡蛋大，一气把敌人打垮了。他的左眼却蒙上层白膜，看不见了。医生说是火蒙眼，可以治好。解放上海后，上级叫他去治，那时因为要反对敌人的轰炸、封锁，保卫上海，他自动把治眼的事丢到一边。后来转到东北陆军医院，刚要治，抗美援朝战争爆发了，他再也顾不上治眼，参加了志愿军就到朝鲜去了。他对我说：“一只眼算什么，等胜利了再讲吧。”

我还知道个高射炮手，叫赵老年，和空中敌人战斗时，受了重伤，照样打，最后牺牲了。他怎样牺牲的呢？身子伏在炮上，手还紧紧地捏着航路表示器。指挥员说：这个同志在牺牲的前一秒钟，也没考虑到自己的生死。要是他有一秒钟的迟疑，他的手就不会捏着这个机件捏得这样紧。他考虑的只是战斗，只是胜利。

是不是我们志愿军都是另外一种人，根本不知道爱惜生命？不是的。志愿军就是和我们一样的中国人民，他们的思想感情也是可以理解的。属于我们个人的东西，什么是最宝贵的呢？生命。没有比生命更宝贵的了。那么，为什么志愿军会丝毫不计较个人的生命？

有个老铁路工人说："人就一个命，谁不愿意活着呢？可是话又说回来了，人早早晚晚总要死的，死就要死在正处。为了祖国，为了人民，死了也是光荣的。"

我相信这是他的心里话。这也是我们中国人民的真正感情。是嘛，为了祖国，为了人民，为了更高的人类理想，个人的生命又算什么？

我还想讲个女医生的故事。她姓宁，在敌人大轰炸时，炸弹落下来，气浪把她吹出去多远，昏过去了。一会儿醒过来。她心里想："这要是炸断胳臂、炸断腿，或是脸炸伤了，落了一个个大疤瘌，多么难看。"便用两手抱着头，把头藏到墙角去。这时又一批炸弹落下来，她又昏了。再苏醒过来时，眼前满是硫黄烟。她动动手脚，都还在，只是浑身没有力气，知道是受伤了。

忽然听见背后有人叫："医生！医生！"她转身一看，一个同志埋到土里，一直埋到胸口。这时，她再不想到自己会炸死了，再不想到自己会炸伤了，她想到的只是那个同志。一种高贵的阶级感情使她什么都忘了。她从躲藏的墙角跑出来，用手扒呀扒呀，想把那个同志从土里扒出来。怎么能扒得出呢？手扒破了，十个指甲都往下滴血，急得她来回跑。

炸弹还在响着，埋在土里那个同志对她说："你走吧，情况这样紧，别管我了。"

那女医生却说："我不走，要走也得先救出你来。"碰巧从旁边找到铁锹，她拿起铁锹便挖土。她把那同志从土里挖出来，背到身上，冲着炸弹往外跑。路上又碰到另外一个同志，也受了伤，躺在山沟不能动了。她把第一个人背到山上，回头又来救第二个人。

那人流血流得太多，说话声音都小了。女医生安慰他说："不要紧，我不会让你死的！"当时用纱布给他缠好，止住血，又背出去了。

这时另外的部队来了医生，一看那个女医生啊！头发蓬乱着，满脸大汗，脸色难看极了。就问她道："你是不是也受伤了？"给她一检查，浑身上下四五处伤，衣服全叫血湿透。直到这一刻，那女医生一点力气都没有了，一下子倒下去了。

当时把三个人都抬下去。那两个人因为女医生救护得及时，都救过来了。女医生呢？也好了。我在前线时，又看见了她，还是像从前一样的勇敢。你看吧，什么地方弹火最激烈，不管深更半夜，她背上药包就走了，去救护她的同志。

英雄，这就是英雄！有人说这些人的胆子就是大，才能成英雄。我说这不是胆子大小问题，而是思想问题。一个人要是自私，处处专考虑个人的利害、个人的得失、个人的生死，那他就会前怕狼，后怕虎，树叶掉下来也怕砸了脑袋，永远也不会变成英雄。英雄决不会老考虑自己。他爱的是同志，是祖国，是人民，是更高的生活理想。为了这种爱，生命也可以抛出去的。在朝鲜前线，我看到许多女同志，年纪只有十七八岁，还带着孩子气。她们的胆子大呢，小呢？应该说是小的。在家里，有人还离不开妈妈，黑夜你叫她一个人到院里去，她才不敢去呢。有“鬼”呀！可是在前线上，你看吧，不管爆炸多少激烈，半边天都烧红了，她们冲着火光跑上去，从大火里往外抢救物资，抢救受伤的同志，胆子比天还大。她们是那么纯洁，那么热情，都在炮火中锻炼成英雄了。

英雄并非天神，英雄是从人民当中成长起来的。黄继光同志在成为英雄以前，跟其他志愿军战士还不是一样？有位作家在前线给黄继光等许多战士拍了张照片，当时根本没注意到当中有个人叫黄继光。每个战士都是那么年轻，那么朴实，那么勇敢，谁会去特别注意黄继光？黄继光同志成为英雄了，前方给那位作家拍来电报说：你那里有黄继光同志的照片。那位作家拿出照片来，看了又看——谁是黄继光呢？也许是这个人，也许是那个人，也许是另外第三个人。是的，照片当中每个人都可以是黄继光，每个人都可以像黄继光一样放出光彩。照片以外的人又何尝不是这样？李家发不就是黄继光式的英雄？

因为这是个英雄的时代啊。党是这个时代的灵魂，是党培养了我们的人民，发扬了我们人民所具有的好品质，使我们每个人都在开花，都在放光。志愿军本身就是个英雄的队伍。在祖国的部队里、工厂里、矿山上、农村里、机关学校里，难道说英雄的数目能数得过来么？要知道，我们是生在毛泽东的时代。毛泽东的时代就是英雄的时代。

一九五三年

万古青春

这是朝鲜停战后头一个春天。去年一冬，飘风扬雪的，忽然从残冰剩雪里冒出碧绿的马醉草，接着刮上几阵东风，漫山漫坡绣满了鲜红娇艳的天主花。晚上，要是月亮好，你会听见布谷鸟用怪清脆的嗓子不断叫着："快快播谷！快快播谷！"

正赶上这样个好春天，我出发到金城前线去看轿岩山阵地。轿岩山上原本有敌人的强固工事，去年七月停战前十几天，被我们攻下来。

汽车司机是个久经战斗的老手，人挺爽快，干起活来，手脚忽隆忽隆的，像是阵风。总好开飞车。据说有一回他带着露水出车，老远望见前面路上有只野鸡。那野鸡还来不及飞，一眨眼早碾到他车轮子底下。车子一过北汉江，司机抖擞起精神，一会儿告诉我这是我们的反坦克阵地，一会儿又说那是敌人的炮火封锁区，样样事，熟得很。他带着惊奇的口气说："哎呀，盖了多少房子呀！原先这一带哪见个人？"

应该说原先有人，有田园，都毁了，现时人民重新建立起家业来了。房顶上盖着一色新稻草，黄笼笼的，恍惚闻得见一股类似焖饭的稻草香味。有的房子正面墙上还用云母石嵌着大字“和平万岁”，像绣花绣的一样精致。我知道，这是志愿军帮助朝鲜人民盖的。稻田都灌满水，拉上线，正准备比着线插秧。远处有个人头上戴满了红的、黄的、白的野花，用唱歌的调子大声吆着牛翻地。到底是青年人，喜欢风情。车子转眼赶到跟前，我回头一望，不想是个胡子花白的老人了。在一家门旁，我见到棵杏树，差不多叫炮弹打枯了，不知几时又抽出嫩枝，满枝开着白花。

司机一路不住嘴说：“变了！变了！都变了样了！”

春天并不能完全改变轿岩山的面貌。山势挺陡，到处是打塌的地堡坑道。还可以清清楚楚看出敌人的环形工事：围着山是一圈壕沟，又一圈壕沟，沟顶上纠缠着打烂的铁丝网，说是盖上这些玩意，可以叫你冲锋时跳不进壕沟去。四面山坡上布满了铁丝网，紧贴着地皮，叫个蛇腹形，名字挺吓人的，可惜经不住炮火劈，都滚成球了。

我一直爬到最高主峰的石崖上，朝南一望，金城川气腾腾的，漫着好大的春雾。那就是军事分界线。川南山连着山，从望远镜里望过去，空虚荒凉，全是敌人盘踞的阵地了。

陪我同去的一位参谋指点着说：“军事分界线原本顺着轿岩山以北划的，一拿下这座山把敌人平推出去十几里路，推到金城川南，分界线就划到金城川了。这一打，板门店的敌人慌了，赶紧要求签字停战。”

我听了，默默无言地望着四外的形势。山险，工事又强，这要有一定的好战士拿出自己的生命血汗，才能换到这个胜利、换得今天。

那参谋也许猜透我的心事，指着下边问："你看见那个山包么？"

那山包比起来矮多了，都是黄焦泥，稀稀落落长着点青草，开着几丛野花，飞着几只蝴蝶。当时是敌人阵地的门户，也是我们夺取主峰的起点。

那参谋接着又说："就是在那儿，我们牺牲了个挺好挺好的同志。他死得真壮烈啊！拿性命给这次胜利开辟出道路来。"

他指的是黄继光式的一级英雄李家发。这个来自安徽南陵贫苦农家的孩子只有十九岁，都说他的心是水晶做的，透明透明，一点不懂得自私，连自己的生命也不自私。心灵加上嘴巧，手脚麻利，凡是认识李家发的人都这样评论他："那孩子，真欢！一见面就逗人喜爱。"不管他走到哪儿，你听吧，四面八方总有人喊他："李家发，你唱个歌。""李家发，你跳个托辣桔（桔梗）舞。"李家发把衣服一抡，就唱歌跳舞。

他并不想故意引人笑，他那欢乐的性格却常常引的人发笑。反细菌战那当儿，有一回，班长听见李家发一个人在青枫树底下自言自语骂："你这个杜鲁门，再叫你祸害人！"跑去一看，原来李家发捉到只耗子，倒吊在树上，手里握着根藤条，抽一下，骂一句。又有一回，一个战士听见掩蔽部里有条狗呜呜嗤着鼻子，吓得一只猫没好声地叫。那战士大声吆喝说："出！出！怎么猫狗都跑到屋里去了？"一发觉是李家发装的，那战士忍不住笑："你是从哪来的鬼聪明？学龙像龙，学虎像虎。可就有一宗你不懂，你大概自小不懂得苦。"

这话错了。李家发自小也像所有劳苦人民一样，受过折磨，懂得愁苦。只有经过愁苦的人，才更懂得今天的欢乐。他自己乐，也愿意旁人乐。见到谁愁眉不展的，他就会亲亲热热抱住你，像马撒欢似的。用牙啃啃你的肩膀，又要跟人跳“青年战士”舞。人家不会，他说：“不会我教你。”就搬着人家的腿，叫你先出这条，再出那条。

谁要以为李家发是个嬉皮笑脸的顽皮孩子，那又错了。别看他人小，心胸可大，做什么事都认真要强。一次，连长派他到阵地前沿去送信，正巧前沿包饺子，战士们见他来了，喜欢得非拉住他吃不可，回来晚了。连长批评他说：“你准是贪玩，误了事怎么办？”李家发背着人悄悄哭了。隔一天，连长跟一位友军谈话，又派他去送信。正谈着，李家发走进来。

连长生气了：“上次批评的是谁？你怎么磨磨蹭蹭的，还不去送信？”

李家发说：“我回来了。”

那位友军睁大眼道：“好快的腿呀！我这支烟还没抽完，你就回来了。”走后还写信来说：“我就是想你们那个爱说爱笑的铁腿通讯员……”

李家发走路一蹦一跳的，会几句朝鲜歌子，整天挂在嘴上。

有人笑他说：“瞧你像个雀似的，嘴不会闲着——你变个雀得了。”

李家发笑嘻嘻地说：“我不想变个雀，我想变个别的。”

人家问他：“你想变个什么？”

李家发说：“我想变个歌子，让你们大家都唱我。”

打轿岩山时，李家发被编到排里当联络员，管信号弹。他心里有点不舒服。人家都打完了，我从后边上去了，算个什么？

排长说：“没有联络员，耳目眼睛都没有了，你别马虎大意。”

李家发脸一红，笑了，也就专心专意学信号，还把信号编成几句快板，一天到晚哼哼着，这样好记。临出发，青年团分别开小组会，李家发坐在旁边，眼望着地，一个人偷偷笑了。

小组长问道：“你笑什么？”

李家发不好意思说：“没什么。”实际上他心里想起件事。他记起前次开五四青年节大会，都叫穿上新衣服，戴上功臣章。李家发扣上风纪扣，前后理理军衣说：“班长啊，我的衣服倒是新的，就是没有功臣章。”班长可会说：“你借一个好了。”笑话，功臣章也好借么？你瞅着吧，等我自己得一个。可是他不愿意说出口。话一说到嘴巴外边就是人家的了，做不到，岂不是空话。

开完会，几个青年团员最后握了一次手，一时都露出留恋不舍的样子，手握得特别紧，嘴里说：“我们到山头上，下来再见。”可总舍不得撒开手。

这天是一九五三年七月十二日。天一黑，部队便往预定的潜伏地带移动。头上下着蒙星雨，挺密的。战士们泥呀水的，走了一宿，弄得浑身净泥，天明藏到条小沟里，隔一个岭便是那个黄山包——敌人主阵地的门户。

敌人紧自打冷炮。李家发临时挖了个猫耳洞，招呼一个叫小罗的新战士躲进去，自己蹲在洞口，淋着雾毛雨。昨儿晚间半路上，敌机投弹，他的腿崩伤了。不过啃块皮去，叫卫生员缠了缠，管它呢。往常李家发的话最多，现时也不玩闹了，望见人，光是笑笑，也不说什么。他见小罗的干粮袋子带断了，摸出针线帮着缝上，又替小罗擦了擦枪。

小罗望了他半天说：“你有照片没有？给我一张好不好？”

李家发悄悄笑着问道：“你要我的照片做什么？”

小罗低着头说：“将来几时想起你，我好看看你。你太好了，不管活到几十年后，我也不会忘了你。”

李家发小声说："可惜我没有，有就给你了。我父亲母亲也是来信要照片，说是离家两年多了，不知长的什么样子，又盼望我有工夫能回家看看。只怕将来我们回去，连家门口都不认识了。"

小罗说："那怎么会呢？闭着眼我也能摸到家去。"

李家发摆着头笑道："不对，不对。你没听说，祖国的建设一天一个样，我父亲去修淮河，还当了水利模范——也不知我们家乡建设得怎样了？"

……团的小组长踩着泥泞走过来，低声说："李家发，你饿不饿？饿就吃干粮。"

李家发掏出压缩饼干，回头问小罗道："你吃不吃？"

小罗不想吃。李家发说："我的干粮还没淋坏，你吃点吧。我也吃一点。一打起来，想吃也顾不到了。"

一时间，战士们都嚼着湿干粮，一面擦枪，又看天。

天还是飞着蒙蒙细雨，满山都是云雾。到夜晚九点钟，只听头顶像刮大风似的，呼呼呼，轿岩山上立时燃烧起来，冒起一片火光。我们的炮火开始袭击了。炮一响，战士们都讲起话来。黑糊影里，谁都听见李家发又嫩又脆的童子音在喊："眼看轿岩山就成我们的了——山顶上见哪！"

敌人打起照明弹来，一个挨一个，半天空都打严了，照得四下清清亮亮的，像白天一样。李家发跟着排长从沟底翻上了山岭。路太滑，只怕掉队，索性坐下，身子往后一仰，刺刺溜下去，转眼冲到那个黄山包根底，顺着山腿子往上挺。

一上山就是道铁丝网，有人上去炸开了。不多高又是第二道铁丝网，李家发从排长讨到爆破的任务。敌人满山埋的地雷差不多都叫炮火打翻。李家发顺着地雷窝往上爬。还对班长说："烟一起，我们就上。”

烟起了，部队冲过第二道铁丝网，一气冲上个塄坎，看看离那个黄山包顶不远了，这时一股机枪火盖头盖脑喷下来，把部队压到地面上。排长挂花了，班长代替指挥，高声喊：“谁上去爆了它？”

只听见李家发的清亮的童音应道：“我去！”

半空的照明弹灭了，夜晚一下子变得漆黑，四围是无边的风、雨、雾。

李家发离开了他的同志，身边带着两颗炸药手榴弹，闪开正面的枪火，纵身跳起来，蹿上去了。一溜火线从他左侧射过来，又一挺机枪开了火。谁也看不见李家发，谁也觉得出李家发跌倒了，不动弹了。他准是受了伤，也许牺牲了！蓦然间，左侧那挺机枪红光一爆，不出声了，李家发正在行动着呢？

先头那挺机枪打得更凶，枪火四处乱喷，压得战士们伏在风雨里，抬不起头，透不出气，都急得想：“李家发呢？”

风雨黑夜，谁知李家发哪去了？那挺机枪却咯咯咯咯，不住嘴叫着，得意透了。大家正自焦急，只听一声爆炸，黑地里又扬起了那个熟悉的可亲可爱的童子音：“同志们，跟我来呀！”

战士们跳起来，跑上去几步，那挺机枪又活了，又叫起来，把大家又按到地上去。谁都知道，李家发的弹药已经完了。战士们吼着，一上，顶回来；一上，又顶回来——就是上不去。正在这当儿，那机枪就像一个人正叫着，突然叫人塞住嘴似的，咯噔一下，一点声音没有了。

战士们冲上山包，奔着主峰打上去……

天明，轿岩山上飘起面红旗。出征以前，李家发曾经在这面旗上签过名，对着红旗宣过誓。他跟同志们约好，要在山顶上见。他并没能来到山顶上。他躺在那个黄山包上，右胳臂向前，左胳臂向后伸着，身子斜扑在个大碉堡的射口上。他的左脚也打穿了。他是先受了伤，拖着伤脚炸掉左侧一个小地堡，才扑到大碉堡上。他的嘴张着，好像在笑。活着的时候，他爱唱，他本身就是支最美丽的歌子。

这是个多么难得的好战士啊！我们宝贵黄继光，更应该宝贵这种黄继光的精神。李家发死了，他并没死，他的生命充满了这个世界。一枝花、一棵庄稼、一个生物，都有他活在里面。是他，是数不尽像他这样的人，给了我们今天这样的生活。

在轿岩山顶上，一丛天主花开得正艳。有位同伴见了赞叹说：“多美呀！”

这是烈士的血浇出来的。青春不会老，李家发也不会老。历史可以数到一万年、十万年，李家发却将永远是十九岁，永远像春天一样，万古长青——亲爱的同志啊，愿你永生！

一九五四年